こんな日もある

競馬徒然草

古井由吉

講談社

目次

こんな日もある　5
競馬徒然草　193
競馬場の人　高橋源一郎　275
古井由吉　年譜　294

装幀　菊地信義

こんな日もある

競馬徒然草

こんな日もある

一九八六年二月

こんな日もある。

二月十五日、曇ときどき小雨、風はないままに冷えこむ。今年初めて競馬場に出かけた。府中の最終土曜日である。

まず午後一時二十分発走は第七レース、この連勝が五番人気の一〇六〇円で決まり、これを早々に頂いて幸先(さいさき)よろしと思った。ところが以降、見ていただけばおわかりと思う。八レースが一番人気の四四〇円、九レースが二番人気の六二〇円、十レースが一番人気の三一〇円、メインの十一レースが一番人気の六一〇円、いずれも私ごときの取れる馬券ではない。最後十二レースになってようやく五番人気の九八〇円と、私にとってどうにか馬券らしい馬券になったが、見事にこれをはずして終った。

しかもだ。一番人気の組合わせでかたくおさまったメインレースの着差を見れば、鼻・頭・頭・首・首・鼻・3/4・3/4・1/2・首、この最後の首差の馬が十一着である。一着からそこまで、かりに首を1/4、頭を1/8、鼻を1/16にかぞえて足(た)してみると、十一頭がおよそ三馬身の内に入ってしまう。これでも一番人気で決まる時は決まるものだ。その夜、ハンデキャッパーはさぞや美味い酒を呑んだことだろう。

優勝馬が五十六キロのハツノアモイ、三馬身の十一着が五十七キロのロバリアアモン、ダートの重賞フェブラリーハンデのマイル戦である。

私はといえば、トップハンデの六十二キロで人気を落していたアンドレアモンから入った。パドックで見るに馬体絶好調であった。二着はかならずあると思った。配当はどこへ行っても美味珍味、窓口を離れたところですれ違った知人に、何を買ったかとたずねられて、ハンデキャッパーの眼を信じましたと答えたら、おそろしや、と相手は肩をすくめて通り過ぎた。終ってみればお目当てのアンドレアモンは、鼻・頭・頭・首・首の六着、あわせても勝馬から一馬身以内、さすがハンデキャッパーであった。ゴール前、尻には届いたがそこまでだ、とスタンドからもはっきり見えたのは、是非もなかった。二キロばかり、ちょっと重すぎたぞ。

その日、競馬場に着いて早々、スタンドへの階段をあがりかけると、上から中年の男性が大きな声で怒鳴りながら降りてくる。これはこちらになにか、知らずとはいいながら粗相(そそう)でもあったかと、身をただしかけたら、相変わらず宙に向って罵(ののし)りながらそばを通り過ぎた。そういえば、私は富田でも菅沼でもない、しばらくしてパドックのほうにまわると、先の人物が金網越しに、騎手をまた叱りつけていた。

降りみ降らずみ、それにしても寒い日だな、と最終レースの終った頃になってつぶやいた。

また、こんな日もある。

翌二月十六日、晴、風強し。なまじの晴天よりも、風がなかった分だけ、昨日のほうが競馬場の寒さは楽だったかな、と雨男がガラス戸の外で北風に揺すられる枯枝をぬくぬくとながめては、ラジオに耳をやり、晴れにもしきりと霧雨のけぶる地方局のテレビの画面に目をやっていると、午後は六レース以降、連勝は三番人気、三番人気、十番人気、一番人気、一番人気と決まってメインの目黒記念となった。そういう流れの日には、競馬場にいたらさぞかし、かたいほうであやまっておくべきか、穴のほうへ思い切るか、了見の定まらないところだろうな、と思いやりながら、頃合いを見はからって、映りはいいが人の顔の騒々しいほうの局のスイッチを押すと、もうこちらも手馴れたものでパドックの情景がちょうど浮かびあがり、芦毛の馬が目についた。

この馬、ロンスパーク、こいつにも幾度かつぎこんでは泣かされたぞ、とながめるほどに、馬体がよろしく見えてくる。俺の行かない日に、こんなに良くなって出てきおって、といまいましくもあったが、そこは馬券を持っていない弥次馬気分、この馬から流したつもりで楽しむことにした。そこへもってきて、ひと足先に関西のほうで京都記念がはじまり、スダホークが、勝ってあたり前とはいうものの、直線、大向こうから、「たっぷり」と声のかかった役者みたいな、長い追込みを決めた。同じシーホークの子、父上には荻伏（おぎふし）の牧場でそのお仕事ぶりを拝見させていただいた縁もある。スダホークに興奮したついでに、目黒記念のロンスパークのほうにも、馬券も持っていないくせに、いよいよいれこんだ。

坂上あたりで横一線に並んだその中から、赤いヘルメットの、芦毛の馬がもうひと脚つかって抜けてくる。とそんなおあつらえむきの場面を、レース前に思い浮かべていたのだ。それが実際の直線なかばで、まさにあつらえたとおりに、成ったではないか。ちょっと待ってくれ、とあまりにもあざやかな実現に、貧乏性が思わず尻ごみした。ちょっと待ってくれ。そうしたら大外から、もう一頭やってきた。脚いろがまたひとつ良くて、ロンスパークに並びかけ、かわした。ビンゴチムール、とアナウンサーが叫んでいる。ちょっと待ってくれ。チムールなら、あたしの、じつは親友なんで、と遅ればせに口走るような気持だ。ビンゴガルーの姉の、万馬券を出したこともあるビンゴモレロの、その子。一昨年の朝日杯三歳Sでは、スクラムダイナにひっぱられてきて、二着に突っこんだ。ほかの誰かにひっぱってきてもらわなくてはならない馬だ。だから、重賞も条件戦もあまり変わらない。そのうちにかならずや、また同じ展開になって穴をあけるぞ、とこの馬にも幾度、仇な望みを抱かされたことか。

ともあれ、ロンスパークもまた二着に健闘して、私にとっては連軸の役を立派にはたしてくれた。七二三〇円ついた。レース前には三から流すつもりでいたが、何と三・七までは行っていたかしら、と三・七どころかそもそも一枚も持っていない馬券を、懐にさぐるような、うしろめたさを覚えた。まぼろしの穴馬券である。そんなものなら、毎月のように取っている気がする。

数日後に知人が電話をかけてきた。この人も競馬好きなので、目黒記念はどうだった、とボヤキを聞くためにたずねたら、取りましたという。二・七、三・七と行って、七・七まで押さえたという。あきれた人だ。ところが、そのあとがおかしい。七千円台の馬券を取って、よっぽど手広い買い方をしていないかぎり、狂喜したはずだ。で、その日は場外馬券を買って家で見ていたらしく、夕刻からはパーティに出席する予定があったので、目黒記念が終ると腰をあげて、すぐに家を出たという。さて会場に着くと客の一人がこの知人をつかまえて、いくら穴買いのあなたでも、今日の七・七はまさか、持ってなかったでしょうね、とからかった。持ってましたさ、と知人はよくぞ聞いてくれましたとばかりに答えた。七・七まで押さえたのだから完璧の勝利ですよ、と。すると相手は知人の顔をまじまじとながめ、その目がみるみる、宇宙人でも見たように、そらおそろしげな色になった。

あの日の競馬のことを覚えている読者は、もう苦笑していることだろう。あの目黒記念の三・七、七二三〇円のすぐ後、最終十二レースで八八五七〇、なんと八万八千円の超大穴が出て、これが七・七であった。その知人はこの七・七の結果を、会場に向かう車中にあって知らずにいたのだ。

私もこの最終レースは、競馬ファンには親切な地方テレビ局の世話で実況を見ている。目黒記念も終り、だいぶ興奮しながら、さあて商売と、仕事机の前にいやいやすわり、しばらくするとふわりと腰を浮かす。たいして見どころもなさそうなレースでも、実況しているとなると、やはり気になる。毎週、これが、困るのだ。いやいや、ありがたい。やめられたら、もっと困る。

スイッチを入れるとちょうど京都記念の直線のビデオが映って、スダホークがゴールを駆け抜け、ひとしきり解説者たちの称讃の声が飛びかったのち、すぐに一回東京オーラスのレースがスタートした。九百万下のダートのマイル戦なので、道中激しくもない流れと見えたが、あとで考えれば、あのクラスとしては前半飛ばしすぎだったのかもしれない。

それでもまあ淡々と四角まで来て、先団の三頭につづいてやや内目を回ったオレンジのヘルメットが二つ並んで目につき、七・七かな、とオッズも知らずそう思った。しかし先を行く馬の一頭が、人気馬のひとつらしく、騎手がうしろを振り向くゆとりもあり、ついと後続を突き放した。荒れた重賞のあとの常として、愛想もなく決まりそうなけはいだった。ところが七枠の二頭がまたやって来て、めざましくはないが、じわじわと長い脚をつかって、逃げる馬をたっぷりと、ゴール前で押さえこんだ。なるほど、あの二頭がここでは強かったか、と思っただけだ。しかしアナウンサーは七・七なら八百何倍になるとか言っている。まさかと見ているうちに、そのとおりの結果が出た。

舌を巻いて仕事にもどり、机に向かううちに、なにやら急におかしくなり、とりとめもなく笑い出したことだ。なぜって、テレビで見ていたかぎり、いかにも順当そうな、穴っぽいにおいもない、決まり方ではなかったか。何も知らずに見ていたら、実力馬二頭が直線で慎重に追い出しをおくらせ、ゴール前で先行馬たちの面倒をきちんと見た、と思うぐらいのものだ。ゾロ目だから多少はつくとしても、せいぜい八百円がいいところ、渋い顔をして払いもどし窓口の長い列のあとにつくという場面だ。それが八万八千円、額のでかさもさることながら、あんなに落着きはらった、でかい面をした万馬券も見たことがない。まるで大怪盗が表玄関から、ゴメンクダサイと悠々挨拶して入ってきたようなものだ。

二月十八日、雪。午前に馬事公苑を散歩していると氷を細かく砕いたようなのが小雨まじりに降り出し、それきり日の暮れまで、夜半まで、未明まで降り続いた。競馬好きにとってはさいわい、火曜から水曜にかけてのことだったが、あれはもう一昨年になるか、ＡＪＣの前日に降り、ホリスキーにとって運の離れ目となった。さらに目黒記念の前々日にも降り、土曜日の東京競馬場に来てみると、雪の壁の間にひらかれた直線が、枯芝ながら目に染みるようだった。翌日あのターフの上から躍り出たダイセキテイは、今では遠い岸で駆けている。

　夜半過ぎに馬事公苑前のケヤキ並木に出て、足首まで埋まる雪の中を公苑正門まで歩き、鉄の柵越しに、白く静まる苑内を眺めた。目黒記念でタカラテンリュウが脚を傷めて予後不良となった。三角手前から、ここしばらく見られなかった行きっぷりだった。直線に入っても、一瞬、粘りきるのではないかと思わせた。しかしがくんと前へのめった。自分のいきおいに馬体がもうついていけなかったのだろう。五歳の年に東京新聞杯とダイヤモンドＳと毎日王冠を制し、秋の天皇賞三二〇〇ではたしか一番人気に推された。キョウエイプロミスの勝った時だ。私には、四歳の五月の府中で二〇〇〇をきれいに逃げきって楽しい思いをさせてくれた。あの日は前走惨敗のあと、パドックで妙におとなしくて、やる気があるのかと心配されたのが、ゲートが開いたとたんに弾丸のごとく飛び出して鼻を切った。心臓に難があるとも聞いていた。インターメゾ産駒の、やや小型馬。母は悍馬カバリダナー。

　姉カバリエリエースの後を追ったことになる。前走などはもうイヤイヤをしていたように見えたが、春が近づいてなまじ調子の波があげかけてきた不幸だったのか――。

（一九八六年四月号）

一九八六年三月

　こんな日もある。

　眼ばかりになってしまう。テレビの前ではさすがにそうなりにくい。やはり競馬、パドックか平土間かスタンドにいる時だ。たいてい、負けがこんできている。とくに、思いがけない結果を見たあとだ。まれに、自分でも薄気味の悪いほど好調の時もある。

　眼ばかりが異様に強くなり、馬を喰い入るように見ている。それで馬が見えるとはかぎらない。かえってよけいなこと、馬の競走能力にはさしあたり関係もなさそうな特徴、しぐさや表情などがいちいち眼についてきて選択をさまたげる。それに、奇怪なことに、レースが終ってから、けっして結果論ではなくて、ああ、さっきのパドックで自分は馬が見えていたんだなあ、とつくづく感じさせられることがある。あたり馬券はない。見えたのとすこしずつずれた連番を買っているのだ。これなどは、勘がひとサイクルおくれているというべきなのか。いや、そうではない。

　眼ばかりが見えていて、しかし勝馬、連馬を抜き出す意志がどこかで薄くなっているしるしだ。だから、喰い入るように見ているにしては、なまぐさいようで、あんがい、なまぐさくない。気がついたら、馬を見るのと同じひたむきな眼つきで、競馬場内の樹木を眺めていたりする。向正面のさらに彼方の丘陵やら煙突やら、高速の上を妙にゆっくり走る車やらを。松林の手前を行く玩具みたいな赤い電車やら、飛び立っていくジェット機やらを。

それでもまだ眼にリキミ、イキミはある。しかしレース結果にもっといたぶられたり、いたぶられた上にちょっと甘いアメをしゃぶらされたりすると、そんなリキミも消えて、眼がなんだか、幼児みたいな、つぶらな感じになってしまう。見るものすべてがめずらしく、なつかしく感じられる。そして眼ばかりになって、身体（からだ）を忘れるとはいわないが、全身が淡くなり、寒々とした風が吹き抜ける。ただ一心に見ている。わびしいけれど、けっして暗い心地でもない。

そんな時、ある種の顔つきを、どこかに思い浮かべていないか。自分で自分の顔を見ることはできない。鏡に映して見る顔はすでに実物とずれているのだそうだ。しかしなにかの顔つきになっている自分を、内側から感じて、外側へ漠と思い浮かべていることはある。

どんな顔になるのか。競馬場で眼ばかりになるまで追いつめられた時。

そうたずねておいて、向（むこう）正面にかかる前に、コーナーをゆっくりまわらせていただくことにして――ところで、優駿誌の二月号に古山高麗雄氏が、「戦後自分史」と題して、昨年度は第三十回有馬記念の観戦記を書いておられる。年配の競馬ファンにとってはまず、馬につけてそれぞれの「自分史」がかえりみられる、興味の深い文章である。そのほんの一端を紹介させてもらえば、敗戦直後、昭和二十一年に競馬が再開され、古山氏は翌二十二年十一月に戦地から帰国された。同じ年に連勝式の馬券が初めて発売されることになり、翌二十三年には銀座に場外馬券売場が開設され、その場外売場で翌二十四年、古山氏は馬券というものを初めて買われる。つづいて二十五年に古山氏は河出書房に入社され、その初任給が六、七千円であった。その頃、氏は競馬で毎年、二十万円ぐらいの黒字を出していたという！　第一回有馬記念、昭和三十一年頃からおいおい、馬運は「正常」になっていき、やがて年々赤字に落着いたそうだが。

その古山氏が氏独特の語り口でこんな懐（おも）いを述べておられる。

――私にはもう、自信も自惚れもない。今の私は、競馬は儲からないものと思っている。幸運な日には、当たって儲かることもあるが、そういう日には、今日は幸運だったと思い、幸運を喜ぶだけである。累積の赤字を取り返そうなどという気もない。その日、遊んで、負けたら、残念と叫んで、しかし、すぐ忘れてしまう。そして、また遊ぶ。何回負けても、そのたびに、すぐ忘れる。当たれば、今日はよかったと思う。負けたときの口惜しさも勝ったときの喜びも、なにやらベタッとおとなしいものになってしまった。

なにやらベタッとおとなしいものに――ああ（小生のためいき）。しかし、競馬歴三十七年の古山氏ばかりの歎きだろうか。二十年の人、十年の人も、近年ひそかに、同じ歎きを抱いてはいないか。若い人にも古山氏の感慨をぜひ読んでもらいたい。古きを温（たず）ねて、新しきに興をつなぐことも大事だ。

さて、古山氏の文章を一読したらページを返して、表題のすぐ右上の、写真をながめていただきたい。有馬記念当日の、おそらく発走直前の、外埒（そとらち）フェンスからスタンドにかけての観衆風景である。念のため編集部に問い合わせてみたら、やはり第一回有馬記念、中山グランプリの日だそうだ。今から三十一年前になる。

今も昔も変らぬ、満員の盛況である。立錐の余地もないといってよい。しかしずいぶん、何といったらよいか、行儀のよい詰まり方に見えないか。フェンスのところまで押せ押せになっているのに、混雑の色もあまり見えず、おとなしく身を寄せあっている。同じ満員のはずなのに、近年とどこがどう違うのだろう。全体として、なにかひどく生真面目（きまじめ）な雰囲気が張っている。

人の身なりは当然のこと、近年とはだいぶ違う。男性たちの多くは膝下まで長い厚手のオーバーを着こんでいる。あの頃はまだ、暖房も不備で、栄養も足らなかったのだろう、冬場は寒かった。女性たちのは裾がもっと長いが、生地はいくらか薄手のようだ。上等だったのだろう。和服姿の女性たちも見える。街にも和服は多かった。半コートやジャンパーを着た若い人もいる。ジャンパーと言えば、ちょうどその年のその頃、いや、ちょうどその日その時刻に、大学一年生の私は学生服に白い「実習生」の腕章をつけて、日本橋は白木屋百貨店の、ジャンパーの特売場に立っていた。年の瀬の日曜日とて店内は大入りの客でごったがえし、ジャンパーもよく売れて、目がまわるように忙しかった。母親たちが家の少年や青年の正月の新調に買っていく。もちろん革ジャンなどでなく、ぼてぼてのフェルト様の布地のものだ。若者たちの間にようやく、冬の重いオーバーを嫌う風潮がきざしはじめていた。トレンチコートなどが流行（はや）ったのは、それから三、四年後だろうか。さらに五年もすると冬のコートがすっかり薄手になった。オーバーなどという言葉は今ではめったに聞かれない。

白いマスクが見える。風邪にその効能がまだかたく信じられていた時代だ。これなどもいまどきマスクと言えばまず覆面のことと取られる。男性たちは髪を、刈りあげでなければ、七・三に分けている。これにポマードをてかてかと光るほどに塗るところだが、さすがに競馬場、それに年末に床屋へ行く前のことなので、総じてぼさつき気味だ。慎太郎刈りなどというのが流行った頃だが、これもこの季節ともなれば、寒くてだいぶ無精（ぶしょう）している。女性たちのヘアスタイルは、こいつはサザエさんではないか。

帽子はハンチング、それにソフトらしいのがわずかに見えるが、ほとんどの人がすでに無帽だ。その三年ほど前ならば、もっともっと帽子の姿が多かっただろう。学生たちが学帽をかぶらなくなったのも、昭和の三十年頃が境目だったかと思う。眼鏡はマンマルメガネ、まるい玉と玉とが中央の高さで連結されているやつ、いや、写真をよくよくにらむと、それからすこし現在の型のほうへ移行しつつある。

身なりはおしなべて、競馬場としては、ずいぶんきちんとしている。競馬場としては、という言い方も変だけれど、遊びだからもっとラフな恰好をしていてもよさそうなものを、それがあんがい端正にしているのだ。今の競馬客の身なりのほうが、よほどラフにくつろいでいる。これにはまあ、時代の事情もあったのだろう。TPOによってオメシカエをするほどには、豊富な衣裳は持ちあわせなかった。冬場ならなおさら、ラフにくずしようもなかった。同じオーバーを着て、会社にも競馬場にも行き、おそらく赤線にも通ったのだろう。しかし端正な印象は、そのせいばかりでない。

着ている物よりも、その着こなし方がきわめて几帳面なのだ。これとは説明しにくい。優駿誌の二月号をお持ちの方々は、とくと写真をながめていただきたい。近年になってから、敗戦直後を舞台にした映画がよくつくられ、細かい考証や復元がなされていて、感心させられることが多いが、ただ、貧しい時代だから人には貧しい、ぼそっとした、どぼっとした、身なりをさせておけばいい、という考えちがいがしばしばおかされているように思う。身なりはたしかに粗末である。しかしその着こなしは、野暮ったいといえばそれまで、今よりもはるかに生真面目であった。戦後十一年にして、この第一回有馬記念の観衆風景に、それがはっきりうかがえる。

それに人々の姿勢である。なにも競馬場まで来てシャッチョコばっているわけではない。しかし今の人間たちと、ひとつもふたつも感じが違う。背がそれぞれ、まずまっすぐに伸びているようではないか。まず伸びた上で、それぞれ楽にしている。すくなくとも、姿にざわめきがすくない。競馬場も往来も、世の中も心の内も、ずいぶん騒々しかっただろうに。

いや、やはり顔だ。人々の顔つきが、今の世の人間たちと、これこそはっきりと違う。まず、食料難のまだふっ切れていない時代のことで、顔の肉がやはり痩せている。肉が薄ければ、目鼻だちが強く、くっきりと浮く。ならばしかし、顔全体の張りと、モノを見ている眼の強さ、これはどこから来るのか。今だって有馬記念ほどのレースの発走直前ともなれば、誰でもこういう顔つき、こういう眼つきになる、と反論する人もあるだろうが、どうやら、そうではないようだ。今では人の眼はもっと散漫になっている。欲求が眼の光となってまっすぐに射し出すことがすくない。

　写真は発走直前のものと見たが、さらによくよくにらむと、すでに興奮をスタートさせてしまった顔もあり、アラッと黄色い声をもらしかけた和服の女性の姿も見えるので、あるいは馬たちはもう走っているか。しかし客たちの視線のむきがいくらかばらついているところを見ると、スタートとか三角とか四角とか、レースの節目ではなくて、向正面流しに入って馬群もばらついて、縦に長くひとまず落着いて、さて次の展開を待つ、静の間だろうか。しかし馬群がいったん目のすぐ前を通り過ぎた後にしては、その興奮のなごりが見えないので、やはりスタート直前、輪乗りからいよいよゲートインにかかったところか。どちらにしても動への境の静だ。人が眼ばっかりになる時だ。しかし何事も大元は純一な欲求にある。物質的な欲求を精神的な欲求に変えるにも、賭けを豊かな遊びへ高めるにも、大元に健やかな欲求があってこそのことだ。これを枯らすわけにはいかない。老いも若きも。

　この日、第一回中山グランプリすなわち有馬記念は、レコードブックによれば、優勝がメイヂヒカリ、二着がキタノオー、一番人気と三番人気で決まって、連勝単式二・一が三九〇円。

売り場で人の多い列を選んで尻につき、窓口のカマボコ型の穴から百円札二枚を黙ってつっこみ、なかの女性が指先で真ん中あたりをつまむようにして差し出す馬券、ぺらぺらの薄紙に点字でレース番号と連番を打った、ときに指先につける海綿（かいめん）の水で湿ったのを、こちらも指でつまみあげるようにして握りしめ、さてレースが終って、あたったとすれば、差し引き五八〇円の儲け。

その日、私は日本橋白木屋で、朝の九時にタイムカードを打ち、開店前に売り場の女性たちと一緒に主任さんからミーティングを受け、そして一日中、売り台とレジの間をのべつ往復、あわせればたいした金額を受け取ったり渡したり、包装する手つきのあまりの不器用さをお客に呆れられ、いたわられたり、六時まで働きまくって、そのお手当てが食事（アゴ）・交通費（アシ）込みで四〇〇円。そんな日もあった。

（一九八六年五月号）

一九八六年七月

競馬を見ない日もある。

七月十九日、土曜日、快晴。暑い午(ひる)さがりに中高年が十人ばかり鎌倉駅の改札口前に集まり、車に分乗して逗子の山あいまで、知人の葬式に出かけた。煙を送ったあと、日の暮れ方に鎌倉の街に降りて、故人がよく足を運んだという露地の酒場で、残った数人が夜の更けるまで呑んだ。自宅にもどったのがちょうど十一時で、居間にへたりこむようにして、テレビのスイッチを入れた。こんな日にも、競馬のダイジェストは見ようとするものだ。しかし番組が始まったなと思ううちに、気がついたらもう、最終レースの録画になっていた。ただぼんやりと目をやっていたものらしい。

七月二十日、日曜日。この日は競馬をいっさい見なかった。初めから見ないつもりでいたわけではない。競馬の新聞も手もとにあった。午(ひる)過ぎにラジオをつけると、夏の高校野球の地区予選が始まっていて、ラジオはそちらのほうを実況していた。一時過ぎに、近頃ありがたいと思っている地方局の競馬番組にスイッチを入れると、これも野球を映していた。しかたなしに仕事場にひっこんで、気乗りのしない身体(からだ)を机の前に据えつけて、三時の競馬実況を待つことにしたが、その三時が来ても、三時十分になっても、四十五分になっても、とうとう腰があがらなかった。競馬は見たし、しかしそのほかの空騒ぎがどうしても厭だった。こんな日もある。

十五年前の十一月末のよく晴れた日曜日には、母親の遺骨を富士山麓の霊園に納めたその帰り道、東名高速の上から、女馬トウメイが人気を呼んでいる天皇賞の始まりを気にかけていた。四年前の六月の、これもよく晴れた日には、その夜明けに父親が病院で息を引き取ったことも知らずに、日高の奥の牧場にいた。しかしここ十五、六年、土曜日曜に家に居て競馬実況のスイッチに手を触れなかった、そんな日があっただろうか。それを思うと、なにやらしんと静まり返ったような心地になったものだ。深夜のダイジェストも見なかった。ところがその翌日、

七月二十一日、月曜日、朝刊のスポーツ欄の下端のほうに小さく、増沢騎手千五百勝の記事が見えた。私と同年の人の「仕事」として前々から心にかかっていた記録が、たまたま私が競馬に目をやらなかった、十年に一度あるかないかの日に、達成されたことになる。さすがにその詳細が知りたくてスポーツ新聞を買いに出た。ところが家に帰って競馬欄をひろげると、シンボリルドルフ引退の見出しが目に飛びこんできた。

一瞬は「凱旋門」を遠く望んで無念、しかしつぎに、とにかく無事に済んでよかったと安堵した。この気持の曲折は、馬の好きな人ならわかるだろう。さまざまな圧勝の中から、あんがいなレースが目に浮かんだ。ルドルフにとって二戦目、十月末の東京競馬場の一六〇〇の特別

戦の直線である。多頭数の間を悠然と割って出て、古馬が若駒たちをひきつれるようにしてやって来た。パーソロンの旧居に住むことになるのだろうか。

増沢騎手の千五百勝については、その三十年にわたる年度別成績表を眺めると、私などの同年配の人間にとってきわめて興味深い。まず昭和三十二年、十九歳でデビューして、その年は三勝、まずまず普通の出足だろう。ついで二年目には三十二勝、三年目には三十八勝、さすがにのちに千五百勝をあげる人の行き足である。ところが四年目に十四勝と落ちこんでいる。五年目が二十九勝、六年目が二十五勝、しかし七年目が十勝。華々しい年もさることながら、心を惹かれるのは、どうやってしのいだのか、この落ちこみの年々である。

八年目以降は悪い年でも十傑に入る成績をのこしている。その点ではまことにコンスタントな人であるが、それでもつぶさに眺めれば、浮き沈みの波はある。十年目に六十勝をあげて、その後も年々並みではない星を稼いでいるとはいうものの、それから十年間、その六十勝を越せずにいる。もう四十歳になる。ところがその年に七十四勝とはねあがった。夏の新潟でピムリコという牝馬に乗って八百勝をあげた年である。それを頂点として翌年が四十四勝、そのまた翌年が四十六勝、年齢から来る下降線を、誰でも思うところだ。しかし、それから、上昇が始まったのだ。翌々年、二十五年目には九十五勝、二十六年目は一〇四勝、関東のリーディング・ジョッキー連続四回、今に至るまで年として八十勝を下らない。四十歳を過ぎてから、なんと、七百勝をあげたことになる。

中高年の男たちが思わず溜息をつかされるところだ。ひきくらべ我が身に絶望させられ、それでもやはりひそかに、はげまされるところだ。人は増沢騎手の技倆をほめる。昨年三月の中山で、直線いきなり前へ崩れ落ちたサザンフィーバーから、宙へ長く放りあげられてターフに背から叩きつけられながら、翌々週にはもう元気な姿で馬にまたがってきた時には、落馬のしかたにまで舌を巻く人もあった。しかし技倆の本(もと)にあるのは気迫なのだろう。最近また増沢騎手の騎乗に気迫が目立つ。ことに七月六日の福島のルビーステークスで、盛りを過ぎたと見えたキクノクインを向正面から敢然と、悪かった内へ入れ、四角内を抑えぎみにまわり、一気に他馬を突き放してゴールへ駆けこんだ。あれは烈(はげ)しい騎乗だった。

七月二十六日、土曜日。新潟メインレースは天の川ステークス。パドックで最初に映された一番枠のミホバランスという四歳馬を、なにがなし、いい馬だなと眺めた。サクラショウリの子で弥生賞にも出ている。だから私も現場で見ているはずなのだが、どうも記憶にない。しかしいい馬だ。ただ、四カ月の休養明けで、すこし重たるいようだ。それに母方の父はマタドアとあるから、二二〇〇の距離は長すぎるかも知れない。さて、ゲートがひらくと、そのミホバランスが飛び出し、行き足がついて先頭に立った。さほどの速さではないが、せりかけていく馬もいないので、楽な逃げとなった。しかし逃げきれまいな、と私は見た。展開はどうでも、馬の前肢の出があまり伸びやかではない。向正面に入っても同様に見えた。すでに四歳実力馬、ホワイトフォンテンの子アサカフォンテンが余裕をもって二番手につけている。五歳実力馬、タイテエムの子カリスタワールドも内で力を溜めてねらっている。そのまま三角をまわり、四角へ近づきかけた頃、はて、先頭を逃げる馬の様子がどうも変わった。ばかに調子が良くなっている。首をかしげるうちに、四角をまわって直線へ躍り出たミホバランスを見れば、前肢がなめらかに力強く、そして気持よさそうに、前へ伸びているではないか。とうとうほかの馬を寄せなかった。

馬がレースの途中の、しかも三角を過ぎてから、あらたまる、ということはあるのだろうか。やや硬かった筋肉がだんだんに、そしてやがてすっかりほぐれるということはありそうだ。だとすれば、そこまで馬の機嫌をもたせた菅原泰騎手の目立たぬ好プレイと言えるし、またアサカフォンテン以下、三角でもまだ手綱をやや控えていた騎手たちの判断も、なにせ目標の先行馬の調子が途中から変わってしまったのだから、責められないことになる。

七月二十七日、日曜日。ようやく梅雨が明けた。メインレースは新潟日報賞。トウショウボーイの子オノデンモモコが抜けた一番人気となった。レースが始まって向正面、そのモモコの手綱を引っぱる騎手の、オレンジの帽子が上下にがくがくと揺れている。やれやれと息をついて、縦に長く展開した馬群を目でたどると、その後方に一頭ぽつんと離れて気持よさそうに走る馬がいて、その騎乗者のブルーの帽子もひたと定まっている。岡部騎手のシェルブールクインだ。はあ、最後にはこの馬が来るな、と三角手前でもう苦笑して見ていた。岡部騎手と言えば、その先々週の、阿賀野川特別での騎乗ぶりが思い出された。下のクラスを勝ちあがったばかりの四歳牝馬ダイナブリーズに乗り、これは逃げ馬で相手は歴戦の古馬たちなので、とにかく逃げるよりほかにない。そのとおりにハナはきったものの、他馬がぴったりついて来る。三角過ぎではもうかわされた。普通ならば、そこまでだ。有力馬たちが競(きそ)って四角へ殺到する。ダイナブリーズはその争いから離れて、あいた内をまわる。せめて四着でも五着でも拾おうという構えだ、普通なら。ところが直線に向かうとまたじわじわと伸びだした。結局は、逃げ切ったみたいにして、勝ってしまった。たいした腕前だった、とその阿賀野川特別を思い出してあらためて感歎するうちに、日報賞のほうも直線にかかり、有力馬たちが内から外へ横に長く並んで叩きあい、その争いに加わったオノデンモモコの走りっぷりがばたばたなのが見えて、アナウンサーがあれこれの馬の名を叫ぶあいだ、画面の右端にはすでにブルーの帽子がきれいな飛びで進出していた。アナウンサーがその名を呼んだ時にはもう、他馬をまとめて差す間合いに入っていた。

　レース展開と言えば、騎手から見れば他馬との関係のことになるはずで、これはじつに大事なのだろうが、それよりも前に、自分の馬をそれなりのペースで走らせることが必要なのにちがいない。とくに急な展開の局面で自分のペースを守る。とうに終った福島の競馬のことであるが、馬群が三角にかかるとアナウンサーが、この馬場は三角が勝負所です、と決まり文句を叫び、その声に誘い出されたみたいに、何頭かの馬たちがぐいぐいと行きだす。その馬たちがたいてい、来ないのだ。これはおかしなぐらいに露骨だった。そのあたりでややさがるように見える馬のほうが来る。

　自分のペースをぎりぎり保った上で、ひとつ無理をする。これならば、もろもろの仕事にも通じる。

夏の新馬戦を見ていて憐れをもよおすのは、レースが始まって早々にうしろへ大きく置かれてしまう馬たちのことだ。あれは騎手が押しても叩いても、どうにもならないもののようだ。しかも出場した馬たちの、大半がそうなのだ。十分にお稽古を積んで、それなりの見込みもあって、出してきたのだろうに。あれらの惨敗の若駒たちの中から、さきざき大レースを勝ち負けするような馬が出て来るとは、実例をいくらあげられても、信じられない気持がする。

それにひきかえ、勝つ馬のほとんどが圧勝である。でなければ、二頭のマッチレースのようになり、その後に大きく水があく。いずれにせよひどく強い勝ちっぷりに見える。やれ短距離系だの、仕上がりの早い血統だのと解説されても、どれもＧＩレースのひとつぐらいは取れそうに思えてならない。

この圧勝の馬たちが集まって戦うと、これまた大半の馬が手もなく、お話にもならず、置かれてしまうから、不思議でもあり、さらにあわれでもある。そしてここで圧勝した馬が、やがてみずから惨敗の苦汁を、しかもくりかえし嘗めさせられるということがすくなくない。

馬は負けさせてはいけない。負けさせないことに越したことはないが、なにぶん一レースで勝つのは一頭だけなので、負けることは是非もない。しかし無惨な負け方だけはさせてはならない。とそんなことを言う人もあるようだが、夏の新馬戦や三歳ステークスについては、大半は惨敗のかたちになる馬たちにとって、あらかじめどんな配慮があるのだろう。そして予後はどう手当てされるのだろう。

負け方が大事なんだな、人間にとっても。ところがその大事な負け方の心得を、きちんと青少年時代に教えておかないんだな、今の世の中は。これこそ酷なことだ。

（一九八六年九月号）

一九八六年十一月

十一月二十四日、月曜日、曇。

肌寒い日だ。誰もが風邪をひいたような気分になる。まして、ジャパンカップも昨日終った。その日まで天気が続いてくれた。おかげでレコードも出た。

正午過ぎに東京競馬場に着くと、客の出足が大一番にしてはややさびしく思われた。ところが九Rの発走よりだいぶ前にパドックに来てみるともう、ジャパンカップの馬たちの登場を待ちかまえる客たちで超満員だった。一年の内、パドックのスタンドがもっとも込んで、しかももっとも静まりかえるのは、このレースなのだろう。なにせ初対面の馬が多いので。パドック内に集まった外国人関係者たちも、これほど大勢が、これほど念入りに、パドックの馬たちを見つめる光景もほかに知らない、とそう思ったのではないか。

スタート直後の観客席のどよめきも申し分のない力強さがあった。一角と二角の中間あたりまでは、馬群がかたまって、筏（いかだ）を組むようになって、ちょっとロンシャンあたりの競馬を想わせたが、向正面に入って日本式に長くばらけた。カツラギエース、とクシロキングの先行ぶりを見てつぶやく客がいた。馬群が四角を回った時にも、観客席から力のこもった、深い底から湧くようなどよめきが起り、寿三郎ッ、と声があがり、白馬が一瞬躍り出しかけた。一瞬でも、美しい夢であった。興奮の波がひとまず落着いた時にはしかし二頭の馬が抜け出して、馬体を合わせて死物狂いに叩きあい、六枠と八枠、人気の組合わせだが、ウェイバリースターではなく、サクラユタカオーでもない。もう一頭、内から急迫する馬があり、これはミホシンザンだ。まとめてかわすか、あいだに割りこむか、とときめかせる脚いろで追いすがり、前二頭の尻にまで触れかけたが、そこで突き放された。あとはジュピターアイランドとアレミロードとの、ゴール直前のデッドヒートになり、アレミロードが粘って差し返したかと見えた瞬間、鞍上のひと揺すりで、ジュピターの首がぬっと前へ、蛇のように伸びた。まことに、死んだ者も生き返らせるような、烈しい追い方だった。二着馬の鞍上もそれに劣らずきびしかった。

この両騎手はエデリーとスターキーだが、その二レース前の神代特別のベレス、前日の奥多摩特別での同じくスターキーだ、それぞれカツダイナミックとテスコアイビーと、どちらも少々カッタルイところのある馬を力ずくでゴールまで運びこんだ凄腕にはただ舌を巻かされた。あの追い方をいずれ日本の騎手たちも学ぶのだろう。しかし、日本の騎手たちがあれを身につけて、レースごとに実行したとしたら、固いターフで馬たちの脚はもつだろうか、とも心配される。またこの秋の東京では、毎日王冠、天皇賞、ジャパンカップと、レコードがうち続いている。早い競馬は楽しいものだ。しかし見ごたえという点ではどうだろうか。馬のためにも、喜んでばかりいられることなのか。近頃、下級条件に至るまで、直線なかばで差のひらいてしまう競馬がどうも多いように思われる。

ジャパンカップの日、私の成績と言えば、本番はきれいにはずしたかわりに、増沢サマと岡部サマに、それぞれ少々ずつ、ひとけたの馬券を恵んでいただいて、とくに最終レースでは、もう見えないようなところからツジノダンサーを二着に押しこんでくれたオカベサマに手を合わせて、出血はすくなくして競馬場を出ることができた。

古臭い競馬ファンだ、われながら、まったく。

十一月二十五日、火曜日、曇のち晴。

古臭い競馬ファンと言えば、やはりジャパンカップの日に、先々週の菊花賞のことを思い出して、あの六・六ね、取ってしまいました、とてれにてれていた人がいた。話を聞けば、ダイナガリバーをまっさきに切った上での六・六と言うので、そいつはやっぱり、ぐあいが悪いですね、と私もてれくささのご相伴をさせてもらったものだが、これなども両者ともに古いタイプのしるしなのだろう。

私はガリバーに期待していた。しかし追い切りのテレビを見た時には、これはやはりむずかしいか、と首をひねった。当日、幸か不幸か、家に閉じこもって馬券は持っていなかったが、テレビでパドックを見て、やはりいきおいがもうひとつもふたつも足りないな、とつぶやいた。スタート前、ゲート入りにさんざん人をてこずらせるのを見ては、こいつは駄目だ、とあきらめた。さてスタートしてみるとそのガリバーが、出遅れどころか、先頭(ハナ)をのぞかんばかりの好位にいる。ガバつきぎみなのを、騎手になだめられ、内について、最初のスタンド前に入ってきた。はは、見せ場はつくる意地だな、とこちらは眺めていた。そのままうまく乗られて、いよいよ勝負どころの四角手前、やっぱりずるずるとさがった、ように見えた。それがひと息おいて、内から馬群を割って出て来ると、脚いろよろしく、外からまくるメジロデュレンと、グリーンの帽子どうし、すでに勝ち負けのかたちになっているではないか。

それ見ろ、と胸の内で叫んだのは、競馬ファン特有の、手前味噌である。しかしレースの終った後で、もしも競馬場に行っていたら、あの六・六は、押さえていた可能性はあるな、と悔んだのは、これはかならずしもゲスの後智恵ではない。

まずデュレンの良さは、パドックにいたら目についただろう、と思う。つぎにガリバーを見て、首をかしげる。フレッシュボイスを見て、これも苦しいか、と息をつく。そのとたんにしかし、グリーンの帽子がふたつ、ゴールを駆け抜ける光景が痛いように目に浮んで、もしも現実にそうなったら、そしてその馬券を持っていなかったら、こんな雨の日に競馬場まで来て、どんなにかせつない、索漠たる気持がすることだろう、とすでにして悔むのだ。こういう気迷いのために、今までどれだけ、無駄な馬券を押さえたことだろう。たまさかそんな馬券があたると、嬉しいながらに、なかなかてれくさいものだ。

いいえ、取りました、と答えて、はずかしそうに、泣き笑いみたいなものを浮かべている人がよくあるではないか。手にした出馬表をのぞきこむと、該当の枠が、太々とした斜線で消されていたりする。こういう人にかぎってまた、パドックや窓口の前で粘るものなのだ。

勝負の前にはむやみと執拗なくせに、勝負が終ると、むやみと淡泊な人もいる。それどころか、ゲートがひらくともう、知らないよ、という顔をする人もある。

十一月二十六日、水曜日、曇、風強し。

こんな話がある。

若い人で、競馬が好きになった。年々、馬への感情を深めた。あの馬この馬、あのレースこのレース、あの四角あの直線と、さまざま思い出も積もった。自分の知らぬ過去や外国の名馬名勝負のことも、写真やフィルムを通して、目に浮べられるまでになった。そうしていよいよ熱心に競馬を続けて、七年八年と経ち、ある晩、先日の口惜しかったレースをたどり返して、四・六か、せっかく三・四、三・六と押さえていたのに、と一人でうめくうちに、四枠といい六枠といい三枠といい、馬のことがまるで思い出せないことに気がついて驚いた。思い出せないどころか、馬のことは初めからどうでもよかったような気がする。考えてみれば、近頃、いつでもそうなのだ。いったい、いつ頃からこんな、数字ばかりの競馬になってしまったのか……。

聞けば、長い競馬ファンなら誰でも、思いあたるふしはあるだろう。そんな時期はある。馬につくか、数につくか。馬あっての数である。枠番はもちろん、配当率の背後にも馬たちがいて、その体調があり、戦績があり、特性があり、運不運がある。それはそうなのだが、馬と数とが、競馬をやる本人の気がつかぬうちに、剝離してしまうことは、どうしてもあるものだ。連番や配当率が、馬から離れて、ひとり歩きする。それも一時の気迷いや取り乱しなら、いくらはなはだしくても、すぐ後でかえって気がつきやすい。困るのは、この剝離がすこしずつ、何年にもわたって、進行する場合である。レースの前にはそれでもさすがに馬のことは考える。ところがレースの後で、馬が消えて、二・五とか、一三五〇円とか、数字ばかりになってしまう。さらに重症になれば、ある日、出馬表をつくづく眺めながら、あれだけ熱心に毎週競馬を見ているのに、個々の馬たちについて、数字のほかは何も浮かばないことにぞっとさせられる。いよいよ重症になれば、出目にたよるようになる。

これについて、こんなことを言う人がある。それは気力体力と衰えのしるしである、と。つまり、馬たちから出発して、一・三とか七・八とかの連番に至るまでにも、おのずと長いプロセスがあり、このプロセスをつなぐには、勘の瞬発力で一気に追いこもうと、推理の粘りでじわじわと来ようと、遊びにせよ勝負にせよ、とにかく気力と体力が必要なのであって、それに欠けると、プロセスを飛ばして結論の数字に行ってしまう、と言うのだ。なるほど、寝不足で競馬をやっていると、推理や観察につとめているつもりでも、やる事が出目がかってくる。

また、こんなことを言う人もある。馬が消えて数字ばかりになるのは、たしかに競馬の壁につきあたった時の徴候ではあるが、しかしさらにその源をつきつめれば、その人間が職場やもろもろの人間関係の壁に行きづまったことの、競馬におけるあらわれである、と。とにかく、今の世の中は、人の行為や物事のプロセスを無視する傾向がはなはだしい。ビジネスの世界は結果がすべてであり、プロセスは数字にあらわれない、と言われてしまえば是非もない。言訳にするつもりもないけれど、しかしそれはあくまでも最後の〆めの話であり、いちいちの結果には、それぞれかならず紆余曲折、抑えたり押したり、プロセスがあるではないか。それを無視されては、終った事についてはしかたがないとするとしても、これからまた始まる事にたいして、どんな気持で立ち向かったらよいのか。まったく事務的にやるか、それとも、丁半のつもりでやるか。などと、再三再四プロセスを無視されて歎く人間がいつのまにか、お前ね、いろいろ苦心したつもりなのだろうけれど、結果が悪ければそれまでだよ、と人のプロセスを抹殺するようになる。そればかりか、自分の楽しみのためにやっているはずの競馬でさえも、プロセスを自分で取っ払ってしまう。

　馬から離れて数字に付くと、いっとき馬券の成績があがる、という現象があるようだ。それだもので本人もつい、俺の競馬もようやく心情を払って冷徹になったか、などと馬券師気取りになるものだが、その好成績の理由は、数字だけではどうしてもたよりなくて、しらずしらず、すこしずつ買い控える、いきおい馬券の点数がすくなくなりその分だけ無駄がなくなる、というような機微にあるらしい。しかしそれを続けるうちに、だんだんに味気なくなり、その味気なさに堪えているうちに、なんだか人にたのまれてもいないのにひどくストイックなことをしているような気分になる。それでばかばかしくなって競馬そのものから離れてしまう人もあるが、もう長年、数字数字でやって来て馬への心情も尽き、あとは競馬をやめるか、馬券師めいたものへのめりこむか、ふたつにひとつしかないと見えた人が、ある日、よれよれの予想紙をふと下において、サンダイモン、といきなりつぶやいて目を輝かせ、そして潤ませる。とそんなこともあるらしい。

これを話したら、ある人が、俺、競馬場に来ると、半日のうちでも、そんな変転をひとまわりケミするよ、とつぶやいて、まわりは大笑いになった。十年半日——。

（一九八七年一月号）

一九八八年十月

十月二十八日、金曜日、晴。

箱崎のエアーターミナルまでもどると、もう宵の六時過ぎ、今日は金曜になると思い出した。ちょうど四週間、おもにドイツの街々を歩きまわるそのあいだ、街の人が教会に集まる日曜のほかは、曜日というものをまるで意識せずにいた。働きづめで来た五十男の休暇である。誰も休暇をくれないので、自分で自分に勝手にくれてやることにした次第だ。上着とズボンは着たきり、着替えもぎりぎりすくなくして、荷物はショルダーバッグの小さいのと大き目のがそれぞれひとつ、宿はたいてい暮れ方に駅に着いたところで探し、タクシーは節約してひたすら足でまわり、日にビールを三本にワインを二杯ほども呑み、その間東京の自宅では休業無収入、旅費はむろん私費、誰に頼まれた旅でもない。まことに、五十男のやる旅ではないが、それでも仕事と曜日のことはきれいに忘れていた。

その休暇もこれで終った。とたんに曜日のほうももどってきた。さて、今日は金曜ならば、明日は土曜、土曜なら競馬がある、まず競馬新聞を買おう、と思った。

そこらまでふらりと出かけるかたちにしたくて、四週間前には家の近所からバスに乗り、地下鉄を乗りついで箱崎まで来たものなので、帰りも首尾は合わせておこうと、かなり疲れのきた足腰に我慢させて、夜の街を人形町まで歩き、乗換えの銀座で手に入れた予想紙を地下鉄の中でひろげると、すでに天皇賞ではないか。考えてみれば、これに間に合うように旅行の日程を立てていたので、不思議はないものの、なにやら、東京に帰って早々に、思いがけぬ知人に出会った気がした。

さっそく、オグリキャップかタマモクロスか、検討にかかった。結論など出るわけもない。しかし考えあぐねて、予想紙のあちこちを見まわすと、十月は留守中の競馬の結果を少々は知ることができた。毎日王冠でオグリキャップが古馬陣を一蹴したらしい。二着は、ほう、シリウスシンボリだ。オールカマーは、なんと、スズパレードが勝っているではないか。スーパードラゴンが連勝している。ダイナバトラーやスイートセシールがまた上げ調子らしい。ハワイアンコーラルが明日は秋の第一戦目か。

そんなことを拾っているうちに、競馬の功徳（くどく）か、苦もなく用賀の駅に着いた。

十月二十九日、土曜日、晴。

今日は午前中に起きて、馬事公苑をひとまわり、昼飯の後は旅行の記録と資料を整理、二時半からはテレビの前に坐りこんで東京競馬をひさしぶりに観戦、明日の天皇賞へ向かって備えるかたがた、時差を整えて、日常へ軟着陸する。とそう思っていたところが、とんでもない。前夜、一時に床について、疲れきっているのに三時と五時にぽっかり寝覚め、朝の八時にも目を覚まして、まあ、飛行機の中で夜昼狂わされたのだからしかたない、初日はこれだけ眠れば十分だろう、とまもなく起きるつもりでとろとろするうちに、つぎに気がついたのは四時半、もう日は暮れかけて、競馬はとうに終っていた。競馬の中継を寝すごしたのは、これが初めてである。

頭に睡気のタガのようなものが掛かっている。頭の内はカアーンと冴えている。その冴えた目覚めのまた奥に、昏々と眠りつづける塊がある。まさに時差ボケである。時差ボケは、なにかと緊張の続く一人旅の後のほうが、はげしいようだ。自分は一体、このひと月ほど、どこで何をしてきたのか、よい年をして、と覚めたような眠ったような頭で考えた。ドイツから帰って来たが、初めはパリに飛んだのだ。十月一日の夜に成田を発って、二日の午後にはロンシャンの競馬場にいた。なんだか、いまさら不思議なようにおもわれる。「凱旋門」の大一番を見に行ったのだ。勝ったのは、トニービンだった。マダム・グッチイの持ち馬だ。赤い勝負服の背と胸に大きな星が白抜きにされていた。ゴール前で絶妙なタイミングで抜け出した。フェンスからイタリアの国旗が打ち振られた。二着にはムトトが外からたいそうな脚でつっこんだが、届くタイミングではなかった。私は、馬券を持っていなかった。その前のＧＩレースで、ヤマカン馬券がはずれたので、本番では入場馬をよくよく見てやろうとスタンドで粘っていた。二十四頭がスタンド前を、きれいに輪を描いて歩いてくれた。まず、お目あてのカーヤシ、これがどうもよろしくない。つぎに、ジャパンカップでお馴染みの、トリプティク、これも感心しない。しかし見分けられたのはそこまで。あとの馬はどれもこれも、でかい後肢（とも）にただ目を奪われて、見分けもつかない。馬が入場すればまもなくレースは始まる。馬券をいまから買いに行けば、この見物の場所を失う。というわけで、立往生しているうちに、スタートは切られた。

それにしても、馬場の広いこと。二四〇〇のスタート地点が二コーナーあたりのポケットにある。しかもスタートすると長い長い直線が、スタンドから遠ざかる角度で斜めに続くよりは、そうでなくても豆粒の集まりのような馬群がいよいよ小さくなり、やがて林の陰に消えてしまう。それから、日本流の三コーナー、四コーナーというような、ひとつ大きな弧をまわって直線にかかる。日本のコーナー競馬とは違うようなのだ。馬群の顔がこちらを向いても正面スタンドからはまだまだ遠く、どうやらさらにゆるやかな曲線をたどってごくなだらかに直線へ入るようで、ようやく直線かと思うと、密な馬群を組んだまま、たちまち押し寄せてくる。一着と二着を見分けるだけで精一杯であった。とにかく、馴れない目には、騎兵隊が突進してくるように映る。

観客の表情も日本の競馬場とずいぶん違う。大衆席では陽気にはしゃいでいる連中も見える。ビールや喰い物を沢山持ちこんで上機嫌のグループも見える。しかし、馬券ははずれる方が多いことは東西変らぬはずなのに、あのにがにがしい恨みや悔いの顔にはついぞお目にかからないのだ。さらに、身なりをよくよく観察すれば、地味は地味なり、ラフはラフなり、分に応じて、それぞれ少々ずつ洒落こんでいる。そんな観客たちが、これはどこの富豪か王侯かと目を瞠らせる豪勢なファッションの紳士淑女たちと、ごく自然に往きかっている。物欲しげでもない。目に険もない。

　馬券の窓口を眺めて、首をかしげた。発走のまぎわまで馬券を売っている。まるで締切りがそれぞれの窓口の、あんばいとか呼吸とか、裁量にまかせられているように見えた。これはひょっとしたら、馬が走り出したあとでも、客がいれば売るのではないか、と好奇心が動いて、「凱旋門」のつぎのGⅡレースで、スタートぎりぎりに窓口について見たら、やはりすぐ前のところで、フィニ、おしまいとことわられた。規則は守られているわけだが、ベルが鳴って窓口が一斉にパタンと締まるのとは違う。ことわられた紳士がひとり窓口でしばし粘っていた。しかしこれも、せまるでもなく、のどかな物言いだった。

　最終のハンデキャップレースで、馬たちがパドックから馬道を出てくると、ゆるく張って観客を隔てる縄のむこうから、羽目をはずした男性が飛び出して、お目あてらしい馬に抱きつくようにした。思わずはっとして眺めると、騎手も厩務員も警備員もたいして騒がず、その男性もしつこくはせず、馬も落着いたもので、そのまま何事もなげに過ぎていった。どうも、規則というものを、直線で遮断するのではなく、曲線を描くようにして守る人たちらしい。

　馬券は十フランから。入場料は四十フラン。この四十フランという金額、その前に腹ごしらえに寄った大衆的なカフェではビールとオムレツの軽食で二十フランにもならなかったので、高いなと窓口でちらりと感じて、千円ほどの値打ちかなと踏んだが、その後、何日か街に滞在して物の値段に触れるにつれて、二千円、三千円、どうかすると五千円以上にもなりうる金額だとわかった。たとえばバーゲインデパートで、子供のセーターが、三十九・九フランで売られていた。芝居の切符と考えればよいか。シャンゼリゼーの映画館の入場料よりは高い。

十月三十日、日曜日、晴。

天気晴朗、大勢の客が東京競馬場に集まった。それにしては、場内、静かだった。オグリキャップ対タマモクロスの大一番、マスコミはさほど騒ぎ立てない。しかし競馬好きにとっては、これほど興味を掻き立てるレースもない。ほんとうに好きな客が集まったのだろう。五レースに間に合ったが、時差ボケ頭を考慮して、六レースまで見送った。七レースになってようやく、返し馬をおずおずと眺めて、二枠の芦毛の馬を引き出し、それにもう二頭、添えて三角に買ったら、目がきれいだったせいか、ただ運が良かったのか、その三頭が一、二、三着と来て、結構な配慮を頂いた。つぎの紅葉特別では直線、私の選んだ八枠両頭が並んでほかの馬をちぎりそうなけはいが一瞬見えたが、そうは楽しく行かなかった。つぎの精進湖特別は捨てて、すぐに天皇賞のパドックに陣取ることにした。

つまりは、オグリキャップかタマモクロスか、そのどちらかだ、とそう思ってやって来た。ならば、パドックでどちらかを選んだからには単勝ただ一点、ほかに何も買ってはならない、とこれが筋道になるわけだが、そうはいさぎよく、自分にはできない、とこれもまた承知で来た。ただ、配当につられて、ヒネた馬券を買いこむことは、今日はあまりしたくないな、と思った。

パドック三周目あたりで、タマモクロスを取ることになった。あくまでも印象の上だが、厚みが違う。オグリキャップより四十キロも軽いのに、そう見えた。もっと単純に言えば、次第に馬に見惚れたということだ。しかしオグリキャップの素晴らしさ、これを馬券の外へ切り捨てるのは忍びない。そこで一・六を買った。本線である。二百円台の馬券を本線で買うのは、私にとって、これが初めてではないか。かのテンポイントとトウショウボーイの有馬記念ですら、私は二度にわたって、この組合わせを蹴っているのだ。

シリウスシンボリがなにやら苦しげな肢さばきで出てきた。何周かして、あれは前肢がおかしいのではないか、と私が思わずつぶやいたとたんに、調教師らしい人が出て来て前肢を指さし、馬をいったんひっこめさせた。落鉄だったらしい。また現われた時には、前肢の返しはだいぶ良くなっていたが、それでも全体としてなにか悲しげに見えた。しかしこの馬には少々、心情がからむので、わずかながら、タマモクロスに添えることにした。

さて、スタートを切って向正面に入ると、レジェンドテイオーが大逃げを打つ構えを見せたので、観客はどっと沸いた。事あれかしの喚声である。さらに、それに続いてタマモクロスが三番手から二番手にあがったので、スタンドはまたどよめいた。私も驚いて、双眼鏡でタマモクロスをつくづくのぞくと、まったく平然とした走りっぷりをしている。双眼鏡を返してオグリキャップのほうをたしかめれば、こちらもじっくり後方につけている。両頭とも何の間違いもなさそうで、先の勝負が楽しみになった。三角過ぎではタマモクロスが先行馬をいつでもつかまえられる距離に入れていた。よほど自信があると見えた。ケヤキを過ぎてから、私の目にはようやく、オグリキャップが外をまくって来たのが見えた。爽快なまくりだが、タマモクロスの脚が直線で衰えるだろうか、と思った。

結局は、逃げたレジェンドテイオーを直線でぎりぎり遊ばせた末の、芦毛二頭の勝負となった。ゴール前ではオグリキャップが追いつめきれなくなったかたちになったが、あの時でも末脚はもうひとつ伸びていたはずだ。

勝ってもどって来たタマモクロスにたいして、観客の拍手は熱烈なばかりでなく、なにかきわめて歯切れのよい、冴えた響きがあった。

（一九八八年十二月号）

一九八九年二月

二月二十五日、土曜日、雨。

葬送の車が武蔵野陵の門前に到着した時、霧雨の奥から聳える杉の大木立ちに、目を奪われた。昭和二十二年の夏、今から四十余年も昔に、小学生の私はこの敷地続きになる多摩陵を訪れたことがある。当時、私の一家は八王子市内に仮住まいしていた。そこへ大阪から父方の祖母がやって来て、先帝の御陵にお参りしたいというので、父親が案内して、末の息子もお伴することになった。陵内は閑散として、ほかに人の姿もなく、玉石ばかりが白く照っていた。日傘をさした小さな老女の姿が、いきなり蒸発して搔き消されてしまうのではないかと思われるほどの、強い陽ざしだった。蟬時雨（せみしぐれ）のほかは、ただただ静かだった。そして周囲に植えられた杉林はまだ、涼感を呼ぶほどにも育っていなかった。あれがいつか大杉になった。その間に、祖母も父親も亡くなった。私もまた、昔の寿命ならば生涯を仕舞えていてもよい年齢になっている。

その大喪が昨日のことで、おなじ寒雨が今日も降り続いている。あの御陵とおなじ浅川、つまり多摩川の二十キロあまり下流に、府中の東京競馬場はあるわけだ。この府中の土地に私が初めて、父親に連れられて来たのもやはり四十年あまりも昔、大国魂神社の祭りの宵だった。敗戦直後のせいもあったか、子供が見ていて恐いほどの、荒い雰囲気の祭りだった。父親にとっては、懐かしい土地だったようだ。戦前の一時期、毎週のように、新宿から埃っぽい甲州街道を、府中競馬場まで通ったそうだ。馬券を買うためではない。それはきつい御法度（ごはっと）で、馬券の収入（あがり）をあずかりに、三十代の銀行員であった。競馬場のできたての頃というから、昭和の八、九年、私の生まれる数年前のことになる。親子、皮肉なめぐりあわせである。預金担当でなければ、一度は競馬をやってみたいと思ったその心のなごりが、やがてひそやかに、女房の胎内にイン・プットされたか。その母親もいまは亡い。

今日から関東では、開催が中山競馬場へ移った。いましがたテレビをのぞいたら九レース、四歳四〇〇万下の水仙賞がスタートしたところで、初日からもう、どろどろの不良馬場である。二頭がうまいペースで逃げて直線では、さすが増沢と柴田政、ベテランの叩き合いになったかと思ったら、ゴールの手前まで来て、若い横山典が後方から一気に追いこんで、両先輩をあっさりかわした。不良ではよくある光景だ。二〇〇〇でタイムが二・〇五・一、ゴールインした馬たちはどれも泥だらけだった。しかし不良ならば、皐月賞でも勝ち負けのタイムではないか。ロードリーナイト、覚えておこう。

ひきつづきテレビの前に腰を据えていると、つぎが古馬の九〇〇〇万下筑波山特別、有馬記念とおなじ二五〇〇、初めのスタンド前にかかった時、騎手たちが皆、天神乗りをしているみたいに見えた。馬というものは馬場が悪いと、足もとがおぼつかぬあまり、かえって早く行きたがるものらしい。それを騎手がそれぞれ苦労して押さえている。やがて向正面で騎乗姿勢が落着いて、さて三角四角と、勝負どころで追いだすと、今度は馬のほうがもう、行く気をなくしている。なかで一頭、ベルクラウンだけが、今日は雨かしら、というような平気な顔でひとり旅をした。こういう馬がつぎに良馬場で、走らないとはかぎらない。

メインのアメジストSでは、ケープポイントがぽんと飛び出し、出おくれて並びかけてきた馬に、ちょっと考えて、ハナをゆずるのをやめて、あとは思いさだめたふうに、そのまま他馬をちぎってしまった。一六〇〇で一・三五・七と、不良がどうしたというようなタイムだが、あがりが三八・二、それでも直線、後方の実力馬たちをぐいぐいひき離していくから、おもしろい。一頭が快調に駆け散らしたそのあとから、馬場が一段とまた悪くなるかのように見える。そんなことが実際に、あるのかもしれない。この馬がつぎにまた不良馬場で絶好調で、来るとはかぎらない。まことに豊葦原（とよあしはら）の国の、雨競馬はむずかしい。

じつは先週の土曜日、地球の南側へまわりこんで、二月は真夏の、オーストラリアの競馬をのぞいてきた。シドニーでもメルボルンでもない。ゴールドコーストのサーフィンパラダイスと呼ばれる海岸リゾート地の、夏競馬である。オーストラリアに入って八日目、その晩の便でもう東京へ帰るばかりの日にあたった。こちらの仕事とむこうの競馬と、スケジュールがこの日になってようやく合ったとわかり、旅行の幹事役には二時までにかならず帰ると約束して、同行者の一人をひっぱって、駆けつけた。ところが、競馬場はまるで閑散としている。わずかに入口あたりでちらほら働く人にたずねると、始まりは十二時五十分だという。時計を見たら十時半、日本の競馬の第三レースには間に合うように来ていた。

コースは右まわりで一周が一六〇〇メートルと少々。その直線に沿って、ゴールからおよそ二〇〇メートルの幅に、小じんまりとした芝生の立見席があり、そのすぐ奥に十段ほどのスタンドがあり、その上はガラス張りのラウンジになっていて、ビールなどを呑むことができる。パドックは芝の立見席の並びにあり、スタンドからもよく見える。総じて、小ぶりで粋な競馬場である。異国では気長になれるもので、ラウンジでくつろいで待つうちに、十一時前から客がぼちぼち来かかり、やがてバーもひらいてビールにもありつき、十一時半をまわった頃にはラウンジはすっかり賑やかになり、プログラムや予想紙に目を通す客たちの顔に、すでに勝負けはいが見えた。その時になって気がついたことに、ここではよその都市の競馬もできるのだ。

あらためてプログラムを眺めると、十一時五十分発走のメルボルン競馬をかわきりに、シドニー、ブリスベイン、そして地元ゴールドコーストと、四つの競馬場で、およそ十分おきに発走する。そのどれも、ここで馬券が買えるらしいのだ。一日、あわせて三十七レースになる。日本で、たとえば小倉、京都、東京と、全レースが一箇所でやれたら、私などは身がもたない。しかしゴールドコーストの客たちはあくまでも悠然としていた。若い人たちが主役のビーチや町と違って、ここではさすがに年齢の厚みが感じられる。競馬とは、ひとりひとりの、歳月のつみかさねなのだ。やがて場内テレビでメルボルンのレースが始まり、ゴール前ではあたりが湧いた。

ブックメイカーというものがいた。私設馬券売りといえばよいか。もちろん公認されている。おおやけの窓口よりも、由緒の古いものなのだそうだ。またそのような、競馬場の主みたいな顔をしている。観客席の下の広間に、二、三十店ほど、市をなしていた。客も大勢たかっていた。日本の公営競馬の予想屋氏たちのお店を思いうかべれば、おおよそあたるか。それぞれ細長く立つ掲示板の、天辺の看板には店の主人の名前が見えて、その下には縦に二列に、単勝の配当の表が出ている。むかって左の列がこれからすぐ始まるレースのオッズ、右はそのつぎのレースのオッズである。その前に店の主人らしい人が小さな台に乗って立ち、場内をにらみ、ときどき双眼鏡を目にあてて、場内テレビに映る主催者側のオッズの変化をのぞいては、自分のオッズにすこしずつ修正を加えている。つまり私設の、主人の裁量でつくる配当率である。まもなく始まるレースのオッズはほとんどいじらないようだ。そのまた前では、胸の前へ大きな鞄をさげた人が、馬券を売っている。この人が口の先に小型のマイクをつけているところを見ると、馬券の売れ高を、同業者たちに報告しているのだろうか。それをキャッチして集計するのは、それぞれの店の裏側で、無線のレシーバーをつけて、なにやら表に書きこんでいる人か。とにかく、システムのことには、私は日頃から悟りの鈍いほうで、馬券の買い方さえおおよそ呑みこめれば、もうよろこんでしまう。

それにしても、お店によってオッズが違うとは、妙な気分のものである。初めに店から店へ一周した時には、どこも大差ないように思われた。ところがつぎに、出馬表から選んだ一頭の馬をしっかり心に置いて、オッズを見てまわると、これは大いに違う。あらかたの店は六倍から七倍の見当だが、この馬に十倍をつけている店があるではないか。当然、その前で足がはたと停まる。しめたと思って、しかしそれから、首をひねった。これだけつけるとは、ここの主人が、この馬の勝ち目は薄い、とそう踏んでいるわけだ。せっかくの馬券を、その馬を軽視しているお店から、わざわざ買うことはないではないか。いやいや、馬券はやはり、配当の高いところで買うものだ。サンキュー、と鞄をさげた人が言って、予想屋氏の渡すような、ただし黄色い、紙きれの馬券をくれた。

五番、イナパラス。イナボレスを連想したか。茶色の勝負服の、袖に白の馬蹄、つまり横縞であるらしい。買って少時(しばし)は、取れるような気のするのは、どこにいても一緒だ。念のため、主催者側の窓口のほうにも寄って、一番人気の馬と、二・五の連勝複式もおさえると、これでずいぶん安泰のようなつもりにすらなり、いさんでスタンドへの階段を、途中までのぼったところで、しまった、と額へ手をやった。まだパドックも見ていなかった。

パドックでは追認のかたちになった。いや、ほんとうに好馬体、好気合いであったのだ、イナパラスは。そこでライバル探しにかかった。すると困ったことに、四番の芦毛の馬がしきりと目についてきた。日本での芦毛ショックのなごりかとも思ったが、どう見ても、実際によろしい。そこへ同行者がやって来たので、何を買いましたかとたずねると、四番を買いました、という。

スタートが切られた。向正面の青い空の下を馬群がゆるみのないペースで行く。縦長になり、日本の競馬とわりあい似ている。ついでながら、牝馬の一四〇〇メートル。やがて四角をまわって、のこり四〇〇ほど、芦毛の馬が内目から抜け出たのが見えた。四番である。先行馬たちを突き放して、弾丸のようないきおいで来る。ひと息おいて、追込馬たちが差してきた。なかでも、茶の勝負服に白の帽子、私のイナパラスの脚いろが目について、ゴール前、はげしく襲いかかった。しかし芦毛のブラッドレイボーがはっきりと押さえこんだ。私は遠くにいる同行者へ向かって、祝いのサインを出した。四・五のなかったのは残念だが、二人で一、二着をあてるとは、快挙である。

電光掲示板にも四番・五番と出た。ところが妙なことになった。同行者が払いもどしに窓口へ行くと、もう十分、もう五分、とさんざんに待たされた末に、これは当たり馬券ではないと言われた。走路妨害があったらしく、着順がかわっていた。しかも五番・四番、といれかわりである。今度は私のほうが首をかしげながら、さっきのブックメイカー氏の店に行って、馬券をおずおずさしだした。払いもどす時にはやはり、ちょっと惜しそうな顔をするものだ。

翌朝には東京にいた。日曜の競馬をテレビで楽しむことができた。京都記念では、ダイナカーペンターの逃げるのを、あぶないあぶないと見ていたら、はたして逃げきった。目黒記念では、三角を過ぎて逃げ脚も尽きたかと見えたミホノカザンが、それからもう一度ひき離すという大技（おおわざ）に出て、キリパワーの二着に粘りこんでしまった。おもしろかった。

二月二十六日、日曜日、晴。

三日続きの雨かと思ったら、晴れあがった。西のマイラーズCでは、ミスティックスターがいい脚をつかってゴール前を制した。五連勝だそうで、いつ出現したか、まさに神秘の星である。東の中山牝馬Sでも関西馬リキアイノーザンが快勝した。不良の一八〇〇で一・五〇・六、あがり三八・三で、もうほかの馬はついて来られなかった。しかし良馬場でも、あれぐらいの勝ち方をする、あの馬は。

（一九八九年四月号）

一九九〇年五月

五月二十五日、金曜日、晴ときどき雨。

なぜ競馬が好きなのかとたずねられて、あそこにはとにかく明白な喜怒哀楽があるから、と答えた人がある。うまい答え方だと思う。

今年の緑の季節も、私にとって、喜怒哀楽をもって始まった。まず四月の末の土曜日に府中に出かけた。十レースの箱根ステークスでイズミサンシャインとクシロローズ、三番人気と九番人気が追い込みを決めて、五・七、一五五〇円を頂いた。これは喜であり楽でもあった。つぎに十一レースの青葉賞、ダービー指定オープンでは、馬券がお目当ではなくて、かねてからダービーの穴馬としてひそかにたのむバトルイニシャチブの様子を見に来たわけだが、レースはやはりスローの展開になった。それでもイニシャチブはケヤキ過ぎから一気にあがり、直線の坂では先行馬群に大外から並びかけ、ぶっちぎりのけはい、「おいおい、ダービーで人気が出ては困るので、派手な勝ち方をしてくれるな。二着でいい、三着でもよろしい」と気を揉んでいたところが、そこでフィルムの具合がおかしくなったみたい、先の馬たちにずるずると置かれて四着がやっと、ダービーにも出られなくなった。これは怒ではないが、哀ではあった。

しかしつぎの最終レースでは、直線に入って、もう何もないとあきらめかけた頃に、後方からスイートコルティナ、岡部サマが見る見る叩き出して来てくれる。届いてしまって四・八、九五〇円、お天気もよろしく、まずは好日であった。

さて翌二十九日は天皇賞、東京ではおかしな空模様となった。午後の二時頃だったかと思う。競馬中継のテレビのスイッチを入れると、暗雲垂れこめて、ちょうど向正面のスタート地点で輪乗りを続ける馬たちに、強風とともに、大粒の雨が叩きつけている。雹(ひょう)もまじっている、とアナウンサーは言う。私の住まう世田谷馬事公苑前ではまだ日が差していた。しかし遠くに雷が聞えた。そうこうするうちに馬たちはスタートを切り、雨にも負けず風にも負けず、雹にもめげず、たちまちケヤキを過ぎて四角も回り、叩き合いに入ると、なんと、一頭ずつの足もとにくっきりと、影が落ちているではないか。スタンド前では日が照っているのだ。

天皇賞ではスーパークリークが快勝した。イナリワン一頭を相手と見定めて、この仇(かたき)の来るのをぎりぎりまで待っていたような武豊の騎乗だった。半馬身差ではあったが、ゴールが百メートル先にあってもそのまま、変わらなかっただろう。スーパークリークとしては早々に追い出せば大差で勝てたはずだ。昨年の有馬記念の苦杯がよほど身に染みていたものと見える。それにしても、強豪どうしの一騎討ちとなるのは楽しいことだ。とたいそう上機嫌になった理由はほかにもある。三角手前で老雄カシマウイングがスーパークリークの前にあり、さらに二番手をうかがっていた。健気(けなげ)である、あまりにも健気である。四角でも果敢に、二番手で回った。そこからはさすがに脚が尽きて、馬群に沈んだ、と思われた。ところが二強の叩き合いがゴールを過ぎてから、目をもどすと、はるか後方から抜け出してきたがごとくに、つぎにゴールへ飛びこんだのが、カシマウイングであった。じつは前日、府中の前売りで、その複勝を買いこんでいたのだ。

窓の外が暗くなり、雷が鳴り出した。露店商売ではないが、今日はこの辺でやめておく。

五月二十六日、土曜日、晴。

今日もところによって一時雷雨という予報が出ているが、午後の今のところ、その様子はない。よく晴れた。陽ざしは強く、空気はやや冷たい。いましがたテレビで四歳五〇〇万下のロベリア賞をのぞいたら、福島で未勝利から抜けたばかりのプレクラスニーが芝の一八〇〇を楽に逃げきった。その母親がミトモオーなのだ。懐かしい。

ところで、このプレクラスニーがまた芦毛なのだ。となるとどうしても、格はずいぶん違うが、おなじターフの、安田記念のオグリキャップの快走を思い出す。馬も強かったが、このたびは武豊の騎乗も強気だった。捨て身で飛ばすケープポイントの尻をぐいぐいと押して行った。うしろにいる有力馬たちにたいして、従いて来れるものなら従いて来な、というところである。有力馬たちもこの怪物のこの怪ペースによく従いて行ったものだ。南井のシンウインドなどは勇敢にもオグリを負かしにかかった。しかしあのペースの上に、三五秒〇であがられては、どうにもならない。マイルで一分三二秒四、舌を巻くばかりだ。そのオグリの尻にひたりと付いて四角を回ったヤエノムテキが、岡部の好騎乗で二着に入った。オグリを負かすことを早目にあきらめたおかげか。三着のオサイチジョージは、コーナーワークでヤエノムテキと微妙な差が出たようだ。シンウインドの四着はもちろん立派なものだ。さらに、録画を見て驚いたのは、あのレースの、あの最後方から、直線だけで競馬をして、五着に突っこんだホクトヘリオスの末脚である。いじらしい馬だ。オグリをめぐって、四者四様の力を見せた。あわれだったのは、私がひそかに三着の複勝をあてこんでいたケープポイント、直線でオグリがすこしも遊んでくれなかった、遊ばせてくれなかった。武オグリとしては脚を溜める必要もなく、まして、逃げた馬をかばう義理もなかったわけだ。

オークスでは軸馬として、まず配当上の理由からアグネスフローラは敬遠して、さて、ケリーバッグかエイシンサニーか、さんざんに迷った末に、ミルジョージとダイアトムの血統からしてサニーともう分別するそのまぎわに、ハイセイコーへの情にひかされて、ケリーのほうを取ってしまった。当日のパドックの中継を見て、すでに後悔していた。馬群が四角をまわるとき、すでに先頭へ押し出されたケリーが首を横へ向け、そんなところに父の俤(おもかげ)が出てしまった。すでにフローラがうしろに忍び寄っていた。それでも私の馬券はよかったのだ。しかしその時には、さらにその後方で、エイシンサニーの末脚に火がついていた。おあつらえむきの直線の情勢、まるでミルジョージ・ショウだった。それにしても若い岸君がそこまで最後方のあたりでよく辛抱したものだ。フローラもケリーも強さを見せた。コニーストンが馬の好調さと騎手の意気にまかせて四角で先頭をうかがういきおいを見せ、そのためにケリーが早目に押し出され、ついでフローラもつり出された、というレースの機微も見のがすわけにいかない。しかしいずれサニーのものだったろう。

いましがた、府中のメイステークスで、三年前のダービー二着馬、サニースワローが大逃げを打った。喉の手術後二戦目になり、走りっぷりもよろしく、大西騎手も巧みにハイペースを欺いた。これはひさびさの快挙か、とケヤキあたりからもう胸をときめかせて見ていた。結局はゴール前わずかに、柴田政人のブラウンアイボリーにつかまったが、しかし快挙は快挙であった。三着に粘ったザッツマイドリームの岡部が四角までサニースワローをぎりぎりの射程内にマークして、四角から柴田がバトンタッチするかたちで、ベテランが二人がかりで、逃げきりを抑えた。

天気はおちついている。すがすがしい暮れ方だ。さて、明日の予想紙を買いに行くか。


五月二十七日、日曜日、晴。

アイネスフウジンが四角を回った。ハクタイセイがその外から、もう一頭、カムイフジをひきつれて並びかけようとしたが、その脚にもう余りがない。カムイフジをすら振りきれない。アイネスフウジンとの差がまたひらき出した。場内にはただただ狂躁が続いていた。

たいそうな人出だった。競馬を楽しむのはほとんどもう不可能に近い雑踏だった。そして学校の文化祭を思わせる雰囲気があった。とにかく騒々しい。午後一番の駒草賞のパドックで、出場する騎手の名前を片っ端から叫んでいる若者がいた。喉を絞るような金切り声だった。

騎乗合図が掛かったとたんに、もう八方から叫びが飛び出した。ダービーのパドックのことである。騎手たちが馬にまたがり、馬たちがもう一周して、馬道へ消えるまで、叫びは飛びかっていた。どれもやはり喉がつかえたような声だった。今日は馬体がすっきりして落着いていたメジロライアンが少々いれこみを見せはじめた。ツルマルミマタオーもなにやらあやしげになった。両頭ともに、あぶないところで馬道へのがれた。

しかし馬たちが本馬場に出てくると、フェンスの内側にぎっしりと詰めた人群れから喚声があがった。沸きあがり盛りあがりと形容するべきところだが、もっとなにかオートマティックな、一本調子の興奮だった。うっかりしていると、罵声にきこえる。騎手たちはただもう、すこしでも早く馬をスタンド前から遠ざけることに苦労していた。

パドックの最後の一周と本馬場入場とは、競馬客たちがもっとも目を凝らし感覚をとぎ澄ます時のはずなのだが。

ゲートがひらくと、外側のハクタイセイのスタートの良さが目についた。しかしアイネスフウジンが楽に先頭に立った。ハクタイセイもすぐに三番手についた。この馬はもともと首の高い馬だったようだ。それがダートから芝にかわると一戦ごとに首づかいが低く長くしなやかになってきた。しかし二四〇〇の距離になれば、このふたつの特性のどちらが出るか、直線坂上まではわからない、とこれは昨夜思案したところだ。

向正面に出るとアイネスフウジンの調子が本物であることが遠目にもはっきり分かり、ひきつづき楽に軽快に逃げていた。後続の馬群は置かれぎみだった。三角の手前からハクタイセイが二番手にあがり、差を詰めはじめた。展開を見たというよりは、今日のアイネスフウジンをこれ以上逃がしてはもう捕まらないと判断したにちがいない。好判断ではあったが、おかげで貧乏クジを引くことになった。

　アイネスフウジンがハクタイセイを突き放して独走の態勢に入った時、四角を外からまくりにかかるメジロライアンの姿が見えた。やはり来た。中団にいたのが思ったよりも早くすんなりとあがって来た。しかし先頭の馬をとらえるタイミングはすでに完全にはずれていた。一馬身あまりまで詰め寄った末脚はさすがに見事だったが、道中、中団ながらあの速さに引っぱられて来たあとでは、あれ以上の脚は使えない。アイネスフウジンの中野の最大の手柄は、ほかの馬たちに道中すこしも息を入れさせなかったきびしさにあったのだろう。一人で、ほかの二十一頭をつぶしたことになる。ごまかしたのではなくて、つぶしたのだ。完勝も完勝である。

　ライアンの後からホワイトストーン、それに接して、ツルマルミマタオーがなかなかの脚で追い込んできて、私の面目をわずかにほどこしてくれた。馬群に消えたかと思ったハクタイセイも五着に粘った。首はあがっていなかった。

　直線の坂上でよろけかかり、後続馬の好餌になるかに見えたカブラヤオーが、よろけたはずみに前へ弾(はじ)き出されたように、豪快に他馬を突き放した。あれ以来十五年ぶりの逃げきりとなった。あの日、スタンドから「フレー、フレー、カブラヤオー」と叫んでいる若い客を見て、長年のファンが苦笑していた。今年はウイナーズサークルのまわりを動かぬ人群れの中から、中野コールが始まった。横山の馬を買った客も、田面木や田島や武の馬を買った客もいるはずなのに、よくああも一致できるものだ。熱狂というよりは、エキストラの整然とした協力を思わせるところがあった。長い集団的な殺到の時代を経て、今こそ人がそれぞれ個別の苦楽にしっかりつかなくてはならない時に、これは逆行ではないのか。およそ二十年来私の見たダービーのかぎり、もっとも稚い、泥臭い、場内の雰囲気であった。

（一九九〇年七月号）

一九九〇年十二月

十二月二十二日、土曜日、晴。

冬至である。日がな静かに烟(けぶ)って冷えこむこの時節は悪いものではない。ただ、年内の苦労がもう片づいてれば、もっと良いのだが、今朝方は濃霧のために千葉の高速道路が閉鎖されたそうで、おかげで馬たちの到着が大幅におくれた。馬を運ぶ人たちの苦労も大変だ。

その中山土曜の競馬を今まで見ていたが、近頃、どうも気にかかることがある。オッズが、人気がかたよりすぎるのだ。たとえば四レースの新馬戦で、万馬券が出た。ちっと配当がつきすぎると思われたが、二着につっこんだ馬が無印に近いようだったので、これはよしとしよう。しかしつぎの五レースの新馬戦は二番・四番人気で決まって一八七〇円つけたが、五着に敗れた一番人気のミヤマルドルフが単勝で一・九倍とかぶっていた。同様に六レースの三歳五〇〇万下でも、二・四番人気が来て二〇九〇円、四着に敗れた一番人気のレオダーバンが単勝で一・七倍と票を集めていた。そして九レースの三歳オープン、すずかけステークスでは、エディターが二・一倍、イナズマクロスが三・七倍と集めているのを見て、これはどうしたことかと首をかしげていたら、人気薄のミスタイランドが逃げきり、やはり無印のブルーリーフが二着に届いて、一・二・三番人気の馬は五着にも来なかった。またしても万馬券に近い配当が出た。

十一レースの四歳上オープン、クリスマスSでは、カッティングエッジが単勝二倍の人気を呼んだ。たしかに実力あるマイラーである。昨年のこのレースに勝っている。しかも鞍上は岡部。それにしても、牝馬が今度は五六キロ背負って牡馬相手ではどうか、とあやぶんでいたら、これは人気にたがわず、直線、力強く抜け出してくれた。二着は三番人気のモガミチャンピオンで、二番人気の馬と同枠で、まずは順当だった。

ところが最終レースではまたキオイドリームが単勝二・二倍とかぶりながら着外、ナイスパーワーと二番人気トウショウジューザで一〇〇〇円あまりつけた。

参考のため先週の中山の土日曜の記録を調べたら、全二四レースの内、一番人気が単勝三倍以下だったのは、なんと一六レース。ただしその一六レース中、一二レースまで、一番人気が勝っている。あるいはこの余波が今日のオッズに影響したのかもしれない。しかしひと昔前頃までの歳末競馬では考えられもしなかった人気のかたよりである。

体験が多ければ多いなりに、少なければ少ないなりに、それぞれ自分の頭で考えるのが競馬である。専門家の予想はあくまでも参考の材料である。しかし近年、自分で考えて迷ったり、決断したり、結果に翻弄されたり、そういうやっかいなことを避ける風潮が、若い者を中心にひろまっているとか聞く。

中山大障害は六頭立てだったが、全馬めずらしく完走した。それぞれになかなか安定した飛越だった。星野忍がワカタイショウを上手に乗りこなして、二着のパンフレットとの調子の差をかっきり表わした。やはり楽しいものだ、暮れの大障害は。二頭が最終障害も無事に跳んで、他馬を離して直線に入ってきたとき、連勝一九〇円の馬券を握っていた人はどんなにほっとしたことか。持っていなかった人も両頭の強さにあきれて大声援を送っていた。

明日の有馬記念もお天気のようだ。オサイチジョージがどんなペースでひっぱるか。ホワイトストーンと両メジロはどこで待つか。またレコードが出るか、上がりの競馬になるか。

短い日はもう暮れている。

十二月二十三日、日曜日、晴。

昨年の雨天と一変して、天気晴朗の有馬記念となった。有馬日和とでも気取りたくなるところだが、しかし昔はもっと薄暗くはなかったかしら、グランプリのこの時節は、と年配の馬好きたちが首をかしげあった。たしかに、冬枯れのターフに低く差す陽はもっと弱くて、黄色かったような気がする。近年、晩秋から年の瀬まで、小春日和の陽気の続く年が多いようだ。

前夜、酒場でひろげて女将(おかみ)の意見を聞いたとか、炬燵で蜜柑をむきながら検討したとかで、あやしの染みのついたくしゃくしゃの予想紙を、これもよれよれのコートのポケットにつっこんだ、そんな姿も見うけられなくなった。

世田谷は馬事公苑前の自宅から中山競馬場まではおよそさまざまなコースはあるが、今年は早く着くよりもゆっくり坐って行きたくて、用賀、永田町、新木場と道を取り、そして京葉線の窓から年の瀬の冬の日に霞む東京湾を、はるばると来つるものかなと眺めるうちに、競馬場へ向かう気分をしばし忘れた。じつは中山競馬場はもともと海に近い丘陵の上にあったわけだ。西船橋の駅近くまで渚が来ていたとか聞く。

船橋法典駅からの「最後の直線」が長かった。まず地下道から人でこみあって「道悪」、締切り仕事の続いた後なので疲れが出て「馬体重十キロ減」、同好の士たちのために美酒を一本担いで来たので「負担重量十キロ増」、九歳馬なので「末脚尽の、馬群沈」、往生させられた。とりわけ、スタンドの下をパドックからパドックのほうへ抜けようとした時には、そうでなくても身動きの取れない混雑の中へ、パドックからもどる客たちがどっと押し寄せて、これはと思った。あれはもう危険である。明るい競馬のイメージにさそわれて、こんな日に小さな子供を連れてくるニューファンたちも少なくなく、恐くて見ていられない。

主催者に苦情を申しあげたい。入場者数が十八万ほどにもなったそうだ。いくら容れ物が大きくなったからと言って、あれだけ大量の人を寄せておいて、競馬を楽しめというのはもう無理である。馬券を買うゆとりもろくにない。しかし場内を見渡すと、この大群集にむしろ楽しそうにしている顔があちこちに見える。馬をよくよく見て、馬券をじっくり考えることはあまり大事でなくて、祭りさわぎの、臨場感の興奮を分かちに来たものと見える。こうなると、私などには何も言えなくなるが、とにかく、いろいろな意味で危険ではある。

本馬場入場の時に、あまりもけたたましいフェンスサイドの叫喚に驚いて、ヤエノムテキがよろよろと内埒のほうへ逃げ、岡部騎手を振り落とした。これで一枠がらみの、かなりの数の馬券に、望みが薄くなった。

人気はホワイトストーン、メジロアルダン、メジロライアン、オグリキャップの順になったが、たいした差もなかった。オグリがジャパンカップの時よりはよほどよくなったかと思ったら、好調を伝えられるアルダンが十六キロ増で出てきたので、両頭の四枠がらみの馬券をねらっていた人は困惑したことだろう。逃げるのはオサイチジョージ、どれぐらいのペースでひっぱるか、それが鍵と思われた。楽に逃げられるはずなのでスローになりそうだが、しかし年末の中山はあいついでレコードが出ている。

やはりオサイチがトップをひいて、スローペースになった。アルダンが早々に好位にあがり、ストーンが内に入って中団におさえ、ライアンがそれをマークして、オグリも中団の良いところにつけた。おそい、おそい。超スローペースと言ってもよいほどで、向正面、馬順はほとんど変わらない。馬群全体の均衡がどこまでも破れそうにもない様子で、淡々と流れた。

三角でするすると、先頭をうかがうあたりまであがった馬があり、仕掛けたのはオグリだった。その仕掛けにほかの有力馬たちはほとんど応じなかった。あそこがすべてであったのかもしれない。オグリは最後の見せ場をつくってくれるものと、人は見ていた。そのまま四角までさがらず、直線へ向かって先頭に躍り出た。これで満足した、ありがとう、と人は思ったに違いない。昔、菊花賞で、喉鳴りに苦しむタニノムーティエが四角でまくりをかけて先頭をのぞいたとき、満場はどっとわきかえり、その瞬間の満足を大事につつんで家に帰ったものだ。すでにホワイトストーンが内を突いてすぐ後方に迫っていた。やがて並びかけた。その瞬間、オグリがぐいと突き放した。ゴールはもうすぐそこだ。奇蹟は起こった。天皇賞六着の、ジャパンカップ十一着。後からライアンが長駆追いこんだが、尻をつかまえたきり、それ以上は詰め寄れなかった。最後の舞台である有馬記念に立役者の大復活の、二着三着に切りこんだのが若手花形、とあつらえたような大団円となった。まずはめでたいことだ。しかしレースそのものとして、例年のきびしさに欠けていたことはいなめない。

地上はすっかり暮れきっても、西の空の低いところに澄んだ夕映えがのこり、その中に小さな、富士の影がくっきり浮かんでいた。ここの中山辺からも富士は見えるのだ。そう言えばいろいろ、思い出されることがある。命なりけりか……。

車の渋滞する暗い道路に沿って、大勢の人間がぞろぞろと歩いている。最終レースの後で小一時間も粘って出てきたが、このありさまだ。オケラ街道の情景と言うよりは、初詣の雑踏のほうに似ている。往く人々の口から、競馬の話がほとんど聞かれないのだ。

西船橋の臨時改札口の長蛇の列についた時には、オグリコールやユタカコールの興奮のなごりもなく、大方の客がしれっと寒い顔をしていた。

十二月二十四日、月曜日、晴。

今日はさらに穏やかで風もない。馬事公苑の雑木林の中に熊笹のひろがるところがあり、こんな静かな日には、わずかな紅葉をのこして枯木となった林の中で足を停めると、あるかなきかの風に感じて、笹の葉がかさりかさりと鳴るのが聞こえる。日頃、耳を聾されたような暮らしを送っているのだな、と耳をやりながら驚く。来年は何とかしよう、と毎年そう思う。

今年の競馬は後方一気で決まるレースが目立った。実際に調べて見ればそんなに頻繁でもなかったのだろうけれど、とにかく多かったような印象がのこる。直線の叩き合いで有力馬の一頭がようやくライバルたちを切り捨てたところへ、大外強襲、あるいは内をするすると抜けて、人気薄の、ハンデ戦では軽ハンデの馬がたちまち勝利をさらっていく。初めのうちは手を打って喜んでいたが、たびかさなるうちに、少々興ざめになることもあった。苦労して他馬の面倒を見たおかげで負けた馬のことが気の毒になる。

人気のかたよりが本命馬に乗る騎手によけいなハンデとなってかかってもいるようだ。バンブーメモリーが直線で豪快に馬群を割って出たあのスプリンターズS、あのレースの向正面で、後方、長手綱で流していた武豊の姿を、覚えておられるだろうか。ハイペースの利もさることながら、がちがちの一番人気だったマイルチャンピオンシップの向正面にくらべて、じつにのびのびとした騎乗だった。あの感じが有馬記念まで続いたか。

またレコードのよく出た年だった。とくに暮れの中山ではステイヤーズS、朝日三歳、スプリンターズSと、長短の距離であいついだ。朝日三歳に至っては六着までがレコードだった。馬のレベルがあがったのだろう。しかし馬場も軽快すぎる。あまり速いレースはとかくコクが薄いものだ。

有馬記念ではオサイチに道中せりかけそうな馬もいないのでスローペースと、読みではそうなるが、なにせ馬場が良いので、三角手前からペースがあがって、またしてもレコードに近くなるとにらんだら、あのとおり。

今年も暮れる。来年は世界も日本もあれこれハンデが重くなり、道悪にもなって、競馬界もバブル景気から落ち着いていくことだろう。

（一九九一年二月号）

一九九一年七月

七月二十八日、日曜日、晴。

関東ではちょうど先週の日曜日に梅雨が明けた。あれから猛暑が続いている。木曜日に知人が数人、人形町の酒場に集まって、私のために、病気全快祝いをしてくれた。題して「足馴らしの会」。まあ、だんだんに、夜の巷にも復帰しましょうや、との心である。退院は桜花賞の前日だったので、そろそろ三カ月になる。若ければもう病気のことなど忘れる頃になるが、中高年ともなれば、順調に来ても、のこり二分の、あと一分の、回復がなかなかはかどらないものだ。とくに退院の際に医者から、足に神経障害がのこっているのを、おそらく目で修正しながら歩いているはずだから、暗い夜道には出ないほうがよろしい、と忠告されたのが頭に掛かって、昼間にはもう走れるまでになっても、夜の巷に出没するのは控えていた。

それでも競馬には行く。五月にはダービーに行った。六月には宝塚記念のために京都まで遠征した。この噂は知人たちの耳にまで伝わったようだが、あの男にとっては競馬は別のことだから、とそう思ってくれたようだった。しかし七月にはまた福島まで出かけた。このことはさすがに、「足馴らしの会」をやってくれた知人たちには言いそびれた。

あれが福島開催の最終週、七夕賞の日になり、今では競馬はとうに新潟に移って三週目に入った。その間にすでに、ＢＳＮ杯ではニフティニース、朱鷺ステークスではセンゴクヒスイ、夏馬がさっそく名乗りをあげた。弥彦特別ではイナリライコウ、信濃川特別ではナチュラルナインと、それぞれ公営から転職の、しかも父は同じパーフライトの、芦毛の馬たちが躍り出た。

さて競馬中継のテレビの前に坐ると、ひさしく競馬を見ていなかったような気がした。そう言えば、先週の日曜日は、長時間特別番組にチャンネルをふさがれて、競馬実況がなかった。たった一日競馬が欠けてもそんな気持がするものだ。たしか、例年、七月に一日だけ、テレビの競馬のない日曜があって、さびしい気分にさせられる。これからも毎年くりかえされるのだろう。

これも毎夏のように、ローカル競馬の出馬表をひろげるたびに思わされることだが、春競馬でのご精進の、ご利益（りやく）がこの辺になるとてきめんに出てくる。つまり、逆から言えば、春競馬のあいだ忙しかったり事情があったりして、グレードレースのほかは、条件戦をあまり熱心にも見ないでくると、夏競馬に入ってもういけない。その日のメインの特別戦でさえも、出走馬たちの名前がどうもピンと来ないということになる。折しも猛暑にかかり、頭のはたらきも鈍くなるので、よく知っているはずの馬たちの、ここ数戦の動向すら、さっぱり思い出せなかったりする。これでは馬券は取れない。レースが終ってから、「ああ、あの馬か。あの馬なら、勝って不思議はない」とつぶやいても、もう遅い。

また、こんなこともある。今日の特別戦の出馬表を眺めている。出走馬たちの、イメージがどうにもしぼりきれない。おまけに日盛りにかかり、うだるように暑い。新聞をひろげたきり、つい、うとうとしてしまう。すっかり眠ったわけではなく、頭の隅ではもうろうと、レース検討を続けている。そのうちに、ちょっと真剣なようになる。やがて気がついたら、馬は馬でも、もう十年も十五年も昔の馬たちの、比較検討をやっている。なかば閉じた目がひきつづき今日の新聞の上へ注がれていて、半夢半醒、現実の出馬表の中から、過去の馬たちの名前を読み取っているのだ。

　過去の馬たちと言っても、ビッグレースを賑わせた名馬たちではない。重賞を勝ち負けした馬たちでもない。目の前にひろげているのはただの特別戦の出馬表なので、そこは白昼夢でも筋は通っていて、すべて条件戦止まりの馬ばかりである。しかし昔、競馬場で、走ったと言ってはよろこび、走られたと言っては口惜しがり、ほんとうに一喜一憂させられた馬たちなのだ。そんなに熱中させてくれた馬たちなのに、ターフを去って五年もすれば、名前すら失念してしまう。真昼の寝惚(ねぼ)けの中ではしかし、その名前がはっきり蘇っている。馬名も分からずに、どうして馬券検討ができようぞ。ところが、目をさましたとたんに、すべてまた、きれいに忘れてしまう。旧盆も近い。

　七月二十九日、月曜日、晴。

また猛烈に暑い。手が汗ばんで原稿用紙を汚すというなやみが私の職業にはある。ほんとうは夏場休養とありたいところだが、そうは行かない。ＧⅠホースの扱いは受けられないのだ。

昨日は日曜の競馬のことを記すつもりで、暑さのあまり、つい眠ってしまった。もう札幌三歳Ｓであった。あれよあれよと眺めるまに、たちまちゴールインしてしまった。イイデザオウという馬が飛ばして行く。この馬は本命のハギノグランドールと同枠で、パドックで見ていたら、後肢の弾力がシンボリルドルフの息子にそう劣らない。逃げきるかと思われた瞬間もあったが、直線でようやくばてて、一枠の馬がこれをかわして、あっさりちぎった。向正面で先頭をうかがっておいて、いったんさげた馬である。一分一〇秒五のレコードタイムであるから、烈しい電撃戦であったわけだが、それにしては悠々と勝ったように見えた。強いのだ。ニシノフラワーという。女馬である。こんな簡素な馬名がまだのこっていたものらしい。

二着に突っ込んだのがディスコホールで、またまたノーザンテースト。いい馬のようだ。三着にはイイデザオウが逃げ粘った。これは評価できる。並大抵の馬なら、馬群に沈んでいたところだ。四着には末脚爆発せずハギノグランドール。短距離戦のハイペースだったので、まあ、しかたあるまい。しかし二着ではなくて四着だったので、「大物」という看板ははずしてやったほうがよいだろう。馬にとっても気の毒である。有力馬には違いない。

それにしてもニシノフラワーの父はマジェスティックライト、イイデザオウの父はディカードレム、どちらの種牡馬も私は知らない。また、優勝馬が昨年のスカーレットブーケに続いて牝馬、二着も牝馬。ダート時代には牝馬の優勝馬はプロスパラス、ラブリトウショウ、ウエスタンファイブ、と数えるほどしかいなかったのに、芝に変わったとたんに連勝、しかもどちらも一、二着独占である。何かにつけて様変わりしていく。

関西馬の上位独占についてはいまさら、今年の新馬もやっぱりそうかと思うだけだ。関東ファンはじつに新潟あたりでも、西の充実をきちんと見せつけられる。たとえば同じ日の新潟の四歳五百万下の妙高特別である。関西馬のレガシーハードが一番人気となった。四歳の牝馬で、四戦前に未勝利を勝ったばかりで、前々週の新潟の同じ条件の特別に二着している。それから栗東へ帰り、坂路調教して、また新潟へやって来ているのだ。前走は先頭（はな）を切って二着に逃げ粘っているのに、今回は最後方をひいた。向正面では置かれているようにも見えた。けっして速い流れではない。四角ではエメラルドセクレが鞍上のさばきよろしく割って出て、すでに水があいた。そこからレガシーが、後方から関東馬たちをまとめてかわすのだ。差は大きくあいていても、見るからに脚いろが違う。腰がしっかりと安定して、まっしぐらに飛んで来る。それにくらべると、関東馬たちはよろよろして見える。

新潟のメインレースのＮＳＴ賞は、二〇〇〇メートル戦の直線で馬群がかたまって面白くなったが、向正面で早目に二番手にあがっていたトーストアゲンが三角から四角へかけて脚を溜めていたようで、やがて抜け出した。で、二着もその近くの馬かと思って見ていたら、最内（さいうち）をついて来る馬があり、これが出負けしてお話にもならなくなったはずの先行馬パワーツービートで、終始内にひたりとついてこれも脚を溜めこんでいたようで、二着に粘りこんだ。何ということはない、また岡部と増沢だった。ただし、遅れて内から来たほうが増沢である。

七月三十日、火曜日、曇ときどき雨。

台風が日本海にあって、そのために関東地方には洋上から湿り気をふくんだ南風が吹きこんでいるとか、ときおり大粒の雨が落ちて、驟雨が走るかと思うと、長続きはせずにあがってしまう。気温はここ数日よりは低目だが、湿気は高い。猛暑の間にはさまるこんな日は、これはこれで身体（からだ）がつらいものだ。新潟や小倉、もう函館へ移っている馬たちも、それぞれ日本海に接する土地なので、さぞやつらかろう。

福島競馬場のトマトジュースはうまかった、といきなり妙なことを思い出した。正門を入ってすぐのところに、土地の産物を並べたいろいろな露店が立っている中に、野菜を、甘熟トマトを売っている店もある。そこで新鮮なトマトをジューサーにかけて、まさに果汁百パーセント、大きな紙コップにたっぷり盛ったのを、たしか一杯百円で呑ませてくれる。朝の第一レースの頃、競馬場に着いたばかりのところだったので、それこそ目の覚めるような美味だった。これでようやく病気がなおった、という気持さえしたものだ。

やや重い病気をしたことのある人ならば、誰でもご存知のことだろうが、病気が全快して生活も元に復したあとも、身体はしばらく、すっかり元どおりというわけにいかない。元気は元気でも、微妙な衰弱が芯にのこる。人に合わせてきぱきと振る舞っている最中でも、どこか茫然とした、心ここにあらずという状態にときおり落ちこむ。ところがそんな時期に、ごくごくたわいないことでもよろしい——たとえば、たまたまちょっとうまいものを口にした時など、ふっと我に返ったような心持がすることがあるものだ。満足してあたりを見まわすと、目に映る物もすべて新鮮に見えて、ああ、俺は今の今まで、まだ病気だったのだ、とそんなことを思わされる。いやいや、病前にだって、ささやかなことに、こんな快楽を覚えたことはない、と悦に入る。回復期の醍醐味である。とここまで話せば、何を言いたいのか、すでにお察しのことだろう。そのとおり、わずかな配当でも馬券を取ればなおさらのことである。ただいま病気から戻りました、と誰彼かまわず挨拶したくなるぐらいのものだ。

ところが福島ではこんな体験をした。トマトジュースで心身さわやかになり、二レースばかり面白く遊んだあとで、午前の最後のレースに万馬券が出た。ほとんど無印、大敗続きのブランドキクヒメに、やはり人気薄のマルトヨマナードが来て、単勝でも五千円からつけた。私はむろん取らなかったが、これを連単複ともに取った人に出会った。カメラマンである。職業柄、さすがに物（オブジェ）をよく見る、と舌を巻かされた。これだけ見事な的中は、他人の事でも楽しいものだ。ところが、それから昼飯にビールを呑みながら、自分の取りもせぬ万馬券の興奮の余韻にひたって出馬表を眺めるうちに、啞然としてグラスを落としそうになった。私もしっかりと、その二頭に印をつけているではないか。パドックを虚心に眺めて、抜き出した四頭の内に、二頭とも入っているのだ。まだ体力と気力がすっかりは戻っていないのだな、とその時つくづく思った。馬をしぼるのは眼の力や判断の力、しかし最後のところで当たり馬券を引き寄せるのは、やはり体力気力なのだ。

メインの七夕賞でも同じようなことがくりかえされた。ターフビジョンに映されたツルマイナスの追い切りがあまりにもよく見えたので、サーストンボーイとの一点で行くつもりでいた。しかしパドックは、暑い中、じっくり見ていた。周回ごとに、「おい、ツルマイナスより、シーキャリアーのほうが、よっぽどいいぜ」とつぶやいていた。それなのに最後まで、本線を完全には切り換えられず、馬券を取ることは取ったが、半端な結果に終ってしまった。それでも、目は見えるが馬券は取れない競馬を、それなりに楽しんでいる。

（一九九一年九月号）

一九九一年十一月

十一月二十二日、金曜日、曇。

明後日にジャパンカップを控えて、ここのところ晴天が続いていたのに、東京ではまた曇っている。静かに曇り、風はないままに昼間からしんしんと冷えこんで、もう初冬の空である。この五年ばかりジャパンカップは良馬場に恵まれ、レコード更新も三度におよんで、一昨年のホーリックスなどは二分二二秒二、あまりのスピードレース続きに私などはやや食傷ぎみで、昔の三二〇〇メートルの秋の天皇賞が懐かしくなることもあるが、さりとて、先月の天皇賞のような道悪はやはり御免である。

あの惨憺たる日曜日からまもなくして、増沢末夫騎手が引退を表明した。ついこの前、この場所で、二千勝達成をたたえて、中高年のカガミとこれから先のこともたのみにしたばかりなのに、残念だけれども、しかたがない。新しい道が待っている。また新人から始めなくてはならない。もう五十代なかば、それにはやはり早くスタートを切ったほうがよい。通常の中高年者は転身もままならないが、すくなくとも精神においては、たえず引退して、たえず新人にもどるような、そんな心持で生きるのが、あらまほしいのだろう。ともあれ、長年にわたり、未知の間柄ながら、一方的にお世話になりました、とお礼を早目にのべておきたい。
菊花賞では岡部騎手が私の予言どおり、セントライト記念ばかりか、本年重賞未勝利の雪辱を一気にはたしてくれた。私もこの日はレオダーバンから入っていたので、この馬の動きはテレビの画面の中でずっと追っていたが、道中、騎手ならずとも、絶望させられた場面が再三あった。まず一周目の四角で大喚声に驚いて内へがくりとよれかけた時。つぎに一角手前で口を割り背を反らすみたいにして行きたがった時。それから三角手前でナカノハヤテか何かに外を掠めて上がられた時。そして四角はきれいに馬群の中をまわり、直線に向かって脚いろよろしく、しめたと思ったその瞬間、馬がいきなり内へ口を向けた。あの時には、これは失速する、と私も目をつぶりかけた。むずかしい馬である。これらのどの場面でも、騎手の手綱さばきのよろしきを得なかったなら、馬はゴール前で何頭かに抜き去られていただろう。実際に二着のイブキマイカグラも四着のナイスネイチャも、それぞれ後方一気の末脚は烈しかった。結局、この三頭の中では、ダーバンがややステイヤーだったということか。中距離の猛者たちが揃った、ステイヤー不在の菊花賞だった。いや、三着に健闘したフジヤマケンザン、これがほんもののステイヤーなのかもしれない。父ラッキーキャストとはもしや、その母はタイプキャストではないのか。母ワカスズランはコントライトとオキワカとの子、オキワカの母はワカクモ。レースのあとでいまさら、プリテイキャストや、テンポイントの顔がちらついた。

十一月二十三日、土曜日、晴。

さいわい晴れあがった。これなら明日はもつだろう。私の家の近くの馬事公苑では黄葉がようやく艶（あで）やかになった。楓の紅もところどころに混じる。葉を照らす陽も黄金色に烟っている。穏やかな午前の日和を眺めると、近頃、病人たちの安堵を思うようになった。こんな日は病人にとって心身ともに楽なのだ。風ものどかなかぎりは、欲も得もない、純粋な喜悦が続くのだ。

紅葉黄葉の降る中で、放牧場の囲いの内に置かれた乗馬用の馬たちがときおり、いかにも優雅な身のこなしをひとりでに見せる。それにつけても思い出すのは、先夜、馬事公苑の覆馬場（おおいばば）で見学させてもらったスペイン乗馬学校の演技、リピッツア種と呼ばれる白馬たちの身のこなしである。スペイン乗馬というが、これはオーストリアの古都ウィーンの、ハプスブルク王朝の流れを汲むお家芸である。音楽に合わせて、調教師たちに手綱をさばかれて、白馬たちが踊る、白馬たちが舞う。ピールエットにピャッフェにパッサージュにトロット——乗馬に無知の私でも魅了された。馬の四肢のゆるやかな動きはじつに優雅なもの、微妙なものだ。弧を描くだけでも、全身のこなしがどんなに美しいか、あらためて知らされた。

それにしても菊花賞に優勝したレオダーバンの、あの日もっとも美しかった姿は、ゴールを駆け抜けた疾駆もさることながら、四角で馬群の内にぴたりと入ったまま、きれいな小さ目の弧を描いてまわったときのしなやかな身のこなし、そして騎手の鮮やかな手綱さばきではなかったか。こちらもまたひとつの馬術であり、運動の勢いも、その目的も異なるが、乗馬と通じあうところはありそうだ。競馬場の昼休みの場内テレビにときおりは、馬術競技のイロハを教えるフィルムを、それとなく流してみてはどうか。客のほうもそれとなくその映像を眺めて、いまさら乗馬をやる了見はなくても、おのずから馬の動きを見る目は肥えてくるかもしれない。

エリザベス女王杯のゴールを圧倒的な勢いで駆け抜けたリンデンリリーが、まもなく馬運車でターフから運ばれていった時には、暗然とさせられた。あんな強い勝ち方をするから、こんなことになるんだ、とつい馬を責めたくもなるところだった。あのレースは馬にとって剣呑(けんのん)なんだから、と。しかし馬にとって剣呑でない大レースなどはない。後日伝え聞くところによると、現役引退の繁殖入りになったそうだが、私などはそれで済んだことに安堵している。じつはあの日は私にとって、この九月に亡くなった長兄の四十九日の法要にあたり、競馬の実況を見ることはとうから断念していた。東京ではこの秋随一の小春日和、うららかというほどの空だった。新仏(にいぼとけ)の法事でもやはり天気の良いのは嬉しいものだ。さて、すべてが滞りなく済んで、四十九日は遺族にとってもひとまず安堵の区切りである。これもなにやら春めいたバスに乗って、家まで帰ってくると、女王杯のスタートに間に合っているではないか。「まあ、いいから」と死者(ほとけ)の目くばせを感じてテレビの前に陣取り、やがてリンデンリリーの爽快な勝利を見た。これで、俺の気分も、すこしはふっきれることになるか、とつぶやいたそのとたんである、岡君が下馬したのは。法事の日に競馬とは、やはり罰があたったか、とそう思ったが、私の罰が馬にあたるのでは、あまりにも理不尽である。

つぎの日曜日は私にとって朝の七時起き、八時の出発となった。京都競馬場まで、間に合う時刻ではあるが、行ったわけでない。この日も亡兄の納骨の式になり、富士山麓の霊場で、車で向かう甥たちと十一時の待合わせだった。バスと電車を乗り継いで片道三時間の道のりである。その日もまた、山からこの季節の雨風に吹かれたらどんなにせつなかろうと心配していたら、西へ行くほどに晴れて、まさに後生良しのお天気になり、霊園の近くに来ると、富士山がじつに気前の良い姿をあらわした。やがてすべて無事に済み、帰りは甥の運転する車に乗せてもらうことになり、途中、道端の蕎麦屋に入ってしばらくくつろいでもきた。高速に上がってからは、私は一人で呑んだビールの酔いがまわってほとんど眠っていたが、一度ぼんやり目を覚まして、「おふくろの納骨の日もよく晴れて、こうして高速で帰ってきたけれど、あれはトウメイの天皇賞の日だったな。二着はスピーデーワンダーで……」とそんな昔のことを思い出していた。

ところが家のそばまで送られて、部屋に入ってテレビをつけると、ちょうどアルゼンチン共和国杯のスタート直前ではないか。ゴール前でヤマニングローバルが抜けたのを見て、先週は快勝した馬が怪我をして競走生活を断念し、今週はまた三歳の重賞に快勝したが骨折してこれで引退かと思われた馬が、あれから二年ぶりで快勝したか、とそんな感慨にふけるうちに、まもなくマイルチャンピオンシップのほうも始まり、三角でダイタクヘリオスが先頭に立ったかと思うと、あれよあれよという間、あざやかに逃げきってしまった。春のクラシックでルドルフと張りあったビゼンニシキの息子である。父親もこのマイルCSを目指すうちに、たしかトライアルで骨折して現役を終えたはずだ。たしか七年前の秋のことだ。すべてが因縁めいて感じられる。

十一月二十四日、日曜日、曇。

未明に雨の降る音が聞こえた。これはと思って天気予報の電話をかけてみると、二十四日は曇のち晴と言うので安心した。朝方目を覚ますと日が照って寒そうな風が吹いていた。「英気」を養うためにもう一度寝床にもぐりこんで目をさますと、もう十一時に近くて、空は一段と寒そうに曇っていた。

朝昼兼用の食事をそそくさと済ませて飛び出したが、頻繁なはずのバスがなかなか来ない。ようやく来たかと思ったら、本数のもっともすくない別系統のバスであったり、小田急の成城学園駅では準急を一足違いで逃がした。登戸の南武線の駅では目の前を立川行きの電車が出て行くところだった。時間表を見あげるとつぎの電車が稲城長沼停まり、立川行きは十五分後になる。おまけにこの立川行きが数分遅れた。ひとレースでも早く着きたいとあせったわけでなく、むしろ今日はジャパンカップだけにしておこうと思っていたのだが、競馬場へのアプローチは心理の上でやはり大事であり、おかげで気持が消極的になっていた。

前レースのファンファーレを合図にジャパンカップの馬たちがパドックに現れ、満場の目を惹いて周回するうちに、空が妙に暗くなった。雨ふくみのけはいはない。冬至までもうひと月、冬場の曇り日は午後の三時頃になればこんなものか。馬たちから目をほどいてあたりを見渡すと、パドックからスタンドのテラスまで人がぎっしりと詰まって馬たちを睨んでいる。人が大勢集まって息をこらしている光景は、どこかしら風雲の雰囲気を呼ぶものらしい。あちこちからカメラのフラッシュがひらめく。あたりが薄暗いだけに、季節はずれの雷雲の近づきを思わせる、その中で馬たちに気合いが次第に乗っていく。

パドックで私の目をもっとも頻繁にひいたのはマジックナイトと、そしてこんな日はこんなものだ、ゴールデンフェザントだった。今年は外国馬のレベルが高くないと言われた。そうなのかなと私も思ってやって来たが、パドックで見ていると、あるいはトップクラスのレベルはそうなのかもしれないが、ここに遠征して来たかぎり、このレースのかぎり、どの外国馬もやや小振りながら、どうして骨っぽい、実戦向きの手ごわい相手に見えた。それにくらべると我国の馬たちは、メジロマックイーンすら、馬格はまさるものの、筋肉がすじっぽくない、タフに見えない。マジックナイト、ドラムタップス、テリモンの三頭を私は選んだ。前日と前々日との検討の追認のかたちになる。そのくせ、目はゴールデンフェザントのほうへちらちらと行く。じつはそのまた前日、木曜日にはこの馬と、マジックナイトとシャフツベリーアヴェニューの三頭で予想を立てていたのを、追い切りのフィルムを見て変更しているのだ。

変更したものを再変更するには気力と体力が要る。それに、どうせあたりそうにもないので三点以上は買いたくない、と私はこの日弱気になっていた。自分の目を信じてもう一点伸ばす、ここに馬券を買う側の気迫がある。

四角ですでに名乗りをあげて直線を翔(か)けあがってきた「黄金の雉」の勢いがいたく目に染みた。外側をまっすぐに、一文字に来た。それにたちまちかわされながら鋭く追いすがった「魔夜」の、「柳骨」をさか立てての迫力もたいしたものだった。しかし体格が違った。四着に来たマックイーンの姿は、直線で私の目には一度もつかなかった。

実績の傑出した二頭の圧勝で終る品格あるレースとなった。新しい観客たちもずいぶん深く競馬を見るようになったのが雰囲気から分かった。しかしあちこちで立つ叫びの、声がやや硬くて荒い。馬連が導入されて、競馬が深まるか、すさむかの、境目に来ているのだろう。

（一九九二年一月号）

一九九四年九月

九月二日、金曜日、晴。

油照りという言葉がある。昼さがりに風が絶えて、じりじりと真上から照りつける。地面からも劣らずじわじわと照り返す。足もとに小さな影を落として歩いていると、まるで時間が停まって、人は永遠にこの暑さの中から抜け出せないような心持ちがしてくる。いくら短命でも今や盛りと元気に鳴きしきる蟬に生まれてきたほうがよかった、と悔まれることすらある。

そんな言葉の実感をひさしぶりに思い出させられた夏だった。東京で三九・一度の気温を記録した日があった。昼間をげんなりと過ごして、暮れ方に夕刊を見ると、それ以上の猛暑に見舞われた土地は全国にざらにある。四〇度を超える温度の中で人はどうして生きられるのか、とあきれるが、しかし考えてみれば東京とて三九・一度というのは気象台の涼しい百葉箱の中のことで、人と車のこみあう日照りの街頭では四〇度を楽に超えているわけだ。それはまだ我慢するとしても、夜更けになっても家の内で三〇度よりさがらない。むしろ夜半へかけて、嫌な暑さが差し返してくる。家々で一斉につかうお休み前のクーラーの放熱のせいだろう。住みにくい世の中をつくってしまったものだ。

猛烈なる夏の陣においても、いきなり大音声の勝ち名乗りを挙げて若武者どもの顔色をなからしめる、古強者はいるものだ。八月七日新潟は関屋記念の、九歳馬マイスーパーマンと、大塚栄三郎である。四角最後方あたりから内をついてたちまち馬群を抜け出し、あがり馬のスティーナの差し返しをハナ差きっちり押さえこんだ。単勝でも一万円に近く、馬連では四万円を超える配当を出した。マイルで一分三三秒二、上がりが三五秒三の、堂々たる時計である。四四戦八勝、まさにマイスーパーオヤジである。

大塚栄三郎も、表彰式の姿を見ると、すっかり苦労人の顔になった。私の記憶に間違えがないとすれば、タケシバオーの子、悍馬ドウカンヤシマに三度にわたり重賞を取らせたのはたしかにこの人だ。関屋記念もすでに取っている。四年前の福島記念ではハシノケンシロウを後方から持ってきた。いずれもかなりの配当をつけているはずだ。ついでに調べてみたらデビューが昭和五二年、二八年の生まれだから、二四歳の時になる。初めから苦労人だったわけだ。

つづいて八月十五日の新潟日報賞でルドルフの娘ノーブルアクションをこれも後方から真一文字に叩き出してきた坂井千明もいつかベテランとなった。この人にはアンセルモという牝馬の思い出がまつわりつく。もう二十年近く昔、カブラヤオーとテスコガビーの活躍した年の秋、クイーンSと牝馬東タイ杯を続けて取っている。エビスジョウジの東京新聞杯もある。四年前のオールカマーではラケットボールを運んできて、単勝で三千円あまりをつけた。こういうベテランたちが穴を出す時にはひょっとして、向正面、三角の手前あたりですでに、直線の仕掛けのポイントが見えているのではないか。

夏に成長する。昔は人間も、青少年の多くがそうだった。ひと夏の間に、見違えるように大人びてくる。手ごわくなってくる。女性の場合だと綺麗になる。後年から振り返ると、それが良かったのやら悪かったのやら、人生は微妙なものなのだが。

今の若者はどうなのだろうか。この暑いのに来る日も来る日もスケートボードに熱中している青年たちを見ていると、ほかにやることはないものかとも思われるが、また違った成長のあんばいもあるのだろう。夏競馬を熱心に追っている初心者なら夏の前と後とでは、未勝利クラスと準オープンとの差ほどは出るだろう。

午後の四時過ぎに戸外に音がするので窓からのぞくと夕立になっていた。一時間ほども降って、おかげで宵からすっかり涼しくなった。昨日も暮れ方にほんのしばらくだが夕立があった。ひと雨ごとに、暑さがいくらかはやわらいでいく。

九月三日、土曜日、晴。

それでも日中は、空には秋の色が見えるのに、陽ざしは烈しい。馬たちもうんざりしているだろう。トウカイテイオーが引退した。昨年末の有馬記念が最後のレースになったわけだ。じつはあのレースが私にとって、テイオーのいちばん強かった姿として印象に残っている。完勝の形になった絶好調のビワハヤヒデをゴール前で捕らえてあっさり突き放し、格の違いを見せたものだ。ときおり完敗したのも、今からは懐かしい。負けた後が、怖かった。

新潟からのテレビ中継を見ていると、準メインとメインを、続けざまに逃げ切りが決まった。まず羽黒山特別二千米では三角から四角へ殺到するところで全馬もうバタバタ、呆れて見ているうちに、先頭にいたアルスノヴァだけがしっかりとした脚を保って、直線ひとり駆けになった。あがり三四秒五の脚を使ったものだ。五馬身差。ほかの馬たちは、着順はどうあれ、ただゴールに届いただけのように見えたからあわれだった。苗場特別千二百米でも、逃げるシャンフィールドが途中、さほど飛ばしているわけでもないのに捕まりそうなけはいが見えず、そのまま楽に二馬身差でゴールへ駆けこんだ。猛夏も末になると、条件戦ではとかくこんな独走になりがちだ。一頭だけが快調で、ほかがもう初めからイヤイヤをしている。

　まず古馬に限るとして、この夏の陣の一番馬は、誰になるのだろう。函館記念のワコーチカコだろう。ゴール前で一気に三馬身抜けた脚はすさまじかった。これなら秋のＧＩでも、直線で追い出しのタイミングさえ合えば、強豪相手にどんなことになるか知れやしない。もともと、オークスはこれだよ、女王杯はあの馬だよ、と早くから一部でささやかれた馬である。また藤田伸二の、ぎりぎりまで馬を抑えた大胆な騎乗は、どのレースを想定していたことやら。この馬は東京競馬場が好きなのだ。

　秋の成長馬なら新潟記念のインターシュプールだろう。一頭先へ行かせての、実質上逃げ切りだった。センゴクシルバーに迫られたとはいうものの、あれは勝ち負けの境を過ぎてからのことで、あぶなげのない勝利だった。蛯名正義も道中、よほど自信をもっていたようだ。

　チカコは女馬、シュプールは騸馬、夏馬はやはり、《金の鈴》の重荷をさげた馬たちには、とても苦しい。

九月四日、日曜日、晴。

陽ざしはまだ真夏日だが、風はめっきり涼しくなった。ひとり暮らしなら、男でも洗濯でもしたくなるような日だ。それとも、同じ洗濯ならやっぱり、ビールで気分を洗うことになるか。

さて今日は新潟と小倉で三歳ステークス、今年は函館がすべてダート戦になるそうなので、ここが夏の若駒のひとまずの決戦になるか。

三歳馬はサンデーサイレンスの産駒の、前評判を超える大暴れだ。どれも小さな目の馬で、直線なるほど良い脚を使うがちょっとジリっぽいところがあるな、と見ているうちに、ゴール前に来てもう一段噴射、ぐいと突き放す。かならずそうなのだ。サンデーサイレンス、「日曜の沈黙」という言葉の意味を私は知らないが、日曜ごとにほかの馬を黙らせるということならよくわかる。私自身ももともと、日曜には意気の揚がらない人間ではある。

いましがたテレビをのぞいたら、新潟九R三国特別マイル戦の始まったところで、なかなか烈しい先行馬の引っぱりの中、人気馬たちがいつまでも中団にいるので大丈夫かと見ていたら、直線で一団の叩き合いになり、ニッポーバーディーとレモングラスの人気二頭が立派に抜けてきた。馬たちが足もとのターフに小さな影をくっきりと落とし、まずは競馬日和である。九州も晴れのようだ。

新潟の佐渡ステークスはダイゴウソウルの直線二の脚を使っての逃げ切り、アイリッシュダンスが二着に喰いさがり、青葉賞以来のサクラローレルも出遅れながら三着に突っ込み、上昇四歳牝馬メジロアムールが四着と、素質馬がそれぞれ先の楽しめるところを見せ、函館のシーサイドオープンでは勝ち負けの差のはげしいマキノトウショウが圧勝して、さて東西で若駒の本番。

新潟三歳はまずトウショウフェノマが出遅れ、向正面から三角へかけてワンダーピアリスの姿も見えて数頭の烈しい先行争い、四角では内からケイワンニューズ、ノースショアー、ワンダーピアリス、三角手前から猛追のフェノマと斜め横一線になり、ノースショアーが抜けたかと見えたが、すでにフェノマの脚いろがまさった。いや強いこと、トウショウボーイの子の圧勝だった。

小倉三歳はそれより縦長の展開になり、四角を先頭で回ったのがムーブアップかと思ったら同枠のタハラタイシン、続いてオグリワンがすぐ外から並びかけ、エイシンサンサンがさらに外へ大きくふくれ、オグリワン快勝の場面が数秒は出現した。しかしこちらも外で立て直したサンサン、キャロルハウスの子の伸び脚が断然まさった。東西ともに古馬のような勝ち方だった。

新潟オーラスは馬連千二百円で終わった。わかりますか、これぐらいの配当が出て、取るも取らぬも帰る時の気持ち。

（一九九四年十月号）

一九九五年一月

一月二十八日、土曜日、晴。

あれからもう十日あまりにもなる。

あの連休明けの一月十七日、東京もひきつづき晴天だった。朝寝の習慣のある私は九時半に家族に呼び起こされた。神戸方面が大地震と言われて、どこ、と聞き返した。テレビを見るともう惨憺たるありさまだった。並大抵の犠牲者では済まされないと思われた。

冬の土の上に穏やかな陽が差して、枯木の影が柔らかに落ちている日だった。午後から電話をかけてきた知人はまだ惨事を知らず、神戸を中心に大地震でやられたと私が話すと、どこのコウベだ、とやはり聞き返した。外国の土地かととっさに思ったという。私の話を聞いてすぐに手もとのテレビをつけたようで、電話のむこうからしばし声がなくなった。

その日は私にとって原稿の締切り間際にあたり、テレビの前に釘づけになっているわけにいかなかったが、仕事の最中にふわりと腰を浮かせて居間のテレビをのぞくと、そのたびに被害が拡大していた。火災も出ていた。暮れ方に首相が記者会見をして、人命救助と火災の鎮静につとめると言うが、では具体的にどのような緊急の措置を取ったのか、まるで内容がない。自衛隊の一言もその口から出なかった。書いた物をなかば読みあげているその無感覚な顔が、私には不気味だった。テレビに映される倒壊家屋の下には生存者がまだ閉じこめられていることは、普通の想像力でも、明らかだった。

夜に入り、火が手のつけようもなく燃え盛っているのをテレビで見た時には、私もそらおそろしくて物が思えなくなった。ただ、「これは、見つめたことがある。そっくり同じだ」とそればかりをつぶやいていた。五十年前に東京と、それから岐阜県の大垣で経験した、空襲の際の大火である。炎というものは、人の消火活動から免れてそれ自身のいきおいにまかせられる時、あのように白いように、緩慢なように、天へ向かってゆらめきあがる。それを映像ながら見つめていると、私にはこの五十年がぽっかりとあいた空虚な穴のように感じられた。

それから一日ごとに、いや一時間、半時間ごとに、犠牲者の数は大幅に増えていく。「おばあちゃん、かんにんな」と叫んで、ぎりぎりのところで、燃えあがる家を離れた人もあったという。あの夜、私にそれだけの想像力があったなら、あの炎上を映像にしても見ていられなかっただろうと思われた。五十年前の空襲の猛火を逃れて、このたびの震災の犠牲になられた人もすくなくはないのだろう。五十年前の大空襲の時とほとんど同じ地域が凄惨をまた極め、ほとんど同じ数の死者が出たことになる。

五千名を超える犠牲者の方々の御冥福を慎んでお祈り申しあげたい。死者たちの重みがはたらく社会かどうか、生きている者たちの試されるところだ。

大震災の後の初の重賞競走はアメリカＪＣＣだったが、まだどこかしら上の空の気持でテレビ中継を眺めていると、レースの画面も深い雨霧にとざされて、向正面でツインターボが例によって逃げているのはわかったが、三コーナーにかかるあたりから、後続がどうなっているのか、先頭との間隔はどれだけなのか、ほとんどわからなくなった。四コーナーから直線に入ってようやく、有力馬たちの姿が見えて、ホクトベガが内をついて抜け出し、エリザベス女王杯の再現かと思ったところへ、サクラチトセオーが外から鋭く伸びてゴール前できちんとかわし、貫録を見せた。一番人気のスターマンは末脚がまるで利かなかった。それにつけても、栗東の馬たちへの地震の影響が思われた。余震も多いと聞く。馬たちの感覚は鋭敏だ。神経質になって疲れていはしないか。

今年に入ってからどんな馬たちが重賞を制したのか——震災を境にそれ以前の、サクラローレルのこともワコーチカコのことも、マイティーフォースのこともメイショウテゾロのことも、ライブリマウントのことも、なにか遠く思われる。

今日は東西で行われた二つの重賞だけを中継で見た。東京のダイヤモンドＳは、一番人気のエアダブリンが楽逃げをするシュアリーウィンの二番手に早々につけ、直線でも早々に並びかけ、それから長いこと長いこと、本気か遊びか、競り合ったのち、ゴール前であっさり突き放した。京都の一週遅れの日経新春杯では三コーナーを過ぎてからするするとあがっていった一番人気のアルゼンチンタンゴがどうしたのか直線で脚をなくしたが、かわりにゴーゴーゼットの走りっぷりが向正面で後方にいる時からいかにも軽快で、四コーナー手前でアルゼンチンタンゴに遅れてあがり、直線でも末脚が、サッカーボーイの親譲り、小気味よく伸びて初重賞を物にした。

明日は東京競馬場へ行くつもりだ。まだ競馬にはもうひとつ気が乗らないが、陣中見舞いである。じつは私がその常連寄稿者の一人であるさるスポーツ紙の、本社が神戸にあり、このたびの震災でそのオフィスがコンピューターシステムともども壊滅した。にもかかわらず、東京のほうから踏んばって、震災当日の夕刊から減ページながら世に送り、本拠の被災地にもむろん送りこみ、以来、一日も休まない。いまだ「戦闘中」である。競馬場まで行ってその社の競馬担当記者諸氏に、ほかに何もできないので、ねぎらいの言葉をかけたい。

一月二十九日、日曜日、晴。

登戸の駅から立川行きの南武線の電車に乗りこんで驚いた。

話は前後したが、私の住まう世田谷の上用賀、馬事公苑の界隈（かいわい）から東京競馬場まで行くには、まずバスで成城学園へ、そこから私鉄の小田急で登戸へ、さらにそこからＪＲで府中本町という道を取る。この日もいつもの府中通（がよ）いとおおよそ同じ十一時半頃に登戸に着いて、ホームの末端の喫煙所で一服していると、立川行きの電車が入って来た。

電車がすいているのだ。うしろのほうの車輛とは言いながら、空席がたくさんある。日曜日の競馬場へ行くのに登戸から腰を掛けられたためしはない。土曜日だってそんな幸運はめったにない。気楽に腰をおろしながら、薄気味の悪いような心持がした。そのうちに、さきほどバスで来た道路も妙にすんなりと通ったことが思い出された。たしかに車がすくなかった。そう言えば、バスで駅に着いた時にも、穏やかに晴れた日曜日の正午頃にしては人出の多くないことが感じられた。

やはり、阪神大震災のことが、東京で無事に暮らしている人間たちにも、心のどこかに、恐怖の翳を落としているのではないか、とやがて考えた。人にはそれぞれの日常生活があり、よその土地の災害に震撼させられても、その日常を中断するわけにはいかない。そうそう神経質になっては暮らせないわけだが、それでも休日などになると、たいした用も楽しみもないのに出かけることにためらいを覚えて、今日は家で静かにしていようか、という気持のほうへ傾くのではないか。はかないような「反応」だが、そういう翳の、大勢の人間たちの内でのすこしずつの積み重ねは、「大反省」にも劣らず、世の中を変える力になるのかもしれない。

府中本町の駅に着いて競馬場西門へ向かって連絡通路を歩き出した時、また驚いた。ちょうど昼休みの時刻になり、午後の馬券を買って家に帰る人の姿が目につくのはいつものとおりだが、その帰る人の数が、来る人よりもはるかに多いのだ。競馬場に着いて見渡すと、重賞のある日曜日にしては、場内がすいている。普段の土曜日より少々多いぐらいの人出ではないかと思えた。

今日は馬券はあたるまいな、と思ってやって来た。大被害を受けたスポーツ紙の記者諸氏は日常の顔で働いていた。当然である。私も日常の顔で競馬を始めた。しかし競馬をやる心身が、目も頭も気力も、どこか縮こまっている。仕方がない。なるべく体を動かさず、消耗を防いでやっていた。こんな日はもとより小額ずつである。すると、よくはずれる。しかも、気持がはしゃがないだけに、そのはずれ方がよく見える。つまり、縮こまったその分だけ、はずれるのだ。野球の内野手の、体がこわばっているためにちょっとの差で球を左右へ逃がしてしまうのと一緒である。

メインレースのデイリー杯クイーンカップの時になりようやく、気持を改めて、パドックに出てみた。そこで私は妙な切り方をした。エイシンバーリンとプライムステージを、まず切ってしまった。両馬ともに神経が立っている様子なのを、嫌ったのだ。どちらももとより悍馬のはずだ。マイル戦にはイレコミに見えるぐらいの気合も必要である。普段ならこんな雑な切り方はしなかっただろう。震災地に近い栗東の馬で癇の立っているようなのを、この際、あぶないと感じてしまったわけだ。結果は御覧のとおりこの二頭の、逃げ逃げで決まった。坂上からの馬の動きが、カリスタプリティの一瞬のけはいのほかは、私にとって意外な「そのまま」になった。

場内のテレビで見ていた京都牝馬特別の、メモリージャスパーとアグネスパレードの直線の不発も、アメリカＪＣＣのスターマン同様、それにしてもと首をひねらされた。

最終レースはもうあきらめて、ブルーカメリアとスプレンダーガールとハヤテミキコと、目に見えたまますなおに買ったら、カメリアとミキコで来た。坂上では完全にこの二頭で決まる態勢になっていたのに、私にとってはゴールまでが遅々として長かった。

（一九九五年三月号）

一九九五年九月

九月三日、日曜日、晴。

暑い夏だった。私の記憶する限り、東京の真夏日の始まりは七月の二十三日の日曜日。参議院選挙の日だった。投票場の小学校へ向かう道で、両側の家々が正午前にほとんどどこも窓を締めきってクーラーをつけているらしい様子に、驚いたものだ。しかしあの日から、真夏日が切れ目なしに、四十日近く続くことになった。

午後から私は書き仕事をする。一日の習慣は夏でも変えられない。それに、仕事中はクーラーを使わない。冷房の中で長い時間机に向かっていると、日を追って体調が狂ってくるのだ。なれたもので、窓を一杯に開け放って仕事にかかる。気温が三十二、三度を超えるとさすがに、頭の働きも手の動きものろくなる。スローペースに耐えるのは私の仕事のほうでも、大事なのだ。手の先まで汗が吹き出して、原稿用紙が湿気に感じてぐったりしてくる。それでも、私は夏に強い体質らしく、さほど苦にもしない。日の暮れになると、近所の馬事公苑のまわりを走る。頭から水でも浴びたように汗を掻き、家に帰って冷い水のシャワーを風呂代りに浴びる。それから、ビールになる。食欲も衰えない。

昼はよいのだ。問題は夜である。暮れ方から強風が立つと、宵まではしのぎやすい。ところが夜更けから夜半にかけてじわじわと蒸し返してきて、夜半を過ぎても、気温が三十度を割らない。これは家ごとからのクーラーの放熱のせいではないか。昨年の猛夏以来、クーラーがだいぶ売れたそうだが、使い方もはげしくなってきたのだろう。住宅街の夜更けの道を歩くと、あたり一帯はクーラーの低い唸がこもる。熱気をふくんだ白い霧が降りている。暑いのでクーラーをつける。クーラーをつけるので外の空気がいよいよ暑くなる。悪循環である。これから一夏ごとに、冷夏でないかぎり、一月の最高気温よりも、最低気温のほうが押し上げられていくのではないか。

八月の二十日過ぎに夏日の連続の、新記録を出してしまった。百一年ぶりの記録更新と聞いて、そんな「怪事」に生まれ合わせたことが、遺憾であり、しかも何だか有難いようでもある。妙な心持ちになった。ちょうどその頃、来客があり、真鶴(まなづる)の岬で林一様に鳴きしきるクマゼミの声を聞いたと話した。あのシャッシャッと大きな声で鳴く蟬のことだ。真鶴は伊豆半島の相模湾側つまり東の付け根にあり、熱海よりも北東にあたる。クマゼミは関西より東にはいないはずだ。二年連続の猛夏の影響か。それとも、年々夏が暑くなる前兆か。気味の悪いような話と聞いていたが、数日して私自身が馬事公苑の林で、その声を耳にした。鳴いているのはたった一匹のようだ。その声もまだやさしかったが、間違いなくシクシク、クマゼミだった。幻聴のような気がしたものだ。

八月の二十八日に、今日はようやく風が秋めいてきたと思って過ごしたところが、あとで聞けば日中三六・四度の今夏最高気温を記録したという。最高気温が三十五度を過ぎた日が十二日続いているという。その間、休まず働いている自分が、やむを得ずとは言え、狂っているように思われた。しかし翌日からはっきりと涼しくなった。そうなると、かえって、夏の疲れが一度に出る。いまさら夏バテのけだるさに苦しめられるうちに、そのまた翌日、八月三十日の夕刻で、山口瞳さんが亡くなったことを知らされた。

一昨日の九月一日がお通夜で、暮れ方に府中本町を通って出かけた。谷保の駅の陸橋の上から奥多摩の山々が、雲取山らしい峰まで、日没時の柔らかな光の中に妙に近く、くっきりと浮き立って見えた。国立のお宅のほうへ向って、黒服に汗ばんで歩いていると、自分の足が弱く、影も薄く感じられた。

八月の競馬はどんなだったか、あまり暑かったので、もうよくも思いだせない気がする。八月六日、今年は福島の関屋記念では、直線でヤシマソブリンとインタークレバーが叩き合うところを、フェスティブキングが外から抜けた。これでローカル大将の肩書きは的にしたか。菊花賞二着馬に果敢に競りかけ、競り落としたインタークレバーにはちょっと損な役まわりになった。

十三日の小倉記念ではスプリングバンブーが追込みを決め、ゴールデンジャックが久しぶりに力走、二着に突っ込んだが、逃げて三着に粘りこんだテイエムジャンボの遅咲きの力が人目にはついたようだ。さすが四連勝中の馬だと言うべきか、重賞の壁はやはり厚いと言うべきか。

二十日の函館記念では二十カ月ぶりにレガシーワールドが逃げた。なかなか軽快な脚だった。ＪＣ馬、このまま逃げきるか、と一時思われた。しかし三コーナーでぱったり停まった。まあ、仕方ない。再起のおひろめみたいなものだ。秋には一変するだろう。二千ならば、近頃、インターマイウェイが怪しいとにらんでいたらやはり、直線抜けてきた。圧勝だった。いつのまにか二千のエキスパートになったものだ。二着のヤマニンリコールは読めなかった。マチカネタンホイザは、一番人気になったら、私はやっぱり敬遠する。

新潟記念はアイリッシュダンスとトウカイサイレンスと順当に決まったが、これで馬連で千円近くつくのだから、おいしいではないか。

さて、今日は新潟と小倉で大詰めの三歳ステークス、これが済むと、函館を残して、夏競馬は終りになる。東京はまだ暑い。ひと頃にくらべればだいぶ楽なはずだが、涼しさを思い出してしまった肌にはかえってこたえる。ところがテレビ中継をのぞくと、新潟は午前中に雨があり稍重、小倉は朝から不良という。三歳戦の道悪は困る。馬たちの道悪の巧拙がまだ知れていないだけに、よけいにレースが読めない。新潟はメジロステップとマイネオリーブで固く決まるだろう。小倉はベテルギウスが力を見せるだろう、と予想はしていたが、どんなものか。

この前に函館のメインは青函ステークス、オープンの千二戦、このクラスのスプリンターの常連がまた集まった。スタートしてニホンピロスタディが先頭に立ち、ホクトフィーバスが二番手につけ、このまま前走のマリーンＳの再現になるかと思われたが、まもなくフィーバスが思いきって先頭に立ち、スタディが控えと、前走との逆のかたちになった。今日はフィーバスのほうが軽快のようだ。オギティファニーはどうもいきおいがない。直線でフィーバスが離しにかかる。スタディが差を縮めかねている。フィーバスの快勝のようだが、しかしこの馬、ゴール前に来ると、その前肢のさばきが繊細すぎて危っかしく見える。それでも一馬身無事押さえこんだ。追走のスタディのほうがフォーミュラに差しこまれそうになったが、これも首差押さえこんだ。結局、何のことはない、前走の一、二着の裏返しで決まった。

新潟三歳Sのほうはゲート前でメジロステップがいれこんでいる。もう泣いている子供みたいなのだ。これはいけない。新馬戦と違って三歳Sを勝つには馬の胆力が必要だ。落着いているのはタヤスダビンチ、とゲートのレポーターは言う。これを聞いて、しまったと思った。メジロステップが快速でねじふせるのでなければこの馬が、すくなくとも軸として有利である。向正面で岩手のサカモトデュラブが先頭となり、ダビンチは二番手につけ、その走り方はしっかりとしている。ここからゴールまでひたっと走って揺るぎもなかった。圧勝である。サカモトデュラブが一時は二着に粘りこみそうに見えたが、やはりマイネオリーブがやってきた。

タヤスダビンチの父サクラテルノオーの名前には聞き覚えがあるようで思い出せず、調べてみると父ノーザンテースト、母モデルスポート、ダイナアクトレスの全弟ではないか。いや、全弟ではない。一歳上の全兄である。デビューは四歳時の一九八五年、昭和六十年、シンボリルドルフの翌年、シリウスシンボリの同期になる。六歳まで中央で走って一九戦三勝二着一回、八歳まで南関東で走って一六戦六勝二着一回、この公営での六勝は八歳時にあげている。血統もさることながら、この年の六勝のおかげで、種牡馬の道がつながったのではないか。ダビンチの父は、野武士となった貴公子。

小倉のほうはテレビで見ても立派な不良。もう見当がつかない。まずエイシンイットオーが出遅れた。しかも道悪の一枠一番、これでなし。さて四コーナー、馬群が内の悪いところを嫌って外へ大きくふくれた。その間をただひとりいく芦毛の馬、ホワイトシャンスが先頭に躍り出た。外の馬群の先頭にはタイパフュームの姿が見える。やはりこれかと思ったら、しかし脚いろが良くない。ではトウカイシャネルかとその姿を探すと、エイシンイットオーがもうそこまで来ている。ベテルギウスも来ていたが、この馬には道悪は苦しいらしい。結局はイットオーが力ずくで抜けた。トウカイシャネルがやっと馬群を割って追走したがわずかに届かなかった。人気薄のアブサルートが三着に突っこんだ。「合理主義競馬」にあきあきしたファンたちには、痛快な競馬であっただろう。馬券のことはまた別である。かくして、この長い猛夏も去っていく。

（一九九五年十月号）

一九九六年三月

三月十七日、日曜日、雨。

また雨になった。寒くはない。もう春雨である。しかし濡れて行こうと言うには降りすぎている。午前中に傘をさして近所の馬事公苑を散歩すると、苑内の雑木林の、芽のかなりふくらんだ枯枝の梢のほうで、雨に濡れながら、鳥たちが活発に跳び回っていた。やはり春雨である。ダートの角馬場では馬術の飛越競技が行われていたが、馬たちの姿もどこか春めいてきている。

今日は中山が若葉ステークスと日経賞、これで皐月賞へ四週間、天皇賞へ五週間となる。例年、この時期は春への季節の変わり目にあたり、天気が崩れやすい。日経賞は過去十年のうち五回までが稍重もふくめて道悪になっており、良馬場とくらべて時計が二千五百で三秒から四秒、どうかするともっとかかるのでむずかしい。若葉ステークスと言えばトウカイテイオーが関東に初見参したのもこのレースで、私は病院のベッドの中からラジオで聞いていた。なるほど、強いな、とまるで画面で見たように思ったものだ。手術後の首をがっしり固定された上に、仰向けに寝たきりを命じられていたので、テレビどころか、天井のほかは何も見ることができない状態だった。あの日はたしか晴れだったが良馬場ではなかった。日経賞のほうは、あの年には三月の末におこなわれたが、こちらは雨で不良だった。その時には、私はまだ首を固定したきりだったが、病院の中を歩き回っていた。五年前、平成三年のことである。そんな天候のことまで覚えているのも、競馬のおかげであるが、病人には天気の崩れが微妙に身体にこたえるのだ。

一昨日の金曜は午後から雨になり、暮れ方から夜にかけてかなりの降りになったが、土曜日は晴れあがって、朝のうち強い北風が吹いていたがまもなく静まって春日和になった。梅の花の盛りである。この日、私としては早い時刻に急用で出かけて半日駆けずり回っていたが、午後に入るとぱったり為ることがなくなり、こんな日もあるもので、日の暮れよりもだいぶ前にぶらぶらと家に帰ってくると、中山のメインのフラワーカップに間に合った。テレビをつけて着替えしながらちらちらと睡い目を画面へやっていた程度だったが、三連勝中のメイショウヤエガキはなかなか強そうな馬だけれど自分の好みではヒシナタリーだなと思っていたらそのとおり、ナタリーが勝って、ヤエガキが一馬身半及ばなかった。漫然と見ていると、こんなものである。しかし一日照ったのに、芝は重だった。

さて、今日のテレビをつけると、中山はやはり芝ダートともに不良だった。九レースは千葉ステークス千二百戦、先行したモダントーキングとウエスタンドリームが直線で叩き合い、後続馬たちが足を取られている。だいぶ長いことじりじりと競り合ったあげくにウエスタンドリームが競り勝って、そこでもうゴールというところで、リスクフローラが追いこんで来て間に割りこんだが、この馬も四コーナーで三番手だった。時計は一分一一秒〇、上がりが三六秒三と、ひどく遅いということもない。それに、先着の三頭とも、重の実績はない。

ところが、つぎの若葉ステークスでロイヤルタッチが敗れた。跳びの綺麗な馬だけに道悪が心配されたが、まずまず軽快なフットワークに見えて、向正面では早目に好位についた。それにしても馬体がやさしすぎて、走り方がふわふわと軽すぎるように思われた。あとから考えれば、道悪の地面にやはり脚がよくついていなかったのだ。重心も高かった。三コーナー過ぎて一度あがりかけて、上がりきれなかった。あれも足を取られかけたのだろう。それでもあらためてあがって、直線で先頭に立った時には、ちぎるかと思われた。そこへ重戦車のような勢いでミナモトマリノスが駆け抜けた。同じような体重なのにこちらのほうがはるかに頑丈な体格に見えた。重心の高い低い、脚が地についているかいないかの差なのだろう。それにしてもロイヤルタッチは、皐月賞までにはもうひとつ体重をつけてきてほしいものだ。

日経賞でも一番人気のカネツクロスが、この馬も昨年秋の毎日王冠の道悪で惨敗しているのでどうかと思われたが、スタート直後から先頭に立って軽快に逃げ、やはり走り方がふわふわと軽すぎるように見えたが余裕はあり、そのまま衰えも見せずに四コーナーをまわり、さてどんなものかと見ていたら、ゴール前で往年の道悪の鬼ホッカイダイヤを母方の祖父に持つホッカイルソーに迫られ、一気にかわされた。失速したというよりは加速がつかなかったと言うべきで、前走のＡＪＣＣで先頭で逃げた上で三三秒九の末脚を使ったのと大違いである。レースは二分三七秒四の、上がりが三七秒一、良馬場より三秒から四秒よけいにかかっている。これなら、道悪上手のつけこむ隙はいくらでもある。

その日経賞の前に中京記念があり、今回十勝目をあげた福永祐一がナカミアンデスで初重賞を、あるいは取るのではないかと期待された。さらにそれより前に中山五レースの新馬戦で牧原由貴子がアラビアンナイト、父ビゼンニシキ母メインディッシュという懐かしい血を引いた馬の手綱を取って見事に逃げきり、中央女性騎手の初白星というばかりか、今期の関東新人たちに先立って第一勝目をあげたので、まして祐一は、と人の注目も中京記念に集まった。

いい騎乗だった。まず三番枠から出て馬ごみ中のわずかな隙をついて好位に寄せ、あとは先頭をつねに射程距離にうかがわせて馬の行く気を保たせ、さりとて掛からせず、三コーナーすぎまで辛抱させ、四コーナーを内目のいいところから鋭くまわってその勢いのまま勝ちに行き、先頭へ並びかけて見せ場をつくった。結局はイナズマタカオーに突き放され、ファンドリショウリにもイブキタモンヤグラにも抜かれて五着に終ったが、馬がもうひとつ仕上がっていたら、抜けていたかもしれない。それほど気合いの良い追出しだった。

阪神では重馬場と言いながら陽がさしていた。桜花賞の最終指定オープンのアネモネステークスではノースサンデーが抜け出し、人気薄のカネトシシェーバーが二着に粘った。その勝ったノースサンデーが向正面で掛かりかけて、武豊が手綱を押さえると、苦しそうに首をあげて、ばたついた。そこは武豊がうまく宥めて、それが快勝につながったわけだが、その一瞬の光景がいましがたの中山の日経賞のスタンド前での、シグナルライトの悲惨な姿を思わせた。予後不良だろう。可能性を秘めた馬だった。安眠を。

阪神のアネモネステークスの終った頃には東京も雨があがり、日の暮れには晴れて、西の空が赤く焼けた。

三月十八日、月曜日、曇。

昨日は夕映えを見たのに、今日はまた曇って、雨もよいの風が吹いている。馬事公苑まで来ると、春先の枯木の林が美しい。開花や芽吹きの兆しをはらんで樹皮が艶っぽい。ほのかな赤味が差しているように見える。

コンビニのスタンドに並ぶスポーツ紙の中から、牧原由貴子の笑顔が咲いている。古い競馬ファンからすれば、娘か孫娘の初勝名乗りのようで、思わず心がはなやぐ。手綱を取ったアラビアンナイトは三番人気だが、単勝で千と十円ついている。このことを見逃すまい。この単勝を取った人は嬉しかろう。しかし微笑んでいる男性たちもそのうちに、若い女性の意欲の烈しさに舌を巻くことになるかもしれない。ところで、いまスポーツ紙で初勝利の写真を見ていたら、この騎乗服はお師匠さんの増沢末夫調教師の、かのハイセイコーにまたがっていた時の、それではないか。

福永祐一や牧原由貴子が登場したにつけても、小島太や大江原哲の去ったことがいまさら思われる。殊に小島太は若いファンたちの万雷の喝采を浴びて引退の花道をひきあげ、オールドファンたちもこの拍手に心から和したが、そこにはおのずと一抹の、微苦笑がふくまれていた。むろん、今となっては好意ある苦笑である。本人もひそかに、この苦笑を共にしていたことだろう。一時期、出馬表からでもパドックからでも、これで勝負という馬を引き出してきて、鞍上が小島太と知ったとき、人はどんなに「煩悶」したことか、勝つ時には爽快に勝つので買わないわけにいかないのだが……とまで言えば、オールドファンはまた、今となっては懐かしげな微苦笑を見せるだろう。晩熟期の騎乗はもう見事なものだった。

今からもう二十何年昔になるだろうか、秋分の日にあたる、馬事公苑の「愛馬の日」に、サイン会に来ていた小島太が乗馬用の芝の角馬場前のスタンドに立って催し物を眺めているのを、私はたまたま散歩で通りかかって見つけて、その若くて姿の良いのに感心しながら、この人は早熟の人かな、と思ったものだが、結局、紆余曲折の、晩成の人であった。

小島太や大江原哲は去ったが、南井克巳は戻って来る。ナリタブライアンも戻って来た。阪神大賞典でのマヤノトップガンとの長い叩き合いは、今年随一の熱戦として振り返られることになるかもしれない。心臓の弱い人は、見ていてさぞや空恐ろしくなったことだろう。

サクラローレルも戻って来た。一年何カ月という時間を引き裂いて、後方から飛んできた。しかし鞍上は横山典、調教をつけたのが小島太師であった。

今週の金曜日に私は旅に出る。帰って来ると、もう桜花賞である。

（一九九六年五月号）

一九九六年七月

七月三十日、火曜日、晴。

今日も暑い。六月の末から猛夏が続いている。競馬のほうは七夕の日の、マヤノトップガンの完勝によって春のGI街道のケジメをつけた宝塚記念から、一昨日の日曜日の、同じくブライアンズタイムの産駒、セイリューオーの快勝に終った札幌三歳ステークスで、七月は尽きた。七月の中頃からは、アトランタのオリンピックの賑わいがまさった。その前から、例年により、夏の甲子園への地区予選の放映のため、土日曜の競馬中継は特別レースを除いて、ふさがれた。一日一レースだけ札幌スプリントステークスだけがわずかに実況された日曜日もあった。

もとより、世間がオリンピックや甲子園でどんなに騒ごうが、そのさなかで、札幌や函館や福島や新潟や小倉でおこなわれる普通のレースを、ひっそりと大事に、つくづく面白いと思いながらテレビで眺めるのが、私の好みである。夏の炎天下の午後に、閑寂という心地さえする。馬や騎手は大変だろうが、私も夏はおおむねクーラーなしに暮らす人間である。競馬の実況を見る時も、クーラーはつけていない。ゴール前の叩き合いになれば、私の発汗も激しくなる。それでこそ、夏競馬である。

ところがこの七月は土日曜のどちらかが外出の日と重なるということが二度あった。まず七月六日の土曜日は能楽堂へ行く予定があり、朝起きて、今日は競馬の中継が済んでからゆっくり出かければよいか、と思っていたところが、切符を確かめると午後二時の開演とある。その能楽堂からの帰り道、明日の競馬のために新聞を買うと、中心はもちろん宝塚記念だが、七夕賞の予想がどこにも見えない。今年の七夕賞は中山で土曜日、折角日曜と重なった七夕の前日におこなわれるということを、正午過ぎに出かける時にはよく知っていて、実況を見られぬことになったのを残念がっていたのに、能楽堂にいるうちに、ころっと忘れていた。どうも七月の中山というのはピンと来ない。さらにその夜、競馬ダイジェストを見ていたら、迷わず先頭に立ったサクラエイコウオーがのびのびと逃げて、これは弥生賞の当時のエイコウオーなら楽々逃げきりだな、と惜しむような気持でレースを追ううちに、だんだんにその気配が濃くなり、直線ではまったくそのとおりのひとり駆け。四馬身差の圧勝となった。

辛抱に辛抱重ねて実力馬を復活させる。あるいは素質馬を開花させる。中山記念と天皇賞のサクラローレル。高松宮杯のフラワーパーク。札幌記念のマーベラスサンデーとマイヨジョンヌ。阪急杯のトーワウィナー、マーメイドステークスのシャイニンレーサー。さらにはダービーのフサイチコンコルド。たんぱ賞のビッグバイアモン。近頃、このようなケースが目に立つ。嬉しいことだ。

じつは翌日の宝塚記念のマヤノトップガンについても私は、今度はむずかしいのではないか、阪神大賞典でのナリタブライアンとの激戦、天皇賞の完敗の後、調子をまた上向けるのは間合いからして、どうだろうか、と危惧していたのだ。ところが向正面でカネックロスの好位にひたとつけてしなやかに走るトップガンを見て、これはグランプリ馬だ、と得心した。しかし馬が強かった、だけで済ましてはいけないのだろう。これもスタッフの、人の辛抱の勝利とたたえるべきなのだ。

スタッフの辛抱の成果そのものの馬と言えば九歳でまた重賞を取ったフジヤマケンザンがあり、この日も四コーナーから直線にかけて力強いところを見せて、五着に喰いこんだ。あとで聞けば故障を発生していたという。連がらみはあったかもしれない。これがまた復活してきたら、ファンとしては、名馬の称号をあらためて献じたい。

七月十三日の土曜日には、シンザンの死が伝えられた。開催中の札幌、中山、小倉の競馬場で、東西の場外発売の競馬場とウインズで、大勢の客たちがその訃音に接して立ち停まったことだろう。テレビの前で身を起したファンも多かったことだろう。私のような年配者にとっては、三十三年という歳月がたちまち、自身の「馬齢」となって巻き戻される。一瞬にして、シンザン三冠の年、五冠の年の三十年ほどの隔たりを往復させられる。しばし自身が、死者生者の境に置かれる。

翌日曜日はまる一日続いたテレビのお喋り番組の背後に押しやられ、札幌スプリントSの実況だけがこれも人のお喋りの中で行われたが、安田富男騎乗のノーブルグラスの勢いが四角ではすでに抜けていて、全国競馬場重賞制覇の名誉を鞍上にもたらすことになった。大シンザンの逝った翌日とは、これも何かの縁だろう。良い手向けともなった。

七月二十一日の日曜日、新潟のBSNオープンではエアチャリオットが勝っている。これもひさしぶりになる。四歳の春のクラシック前にはナリタブライアン、ナムラコクオーと並び称せられた馬である。ブライアンよりも強いと見ていた人もあった。長いトンネルだった。二着にはこれも復活の兆し、アルゼンチンタンゴがしっかりと入った。同じ日、札幌の道新杯ではブライトサンディー、小倉の北九州記念ではマジックキスがそれぞれ快勝しているが、忘れやすい人ならば、はて、どこかで聞いたような馬だが、と首をかしげたことだろう。昨年のエリザベス女王杯の、ブライトサンディーは準優勝馬。マジックキスも折合いがつけばと期待された馬である。どちらも長い辛抱の末の今日であった。

七月二十七日の新潟の月岡特別では六カ月半休養明けのセノエティアラが、小倉の九州スポーツ新聞杯では五番人気のサワノフラッシュが、こんな強い馬がまだいたの、と不思議がらせるような勝ち方を見せた。かと思えば翌二十八日の小倉のメイン、サマーステークスで、ゴール前、一番人気のトウカイタローを綺麗に差し切ったのが七歳馬キングファラオ、十四頭中の七番人気だったが、お忘れだろうか、いつぞやのもっと大きなレースでこの馬がらみの穴馬券をひそかに握りしめていた人も、けっこういたではないか。

まだまだほかにも復活してくる馬があるだろう。


七月三十一日、水曜日、晴。

暑い中でオリンピック競技が続けられているが、シンザンが三冠馬となったのもオリンピック、東京オリンピックの年にあたる。あの年の夏が「東京砂漠」と称せられた異常渇水だった。その九月に名神高速、十月に東海道新幹線が開通している。つまり、シンザンがダービーを制した時には、名神も新幹線もなかったわけだ。最初の高層ビルの霞が関ビルの完成がその四年後、東名高速の開通は五年後である。新宿のステーションビルの完成すら、シンザンの皐月賞の後、ダービーの半月ほど前になる。

東京オリンピックは十月十日から二週間にわたっておこなわれた。そのオリンピックの始まる直前に、長谷川町子の「サザエさん」にこんなのがあった。父親の波平氏がからだの不調を訴えている。そこへカツオ君が駆けこんできて、家のテレビの調子が悪いと叫ぶ。すると家族一同、テレビのまわりに寄って、皆で大事に抱えあげ、電気屋へ運ぶ。それを波平氏が憮然として見ている。オリンピックが終った後には、こんなのがあった。オリンピックも終ったことだし、今日からは気持をひきしめていこう、というようなことを波平氏が言う。すると家族たちは総立ちになり、サンセーと叫んで拍手、あげくには波平氏を胴上げにする。何もわかっとらん、と波平氏は宙に舞いながら苦々しい顔をしている。

シンザンの菊花賞は十一月十五日、今度もまた三冠は駄目だろう、と私は思っていた。今度も、というのは、四年前にコダマの二冠があり、前年にはメイズイが二冠目のダービーをレコードで圧勝して、今度は三冠確実だろうと思っていたら、大逃げの快足が三コーナーのあたりで停まってしまった。皐月賞、ダービーともに二着だったグレートヨルカが、菊花賞を制した。だから今度も勝つのはダービー二着のウメノチカラかと思ったら、これがまた二着だった。

皐月賞が四分の三馬身差、ダービーが一馬身と四分の一、菊花賞が二馬身半、これがシンザンである。三馬身半、五馬身、七馬身、これがナリタブライアンの三冠である。

その三冠を制したシンザンが、その年の有馬記念と翌春の天皇賞を見送っているわけだ。それから十九年後の三冠馬ミスターシービーがその年の有馬記念を自重し、故障もあって春の天皇賞を見送った時にも、三冠馬として穏当なローテーションと感じられていた。ところが翌年の三冠馬シンボリルドルフはすぐにジャパンカップに出て、有馬記念を制し、春の天皇賞も制した。ナリタブライアンは有馬記念をまた圧勝したが、その前にジャパンカップを自重したことで、不平を鳴らされた。馬にとっても忙しい世の中になったものだ。

シンザンの四冠目は十一月二十三日、ハクズイコウに二馬身差。ついでながら、翌春の天皇賞はこのハクズイコウが制し、二着が何とまた、ウメノチカラだった。

五冠目は十二月二十六日、四角で大外へ振られ、外埒の陰に姿がしばし隠れ、現れるとたちまちミハルカスを抜き去って、一馬身と四分の三。

あの昭和四十年の春、私は北陸の金沢から東京に戻り、北多摩郡に小さな家を借りて、テレビもラジオもなしに暮らしていた。特券（千円券）など、私には大枚だった。

（一九九六年九月号）

一九九六年十一月

十一月二十四日、日曜日、晴。

第八レースのインターナショナルジョッキーの発走直前、馬たちの輪乗りをしているマイル戦のスタート地点の彼方（かなた）の空で、午後の二時にかかった太陽がちょうど雲の中に隠れ、その下の雲の切れ間から黄金色の光の柱を斜めに幾条も地上へ降ろした。ジャパンカップの前座だが、荘厳なファンファーレの光景となった。しかしそんな方へ目が行くのは、まだ競馬へ心が集中していないしるしである。今朝は出遅れて、競馬場に着いたばかりのところだ。「こんなに遅く来ては、馬券はもう売り切れだぞ」と人にひやかされて、「そう言えば、一枚も売ってくれなかったな」と答えたものだ。

スタートして馬たちが向正面を行く。軽快に走っている。速いラップを踏んでいるようだ。と思いながら目がまた疾駆する馬群のむこうの樹々のほうへ遊ぶ。綺麗に色づいて燃えている。昔はこの時季が秋の天皇賞三千二百にあたり、落葉樹とともにターフの芝が枯れかけて暖いような色合いになったものだ。今は洋芝が混じっているので青々としている。

三コーナーから欅（けやき）過ぎまでが、今日はずいぶん長い距離に、長い時間に、長閑（のどか）に感じられる。馬券は少々握っていても、意気込みが足りないせいだろう。馬群が四コーナーにかかったところで、ようやく双眼鏡を目に当てた。私の選んだ三頭はそれぞれ、いいところにいる。脚いろも悪くはない。ひさしぶりにツキがめぐって来たか、と思った。

しかし、シンコウフォレストは直線で一瞬抜け出しそうなところを見せたが、坂上で脚が尽きた。モンテサンはゴール前の先団の叩き合いに加わっているが、デットーリが烈しく押しても、差し脚がもうひとつ伸びない。内をついて、いきなりするすると、タイキフラッシュが抜けた。センボンザクラが中央あたりの叩き合いに勝った。そこへ外から、私の選んだもう一頭、キングスウッドが二着に迫ったが、わずかに届いていないことは、肉眼でもわかった。かりに届いていたところで、私の馬券は追いつかない。まあ、迫力のあるゴール前だった。三着同着なら、馬券も楽しめたと言える。シンコウフォレストは次走、休養明け二戦目には、快勝するだろう。

なんだかレースに恬淡としているのは、私もこの夏からの「連闘」の疲れが出て、職業柄眼精疲労、目の「コズミ」に苦しんでいるせいだ。出馬表の細かい字を見るのがつらい。レースもスタートからゴールまで目を凝らしていられない。それだもので、馬たちが直線の坂を駆けあがってくるまでは、視野を絞らず、馬群を風景のひろがりの中に置いておく。こんな日もある。こういう競馬の楽しみ方もある。

九レースは捨てて、ジャパンカップへ向かおうとすると、知人にぱったり出会った。「今日は何」と知人はたずねた。「ファビラスラフイン」と私は答えた。「はあ、ファビラスラフイン、いいですね」と言って知人はニヤリと笑った。《同じシャダイでもファビラスとは、また、やってくれるなあ》という笑いだと私は読んだ。「では、これから、ファビラスに気合を入れに行ってきます」と言って知人と別れた。

ジャパンカップにかぎり、私は遠来の馬を間近に見たい一心でパドックに行く。パドックに立ったところで馬券が取れるとは、ほんとうのところ、思っていないのだ。外国馬のどれが、東京の馬場に合っているか、分かりはしない。一時は分かったつもりでいたが、そのうちに、馬をはるばると極東の島へ遠征させるほうも、考えるようになった。やはり、いい馬たちが来る。仕上がりもよろしい。その馬たちに見惚れているうちに、それだけで結構満足してしまって、細かいことを検討するのも物憂くなる。

凱旋門賞馬エリシオは、私の目には思いのほか、脚が長くて、すじばった馬に映った。筋肉隆々と言うほどではないが、骨格のスケールは大きい。後肢がちょっと立っているか。十年前の私なら、この馬を切っていただろう。しかし私の好みもその間に変わった。

ファビラスラフインは四歳の牝馬だけあって、パドックの雰囲気にかなり感じていたようだ。しかしその興奮が外へ散乱していない。興奮をかろうじて内へ抱えこんでいる。伏目がちにじっとこらえているという風情だ。情が移った。

そのうしろを行くバブルガムフェローは前評判どおり好調に見えたが、ときどき物音に気をつかって、ちらちらと人の群れのほうへ顔を向けていた。さて、このバブルガムとファビラスを見くらべていると、そのたびにそのまたうしろからブルルルッと、えらい鼻息が立つ。これがペンタイアである。意気盛んだが、イレコミではないと見た。昔の若い私なら、文句なしに、この馬を一番に選んだことだろう。今はそうでもないが、若い頃の好みに、やはりひかされた。

セイントリーは出馬しないことになり、さて、シングスピール。パドックの見映えはかならずしも華やかではないが、東京の馬場で走るのはこのタイプの馬だぞ、この手の、ちょっとコロっとまとまった馬だぞ、という声が心の内でしきりに聞こえた。外国でのレースはともかく、この東京の直線の坂上から、馬体がぐいっと低く沈む馬と、馬場が硬いせいかあまり沈まない馬がある。

向正面、カネツクロスを先頭に、エリシオが行く、ファビラスラフインが内にいる。それから一枠の馬、これはゴーゴーゼットではなくてストラテジックチョイスだろう。バブルガムフエローもその辺に見える。やや離れて七枠のもう一頭、シングスピールもつけている。それぞれ順当な位置取りだ。そこで双眼鏡をはずして、遠く豆粒ほどにつらなって流れる馬群へ、疲れた目をあずけた。ペースは遅くなく、淀みもない。どの馬も折り合っているようだ。欅あたりまでは馬順に変わりもあるまい。双眼鏡を構えることもない。ターフビジョンでは全体の流れがつかめない。馬群に変動があれば、そのけはいは肉眼にも伝わってくる。肉眼のほうがかえって、馬群の動きを感じやすい。

おおよそそのまま四角まで来た。エリシオがカネツクロスをかわしにかかる。そして抜け出すかと思ったら、内目を巧みに回ったファビラスラフインの脚いろがよい。双眼鏡をあてようとしたが、直線の坂を馬群がもう近づいてくる。ここは肉眼で見たい。馬群が坂を駆けあがってくると肉眼にとっては、近づいて来るはずの馬群が混沌（カオス）の中へ入ってしまう。混戦のせいもある。刻々増す迫力のせいもある。目と心が騒ぐせいもある。そんな時、馬たちの姿を定かに見分けようとしても無駄である。むしろ混沌は混沌のままにして、その中から何が抜け出してくるか、待つのがよい。ほんの三秒ぐらいの間のことだ。まわりの人の騒ぎ叫ぶ中で、ひっそりと静まる数秒、これが肉眼でレースを見る醍醐味である。

　七枠オレンジが抜け出した。カネックロスはとうに競りおとされた。シングスピールだ。そしてそれと内から叩き合うのは、一歩も譲れぬのは、バブルガムフェローかと思ったら黒は二枠四番、ファビラスラフインではないか。二頭叩き合い叩き合い、ファビラスのほうが競り勝ちそうな瞬間もあったが、ゴールに入るとデットーリの鞭があがった。肉眼で見てもゴールに駆けこんだ勢いもタイミングも、シングスピールの勝ちと見えた。いまさら膝が震えた。鼻差と判定が出た時、もう一度、震えが来た。

　エリシオはシングスピールとファビラスラフインに置かれかけて、差し返そうとしたそのとたんに、内のシングスピール、外から伸びてきたストラテジックチョイスの間にはさまれて、不利というほどにも見えなかったが、一瞬ひるんで、タイミングを逃したようだ。それでも、三着は完全にストラテジックチョイスの突っ込みに見えたのに、判定が出ると同着、あそこからもう一度差し返したのは、やはり実力馬である。直線に入るまでに、上位四頭の内に、同じ好位でもわずかずつより後方にいた馬の順に、良い結果が出ている微妙なところだ。ペンタイアはなぜか、来なかった。

レースの後、何人かの知人から、「おめでとう」と声をかけられて、閉口した。事前にファビラスのことを周囲にいささか吹聴していたのだ。その馬券はファビラスからエリシオとペンタイアへ、そしてこの二頭で押さえ、それからシングスピールへしきりに食指は動いたが、それでは締まりもなくなる、といさぎよく思い切って、ファビラスの単勝でおさめた。祝福されて閉口しながらも、嬉しそうな顔をしていた。いや、実際に嬉しいような気持になったから、不思議なものだ。

晩には競馬ファンのサークルの宴会に割りこませてもらった。競馬好きは初対面でも話がすぐにはずむ。話題が競馬のかぎり、十年来二十年来の旧知にひとしくなる。座中、競馬場に来ると窓口の前でとかく迷って、ついよけいに馬券を買ってしまう、と反省しきりの声があり、私はそれに答えて、その反省はもっともだが、窓口で迷わなくなると、的中もあっさり減るものだ、と自分の体験を話した。迷いの中で、ひらめくこともある。あまりにもいさぎよく迷いを断ち切ると、霊感をも締め出すことになりかねない。それぞれ《総額規制》を守って、その範囲で存分に迷うのが、やはり競馬の楽しみである。それにしても、佳き日、佳きレースだった。

（一九九七年一月号）

一九九七年二月

二月十六日、日曜日、小倉、曇。

小倉競馬場にやっと来た。これが私にとって初めてである。小倉の街も初めてである。

昨日の土曜日は暮れ方に大分空港に着いた。東京は晴れで、大分は雨だった。空港から水中翼船というものに乗った。これも私には初めての体験である。六百メートルばかり地上を走るのには驚いた。ようやく海の中に入った時にはやはり安心した。別府湾内は雨霧で何も見えなかった。大分の街に着いた。ここも私には初めてである。

東京から二人、備前から一人、博多から一人、年はいずれも五十をたっぷり越えた五人の男が、土曜の日の暮れに大分市内の河豚料理の店に集まった。小倉でウマをやる前夜に、大分でフグを喰うという趣向になる。昨年の六月に阪神競馬場に集まったその続きである。その前は六年あいて、佐賀競馬場に集まった。その前に、一人は大病を患い、一人は細君を亡くした。五人とも、人に使われる身ではないが、寄らば大樹の陰に、寄っている身でもない。年々、しんどい境遇である。

フグ刺(さし)に、キモが付いた。この県では許されている。真水でよくよく洗うそうで、それで水分を吸ってふやけるせいか、皿に大量に盛られているように見える。これも私には、生まれて初めてである。一人ならおそるおそる箸をつけるところが、四人とも馴れたもので健啖に喰う。なるほど、噂にたがわず美味だった。還暦ぐらいでは大きなことも言えないが、長生きはするものだ。その夜は別府の宿に泊まり、温泉にゆっくりつかってから、また酒を呑みながら明日の小倉の検討にかかった。

あらなんともなや昨日は過ぎて河豚汁（フクトジル）

こんなとぼけた発句で、俳聖芭蕉がまだ桃青と号した頃に、ひたっている。昨夜はおそくまで予想紙を片手に、酒をずいぶん呑んだはずなのに、今朝は二日酔いも残らぬ。これもフグのキモの御利益（ごりやく）か。八時の特急で小倉へ向かった。それにしても、この年になって、初めての事が一日とそこらの間に、いくつも重なるものだ。

北九州の冬は厳しい、と出身者たちは口々に言うが、これもまた予想を上まわった。今にも降り出しそうな暗雲の下、身を刺すような寒風が吹き渡る。それでも小倉大賞典の日、大勢の客が防寒をしっかり固めて集まった。第一レースの発走に間に合ったが、馬券までは手がまわらず、ただ眺めている上、ゴール前で三枠のヤングウタヒメが後方から追い込んで首差しきり、これが人気薄で、二着一番人気との組合わせで二五〇〇円あまりついた。単勝では五千円近く、おくればせに出馬表を見れば、レオダーバンの子、私の手を出しそうな馬だった。しかし好運はもうひとレース、私を待っていてくれた。二レース、六番人気のウララファミリーから入ると、この馬が逃げて、四コーナー過ぎではいったんさがりそうになったが、そこでこらえて、一番人気の馬の二着になってくれた。馬連で一七〇〇円あまりついた。これで今日は楽になった。

あとは四レースに馬連で八五〇〇円が出たかと思うと、五レースでは三百円そこら、と揺すぶられて午前が終り、食堂のすくのを待ってビールにチャンポンを啜りながらの場内テレビ観戦して六レース、一番人気のインタートラストが鋭く追込みを決めて、馬身はあいたが二着に馬込みからシーアタックが突っこんでくれた。私の馬券は的中。この馬は私が掘り出したつもりだったが、どっこい、客も見ている。二番人気で、馬連が八四〇円とは呆れた。それでも一点買いである。

午後になり、風はいよいよ冷くなった。雪が舞いだしても不思議はない空である。東京競馬場のほうは午前中に場内のグリーンチャンネルを見ればかなりの雨、ダートコースは水田のようだ。小倉のほうは七レース八レースと、やや高目を狙ったら、馬連で七三〇円と三六〇円、特別に入って、やや堅目を狙ったら、山国川特別が馬連二四八〇円、皿倉山特別が三七九〇円、チグハグになり、メインレースまで来てしまった。

地元が小倉大賞典、東京がＧＩとなったフェブラリーステークス、と忙しい。京都の淀短距離ステークスにまでは手がまわらない。

小倉大賞典に関しては、私はじつに簡単に決めてしまった。トウカイサイレンスとマジックキス、これでよいとなぜか思いこんだのだ。これに、お楽しみとした、ダイワセキトを少々からませただけだった。パドックをよくよく見ている間も、その信念は揺るがなかった。そんなことが、往々にしてあるものだ。スタートで、マジックキスが無理に先頭に立たずに、二、三番手を行く。これでいいんだ、と眺めていた。トウカイサイレンスはすこし、後方に控え過ぎる。しかしいずれ上がってくるだろう、と眺めていた。好位で脚の軽快さが目につくのは、あれは、オースミマックス、しかしあの馬も近頃、四コーナーまでだからな、と以前の強さを思い出していた。やがて四コーナーを、マジックキスが先頭に立って回る。脚をまだ溜めていると見えた。ところが、その外からまくる、オースミマックスの脚いろがきわめてよい。そこで、私の「構想」は一度に崩壊した。

オースミマックスが先頭に立って、後から追い上げる馬たちをわずかの差ながら、寄せつけない。ファンドリショウリが来た、トウカイサイレンスもようやく来た。しかし叩き合いをわずかに押さえて二着に粘りこんだのはなんと、ケントニーオーだった。どちらも人気薄、馬連で二万のほうに近い配当だと思ったら、一万足らずだった。小倉のファンの眼力には、おそれ入った。

さて、東京はフェブラリーステークス、場内テレビの画面を見れば、いつのまにか日が照っているではないか。こちらはもう、シンコウウインディと思い定めてた。そこから有力どころへ流した。三コーナー手前ですでに、ウインディの位置取りと行きっぷりを見ると、楽しくなった。直線に入り、ストーンステッパーとバトルラインの叩き合いになったが、内目からウインディが迫っている。こうなったら、ウインディのものだ。ステッパーがバトルラインを振り切ったところで、ウインディが叩き出され、両馬しばし激しく競り合ったが、ウインディがはっきりと差した。馬券は取ったわけだ。しかし同行者たちには言わなかった。昨夜、追切り情報に惑わされて、ストーンステッパーの順位をいささか落としていたからだ、フグのタタリか。

このままひきさがるわけにいかない。最終レースのパドックを見る目が真剣になった。まずパーティーホーラーという馬が断然目についたが、オッズをみればダントツ一番人気だ。甘くはない。相手探しとなった。するとホシジョージという馬が目についてきた。たしかに良い。オッズを見れば、これが人気薄である。しめたと思った。ホーラーとの一点買いに決めた。間違いではなかったのだ。レースは早々にパーティーホーラーの勝ちと決まったが、三コーナーから上がっていくホシジョージの脚が良い。四コーナーを四番手あたりで回った勢いは、そのままおどり出すと思われた。直線に入っても、脚いろは悪くはなかったのだ。しかし四コーナーでほぼ並んで回ったもう一頭の馬を、どうしてもかわせない。やがて突き放された。ゴール前で息切れして、さらにもう一頭の馬に並ばれ、鼻差さされた。

ところで、私のホシジョージをせりつぶして二着に入ったタマモジャンプという馬、場内テレビに映った投票数を見ると、ホシジョージとどっこいの人気薄。しかも、ホシジョージは四枠五番、タマモジャンプは五枠六番、隣どうしなのだ。そこで、むかし競馬の先輩に言われたことを思い出した。

曰く、パドックで人気薄の馬がどうしても目についてしまったら、しかたがない。信念を徹せ。人気薄の馬が逆にからむ時には、パドックからして何となくそのような雰囲気の漂うこともあると言われる。しかし、ひとつ、注意したいことがある。目についた馬の、すぐうしろを歩いている馬をよく見ろ。前にいる何頭かの馬たちは、初めにそれらとの比較においてその馬が目についていたのだから、あらためて見ることはない。ところが、一頭の馬が目についてしまうと、そのすぐうしろの馬を、飛ばしてしまうことがある。そこから順々に、それよりうしろの馬たちを見る比較の目がうわずっていく。また、前後して歩く二頭の馬がともに好気配の時、両方の雰囲気がひとつになって濃くなり、それはいいのだが、雰囲気に感じた者はとかく、前の馬の方へ目をつなぎとめられてしまう。さらにまた、前を歩く馬が好気合いの場合、すぐうしろを行く馬がいつかそれに感染して、活が入ることもある。

もうむかしむかしの忠告だが、今このレースの後では身に染みる。しかし今後、同じレースにあてはまるかどうか、何とも言えない。いや、その頃にはまた、そんな忠告は忘れているだろう。

さて、小倉大賞典も済んだ。最終日の最終レースも済んだ。これまでの小倉競馬場もこれでおしまいである。新しく建て変わる。小倉競馬場ができたのは昭和六年というから、私より年長である。今の東京競馬場よりも二年早い、改築は昭和五十八年というから、それからでも十四年も経つ。さればこそ、この寒空の下、大勢の客が集まった。客たちはいつもの競馬の終りと同じように帰って行く。振り返りもしない。競馬の客は振り返らぬものだ。私にとって古い小倉競馬場は、これが最初で最後になる。今日来なかったら、「昔の小倉」を生涯知らずに終ったわけだ。人はいろいろなことを知り、いろいろなことを知らずに終る。

（一九九七年四月号）

一九九七年六月

六月二十八日、土曜日、曇後雨。

福島は雨で芝ダートともに不良になっている。阪神は九レースの野苺賞から雨が降り出したらしいが、芝はまだ良である。東京ではときおり風が強く吹くが、雨はまだ落ちてきそうにない。台風が九州から山口に再上陸して、本州を長々と関東まで縦断していくという。六月になってこれで二度目の台風の上陸である。

福島のメインレースのＴＵＦ杯では二番人気のセリサイトダンディが四コーナー二番手から楽に抜け出して三馬身あまり突き放した。追い込んだユーワケリガンやベルウイナーの行き脚がつかないところを見ると、馬場はよほど悪いようだ。こちらは梅雨前線の影響なのだろう。阪神のほうはメインのストークステークスでは芝がやや重に変わり、台風の影響がようやく出ているらしい。二着続きの一番人気のナリタプロテクターを、乗替の武豊がしっかりとゴールへ持ってきた。二番枠を引いた馬を中団より後ろにさげておいて向正面で無理なく外へ持ち出したその運びと言い、四コーナーを外からまくってあがってきながら直線へ向かうところでちょっと手綱を控え、前の馬がまわりきるのを待ってすぐその脇につける、そのコーナリングの呼吸と言い、目にはそれほど立たないが、憎いほどに聡明な騎乗だった。競馬の中継が終わり、日も暮れてから、東京でも雨になり、やがて大降りになった。風はそうも強くはない。

昨年のNHKマイルCの後で私は知人に、あの一、二着した馬は四歳の春であの激走が骨身にこたえて、当分の間、ダメだよ、と言ったらしく、自分ではすっかり忘れていたが、この春にその知人から、予言どおりになりましたねと言われて、悪いことばかり的中する、とあきれたものだ。タイキフォーチュンとツクバシンフォニー、それ以来、この二頭のことが心にかかっていた。さて、六月七日の東京は目黒記念、エイシンサンサンが得意の逃げを打つ。ツクバシンフォニーがそれを追う。直線で一団となった馬群の中から、不利と思われたシンフォニーがもう一度割って出るかたちで抜けてくる。ようやく、と私は息をついた。しかしその安堵もつかのま、やはり好位で四コーナーを回った上がり馬のアグネスカミカゼが競りかける。ハンデに三キロの差がある。シンフォニーも粘りを尽したが、頭差泣いた。悪い予言はするものじゃない、この分では明日のタイキフォーチュンも苦しいか、と落胆していると、画面が切り換わって中京の中日スポーツ賞になり、これも私の心にかかっている一頭、惜敗続きのオープニングテーマが四コーナー二番手から先頭に立ち、これは早すぎる。ランドスピードの急追にあって、またしても惜敗かと思ったら、こちらは鼻差粘りきった。

しかし翌八日の安田記念は、古馬とGⅠの勝ち負けを繰り返してきた馬の強さを思い知らされることになった。パドックからもう、そんな感じなのだ。レースは直線坂の混戦に形がついてきて、ジェニュインが抜け出した時には、この馬のものと思われた。タイキブリザードは中団よりも後からようやくのびてきたが、この馬のじわじわと迫る脚質では、届きそうにもない。またGI二着か。それどころか、さらに後方から追い上げてくる四歳馬スピードワールドの脚いろがまさる。ところが、競りかけられたとたんに、ブリザードの末脚が爆発した。たちまちスピードワールドを突き放し、あんな末脚の使える馬だったのか、ついでにジェニュインをゴールで首だけ差し切ってしまった。

こんなことなら、もっとナリフリかまわず、ゴールへ転げこんでおくんだった、とジェニュインの鞍上の田中勝は悔やんだことだろう。競りかけて損した、とスピードワールドの鞍上の田原はちょっと苦笑したかもしれない。ブリザードに火がつくまで待った岡部の勝ちだった。

六月十五日の阪神の鳴尾記念ではトウカイタロー に楽しませてもらった。そろそろこの馬の季節である。それがスタートして軽快に先頭に立ったので、膝を乗り出して眺めた。この分なら、結果はどうあれ、ゴール前まで面白いだろう。その上、最初のスタンド前でケリソンが落馬して、この空馬がやる気十分で、向正面では中団の内にしっかとつけ、三コーナーに近づくにつれてさらに好位をうかがう。これはもしかすると、好位へあがる有力馬たちの妨げとなり、おかげでトウカイタローが逃げ切るかもしれない、とそんなことを思ったものだ。ところが、空馬はよれもせずよろけもせず、三コーナーから四コーナーの内目をひたりと回って、勝ちに行った。直線では鞍上岡部のバブルガムフェローがまだ力走する空馬を、まるでペースメイカーのごとくに遊ばせているではないか。やがて空馬をかわし、その勢いでトウカイタローをあっさり捕らえて切り捨てた。さすがGI馬だ。しかしタローもダンスパートナーの急追を首差押さえた。一番人気のゼネラリストは落馬の際に後肢をひっかけられて、思いがけぬ貧乏クジをひいたものだが、このケリソン、次回は要注意。

さすがＧⅠ馬、とまたしても唸らせたのが翌週二十二日のマーメイドステークスのエアグルーヴである。スタートして一ハロンも行ったところで、ああ、格が違うな、と思った。それでも競馬のことだからどうなるかわからないと眺めていたが、武豊の穏当な手綱さばきにより、あぶなげもなかった。同情は一馬身足らずで二着のシングライクトークのほうに集まったかもしれない。なにしろ絶好調の、絶好走、鞍上も非のうちどころがない。四コーナーをまわったところで、向正面からぴったりと尻につけていたエアグルーヴの蹄の音がやや遠のいた時には、ひょっとして振り切れるのではないか、と鞍上は思ったかもしれない。しかし相手は、ちょっとひと息入れてから競馬をするか、という感じだった。

この日、福島の吾妻小富士オープンではヤシマソブリンが、函館の青函ステークスではソロシンガーがそれぞれ復活の声をあげた。こんなに強いのなら、今まで何をしていたのだ、と観客はついつぶやきたくなるが、厩舎のスタッフの辛抱を思うべきだ。

強いのがつぎつぎに帰ってくる。

六月二十九日、日曜日、晴。

昨日は夜に入って東京でも雨が激しくなり、風もときおり強く吹いた。ところが夜半に近づくにつれて、台風は関東に近づいているはずなのに、妙に静かになり、気味が悪いようでテレビをつけて台風情報を見ようとしたら、そこで初めて、神戸の小児殺害事件の容疑者の逮捕を知らされた。十四歳の少年だという。台風のことも忘れた。しかし、多数の人間がその目撃を寄せたという、三十から四十歳の、身長一七〇ぐらいの、体格のがっしりした男は、あれは幻だったのか。共同幻像か。人の想像と現実との境目が揺らぎやすい世の中だ。また先頃の警察発表で犯人の推定年齢は二十歳から四十歳ぐらいとあり、これでは何を言ったことにもならないと人をあきれさせたものだが、割り出されてきたのを見れば十四歳である。人は低年齢の凶行に驚いているが、あらゆる年齢層を通して見られる、小児化現象もうすらさむい。逮捕の発表を聞いて大勢の野次馬が警察署の前に集まり、街頭からニュースを送るテレビレポーターの後から、上機嫌で手を振って画面に映ろうとしている、あの光景もそらおそろしい。

今日は淡く晴れあがり、台風のなごりの風が吹き渡っている。考えてみれば、あの事件が初めて報ぜられたのは五月の末のことだから、ダービーの日はすでにその陰鬱な影のもとにあったわけだ。あの日、発走の直前にシルクライトニングがアクシデントで除外になり、私の主要な馬券はレース前から、なくなってしまった。そのライトニングが今日のラジオたんぱ賞で一番人気となっているが、鞍上の安田富のコメントはもうひとつ冴えない。

むずかしいのではないか、と私も思った。ダービーへ向けて十分に仕上げて、いきなり除外というのは、出走して敗れたのよりも、後の調整がやっかいだろう。走れば疲れて、後でおのずと馬が休む。ところが走っていないのだから、馬をまず休息させるまでに、日数がかかるはずだ。

勝てない馬は道中で大きく見えないものだ。ライトニングのかわりに、三コーナーの手前で、まだ中団のうしろにいながら、大きく見えてきたのが、エアガッツだった。それはもう、むごいほどに、あらわなものだ。はたして、三コーナーから四コーナーへ外をまくる、その脚いろが違う。しかしパルスビートが内をついて直線で抜け出したのには驚いた。ゴール前ではエアガッツに首差ねじふせられたが、タイミングにもうひとつ恵まれていたら、逆に首差押さえていたところだ。もう一頭、向正面で最後方に、馬体のすぐれた馬がいるなと思ったら、サクラギャラント、直線だけで三着まで押し上げてきた。この三頭は秋が楽しみだ。

函館記念でも一番人気のフェアダンスが、今日はいけないことは三コーナーで見えてしまった。かわりに、あまり目立たぬかたちで好位にじっとつけていた二番人気のアロハドリームがあっさり直線で抜け出した。この馬も、これで重賞二つ目になるが、四歳の時には幾度も、来そうで来なくて、私の馬券を泣かせたものだ。これで十七戦目、だんだんに強くなる。

（一九九七年八月号）

一九九七年十一月

十一月二十三日、日曜日、晴。

木曜日から雨の降りがちな天気が続いていた。株式のほうもかなり落ちこんだ後、ここのところ乱高下を見せていたかと思ったら、土曜日になり山一証券の破綻が伝えられた。自主廃業の申請と言うが、つまりは倒産であるらしい。思い出してみれば昭和の四十年頃だったか、その山一がやはり倒産に瀕して、時の蔵相の故田中角栄氏の掛け声により、政官財界が一致協力して、成長期の日本経済を失速墜落から防ぐため、山一の再建にあたったということがあった。ところがこのたびは、新聞でよんだところでは、政官財界が揃って山一を見限ったらしい。隔世の感がする。もっとも私自身、その間に、三十歳手前の青年が、つい数日前に六十歳ちょうどになった。一時代がいよいよ終ったと言うべきか。

この月には三洋証券と北海道拓殖銀行も倒れた。従業員や関連中小企業はどうしていることだろうか。私などはもう長年不況のままの文芸界にあり、もともと経済成長とは縁遠い気質の人間ではあるが、それでも秋風が身に染みる。いや、秋どころか、もう冬である。

しかし今日はとにかく晴れた。ジャパンカップの日である。凱旋門賞の二着馬も来ている。

それを迎え討つのがエアグルーヴとバブルガムフェローだ。そう思って寝床から起きあがったものの、目はどうしても、競馬の予想紙よりは、一般紙の経済関係記事のほうへ行く。株を買っているわけでなし、勤める会社があるわけでなし、あったとしてももう定年であるのに、倒産の仔細が気にかかるのだ。かならずしも経済への関心からでなく、時代の終りに感じると、それが我が身の上に過ぎた歳月と重なる。山一の最初の破綻が昭和四十年のことだとすれば、その秋の天皇賞三千二百の勝ち馬は、シンザンだったな、などと思う。嘆息する気持で腰がついずるずると据わって、家を出かけるのにも、出遅れた。どうも意気があがらない。

競馬場のほうに近づくにつれて、風はあるが、いよいよ好天になっていった。南武線の窓からは畑の柿の木にたわわになる柿の実の赤さが目についた。じつに美しく照る。府中本町の駅から競馬場西門へ渡る連絡通路の窓からは、紅葉黄葉の盛りを回りかけた樹々から、落葉が深い艶を輝かせて風に舞う。競馬場の中に入ると、心なしか、客の出足も大レースにしては遅いように感じられた。パドックのところまで来て、人垣の間からのぞくようにして六レースの赤松賞の馬たちを二周回だけじっと眺め、運だめしに、予想紙にたよらず、二頭だけ選び出した。そしてスタンドに上がったが、人とまたずるずると話しこんで、馬券の窓口へ立ちそびれているうちに、スタートの時間になってしまい、レースの結果は私の買わなかった一点馬券が、二着三着に終った。損をしなかったのは好運だったが、なんだか、今日はそれ以上のツキの回ってきそうな気もしなくなった。

「朝起きたら自分の勤める会社が潰れていた、というのにくらべれば、馬券がはずれつづけるなんぞは、何事でもない」

そんな声がまわりで聞かれた。私だってジャパンカップに来ていられる無事の身の上をありがたいと思っている。しかしやはり意気はあがらない。人とまた話しこんでしまった。話はいずれ競馬のほうへ行く。

菊花賞については、マチカネフクキタルが道中、もしも内に包まれずにいて、もしもスローペースに対処するために機を見て動いていたら、直線で割って出て来れなかったかもしれない、とか。それにしても、メジロブライトこそ、馬群の中に入れて割って叩き出すような競馬をあそこで見せてほしかった、とか。

エリザベス女王杯については、菊花賞から一転して良いペースになったが、ここのところスローペースの後方から直線で内目を衝いて末脚勝負をしているダンスパートナーにとっては、脚の尽きかけた馬たちに前を塞がれたその分だけ、かえって仇になった、とか。それにひきかえエリモシックは道中、的場均がきっぱりと後方につけて、まるでその前の週の京成杯のグラスワンダーの快勝の続きのように、楽々と乗っているなと見ていたら、そういう時はなるほど、四コーナーの前から、勝つ道がおのずとひらけるものだ、とか。しかしあのレースの「製作者」は、馬群をゆるみなくひっぱった上に自分も三着に粘ったエイシンサンサンで、陰の主役でもあるのではないか、とか。

マイルチャンピオンシップについては、勝ったタイキシャトルは、馬も強かったが、鞍上もすこしの揺るぎもなく、まさに完璧の騎乗、これを毎度やっていれば、横山サマと拝まれるのに、ときどき、このヨコテンが、とつぶやかせるようなレースをやるので困る、とか。キョウエイマーチはまたきっちりと、三着には落ちないレースをやったのは、めでたいことかどうか、とか。トーヨーレインボーは、先を行く馬たちの調子の良さにあせったか、三コーナーからずるずると末脚をつかってしまった、とか。スピードワールドの肥満は問題だ、とか。

そんな話に自分も興じながら、私の思いはまだときおり、傾きかけたらしい世の中のほうへ行って、胸の内で自他をなぐさめるように、「しかし考えてみれば、こんな不況は、これまで幾度でもくぐってきたわけだ。われわれはしょせん貧乏の子なので、貧乏の中へ突きもどされれば、なるほどこれが俺の正体か、とかえって得心して、気合いも入れれば、活も入る。競馬のほうでも、長年、そうして来たではないか」

などとつぶやくうちに、また考えてみれば、私の話し相手は私より年下で、たいていひとまわりも若いことに気がついて、こんな話は、一体、通じるものか、と急に心細くなった。

私の話し相手たちは本番のジャパンカップへ向けて手控えているようだが、それでもレースごとに腕だめしの馬券を買いに立つが、私は競馬に集中できずに依然として腰があがらず、そのまま馬券なしで七レースが過ぎ、八レースも過ぎ、そこでさすがに、これではならじと、九レースのウェルカムステークスは捨てて、ジャパンカップのためにパドックへ降りて行った。

さて、この日の私の予想はと言えば、今年はアメリカ勢が不参加で、しかも例年ここ東京で活躍する前走ブリーダーズカップの馬が一頭も見えないので、外国馬はあまり買いではないという評判が一般だったが、しかしこの二年、一昨年のドイツのランド、昨年のイギリスのシングスピールを見れば、ヨーロッパの関係者たちもようやく日本の馬場の特性を呑みこみつつあり、それに適性の馬を選んで、それ向きに仕上げて、賞金を手固く取りに来るようになった、とそう考えた。そこで、外国勢の筆頭、凱旋門準優勝馬のピルサドスキーをやはり軸にして、それに配するに日本勢、エアグルーヴ、バブルガムフェロー、シルクジャスティス、ロイヤルタッチ、それにもう一頭外国馬ならカイタノと、五点買いのつもりで来た。

　ところがそのピルサドスキー氏がパドックで隆々たる馬ッ気を見せるではないか。女性ファンがこれを眺めて、困ったと目をそむけるのとは別の心で、私も困った。一度はおさまりかけたのがまた、いよいよ立派になる。過去幾十年を振り返って、パドックでこれを見せた馬にどれほどレースで後悔させられたか、思い起こそうとしたが、いざ確かめにかかると、記憶というものはあんがいはっきりしない。苦い目に再三遇ったような気もすれば、どうでもなかったこともしばしばあったような気もしてくる。その方面の後悔については、男というものはどうも、そのつど以前の憂き目は忘れて、火傷が好きな動物らしい。

　それにしても、なんとも健やかな、しかも清々しく、下品なところのない、ピ氏の馬ッ気だった。あれなら、俺が責任を取る、と請け合いたくなるほどのものだった。ところが、もうひとつ困ったことが出てきた。エアグルーヴがいらいらしている。初めのうちはあの程度なら問題ないと見ていたが、これもなかなか、おさまらない。周回の最後まで落着かず、鞍上の武豊は地上に立ったきり、とうとう空馬のまま早々に馬道へ消えた。大レースで有力馬のこんな例は、さすがに思い出せない。さらに、バブルガムフェローが私には、前走よりも気合いがないように感じられた。シルクジャスティスも、ここに混じると、馬が小さく見えた。

私の予想は揺らいだ。そこへ魔がつけこむように、四枠二頭、ロイヤルタッチとエボニーグローブが良く見えてきて、馬券はそちらのほうへ大幅に崩れることになった。

ゴール前でのピルサドスキーのひと伸びはそれにしても、ほれぼれとさせられた。直線坂で先頭をうかがったエアグルーヴに、天皇賞の時とは逆に、バブルガムフェローが外から並びかける。それに競り勝って、エアグルーヴが抜け出す。しかしその時には内目から射程圏に押し出していたピルサドスキーの鞍の上で、キネーンのからだが上下に揺さぶりをかけ、鞭が水車のごとくまわり、そして馬の筋肉という筋肉に力が張りつめ、ぐいっと前へ伸びてエアグルーヴをかわした。こんなのは見たことがない。

パドックのあれは、ライバルの女傑を威圧していたのだ、とあきれる声が聞こえた。私も感嘆して、おかげで目が澄んできたせいか、最終レースで結構な馬券をあてて、なあに、世の中、土俵際の踏んばりが大事だ、とうそぶいて酒を呑みに行った。


（一九九八年一月号）

一九九八年十二月

十二月二十七日、日曜日、薄曇。

西船橋の駅前から中山競馬場まで行くバスも近頃は乗客がめっきりすくなくなった。船橋法典からの便がよくなったせいだが、私は今でもこのバスで行く。東京の西郊外から地下鉄で都心の底を横切りここまでやって来て、いよいよ競馬場へ向かう前に、戸外でひと息入れたくなるのだ。

中山競馬場の新築以前は、ここのバスの停留所は蜿蜒長蛇の列で、私はそれを脇目に眺めて通り過ぎ、競馬場まで歩いて行った。あれが楽しみでもあった。とくに有馬記念の日には、帰りのオケラ街道もさることながら、行きの正午頃の道も、私にとっては、心に染みる年の瀬の風物だった。若かったのだ。と言っても、つい十年ほど前までは、そうしていた。

今ではバス停の客の列も短いので、ついその後についてしまう。客たちの雰囲気も昔とずいぶん違う。しかし私には今でも、有馬記念の日に西船橋の駅前広場に降り立ちさえすれば、往年の競馬観客たちの、行列をつくってバスを待つ、あるいは競馬場へ向かってぞろぞろと歩き出す、その風景がありありと目に浮かぶ。皆、髪はボサボサ、身なりも姿もヨレヨレ、顔肌はカサカサ、そしてボロ靴の踵(かかと)でも踏むような歩き方をしているが、目にだけは強い、赤いような光がこもっている。これはだいぶ遠い記憶になるが、その雰囲気は十数年前までは残っていた。有馬記念だけは髭を剃りのこして行かないと気合いが入らない、と言う高年の人が今でもあると聞く。

今年はとりわけ往年の有馬記念の客たちの姿を思い出す。やはり不況の風のせいだろう。世の中、まだまだ平穏に見えるが、寒風のひとしきり吹いた後、いよいよ荒く吹きすさぶ、その前の静けさか。薄曇りだが空は明るい。ときおり陽もさして、そして風はない。こんな穏やかな日には、年末の中山競馬場の界隈は早春の雰囲気に似る。考えてみれば、冬至を過ぎればすでに一陽来復、これから寒さはきびしくなるが、一日一日、日が長くなり、陽光は明るくなる。

競馬場前でバスを降りると、いったん道路に出て、北方十字路のほうへ、北門まで歩く。これも私にとってもう十年来の有馬記念の日のお定まりの「最後の直線」である。実際に中山のコースの直線と、スタンドを隔てて平行をなしているので、ゆるい上り坂になる。この道が年々、長くなるように感じられる。体調にもよることだが、年末に体調の良いためしはめったにない。ひょっとして、もう何年かしたら、この道を歩く体力も気力も失せてしまうのではないか、とそう思うと心細くもなるが、しかしここ何年か、競馬の仲間たちのために、途中でワインを一本仕入れていく習慣になっている。重い斤量を背負っているのだ。老馬、まだまだ健在である。上がりの時計は年々、かかるようにはなっているけれど。

競馬場内に到着したのは一時過ぎで、スタンド一階のホールでは客たちが場内テレビの前に集まって、ちょうど六レースのゴール前に沸いていた。私も足を停めて眺めると、横一線の叩き合いである。万馬券でもでそうなけはいだ。何人かテレビへ向かって絶叫した。一頭が抜けた。後はいよいよ混戦である。絶叫はさらに続いた。しかし二着以下が一団となってゴールを駆け抜けると、叫んでいた客たちはシレッとしてテレビに背を向けた。それもそのはず、あれだけの混戦のあげくに、一番人気と二番人気で決まっているのだ。電光掲示板の点いたのを見れば、二着と三着がクビ差、後もクビ、クビだった。この年末に、皮肉なことをしてくれるよな、とアナ党の溜息が聞こえそうだ。人のつぶやくのを通りすがりに耳にしたところでは、その前のレースも一番人気と二番人気、後はクビ、クビで決まったそうだ。

この一年、私はGⅠの日曜日に競馬場に午後から来ると、メインレースと最終レースしか馬券を買わないようになった。以前なら考えられないことだが、年に三度も入院手術をくりかえしたので、体力が足りず、とくに目が疲れやすくなったので、二レースにしぼらなくては身がもたなくなったのだろう。もっともこれはGⅠの日曜に限ったことで、純粋に馬券を楽しむには土曜日の競馬場に来る。この時は午後一番のレースから最終レースまで、しばしば立ちずくめでやって、それでもまだ足りず、もう一レース、ないものか、などとつぶやきながら酒場へ向かうのだから、老いの繰り言もあてにはならない。むしろGⅠの日には周囲の熱狂にあてられ、自身もつい固くなるので、二レースが限度となるものと見える。メインレースの成績はおおむね振わず、最終レースのほうは、われながらなかなか、しぶといのだ。

有馬記念のパドックの頃になると、毎年かならず、ダイユウサクの名が古参の客の口から出る。どうせ、ああいうことになるんじゃないの、とちょっとニヒルな口調である。ダイユウサクはマイラーだった。しかも、トップ・マイラーとは言えぬ存在だった。それが有馬記念に出てきて、なぜだと皆が首をかしげていると、直線で馬群を割って来て、かの名ステイヤー、メジロマックイーンをねじ伏せてしまった。どこからどう見ても、完勝だった。二分三〇秒六の有馬記念のレコードは現在に至るまで破られていない。毎年この日に予想紙をひろげるたびに、このレコードホルダーの存在が、馬券の古参兵たちにとって、目の上のタンコブのように感じられる。

今日もまた、場内のテレビのパドックの画面に向かって、ダイユウサクの名が人の口からつぶやかれた。グラスワンダーの姿が大映しになる、そのたびにである。

「だってさ、俺はたしかにあの四枠がらみの馬券は買わなかったけれど、ダイユウサクはすくなくとも、パドックで良く見せていたよ。それにくらべると、今日のグラスワンダーは」と溜息まじりである。

じつはそうつぶやく大半がひそかに、グラスワンダーをねらって来ていたのだ。落胆の気分がしばしテレビのまわりにひろがった。頼みのグラスワンダーは首を垂れたきり、いかにも気合いがない、馬体の張りも見えない。

「あんな馬体で、なぜ出すのだ。あれは最強馬のはずだよ」という声も聞こえた。溜息ひとしきりの後、またダイユウサクの名が出る。

「ああいうこともあるのだから」と。

「タイキシャトルだって負けるのだから、その逆もまた、ありだ」と。

やがて馬券を買いに腰を上げた古参兵たちのあらかたが、グラスワンダーを諦めたようだった。私もそのつもりで窓口へ向かったが、そこで例の優柔不断の、迷いが出た。もしもグラスワンダーに来られたら、せつないだろうな、と。メジロブライトから流す方針を私は決めていた。ブライトとワンダーの一点をつけ加えておくか、と思い直した。ところがそこでまた、ワンダーと一枠同枠のマチカネフクキタルの、体重十八キロ増ながら怪しげな雰囲気を思い出した。結局、枠連一・五に落着いた次第である。セコイ買い方をしやがるな、と自身にたいして舌打ちして窓口を離れた。

結果は御覧のとおりである。道中内で折り合っていたグラスワンダーが四コーナーから外目を上がって行った時は、その勢いにエアグルーヴの武豊も驚いたことだろう。すぐさまグラスワンダーに競りかけた。ところが競り負けているのはエアグルーヴのほうだ。これには私こそ驚いた。

グラスワンダーが抜けた。そこへ大外からやはり、メジロブライトが来る。道中、三コーナーを過ぎてぎりぎりまで、後方で待機していた。いい騎乗、いい走りっぷりだった。直線に入ると随一の末脚をあらわし、たちまちグラスワンダーに迫った。これがアルゼンチン共和国杯のワンダーなら、並ぶ間もなくかわされていたことだろう。ところが今日は、並びかけられたところで突き放した。ゴールで半馬身差、しかしこの差は詰まりそうにもない隔たりだった。

それはそうだ、グラスワンダーだもの。

テレビの画面に勝利騎手インタビューの、的場均の顔が大映しになった。例によって、勝つとなんだかすまなそうな顔をする、このベテランは。それを眺める馬券のベテランたちの間に、あらためて無力感がひろがった。エルコンドルパサーの陰に隠れることになったがこの馬の本来の強さを、力説してきた者たちばかりなのだ。惜しむらくは信念が足りなかった。

「強い馬だよ。しかしパドックでもうすこし、態度に見せてくれなくては、困るじゃないか」

とぼやくものもいた。

かく言う私自身、「グラスワンダーを買うなら、単勝一点だよ」と吹聴してきた者なのだ。連勝など姑息だよ、という心である。それが連勝の、馬連どころか、枠連をこっそり買い込んでいた。姑息のまた姑息なるものかな。

しかも、意気地のない馬券の当て方をして困った顔をしながら、最終レースでさらにセコイ馬券の組み合わせをして、少々、当てているのだ。

若い頃に、私の現在の年と同じぐらいの古参兵が、またまたネライがはずれたよ、とレースごとに苦しい顔をして、最終レースの後ではまた、どれも半端な当りばかりだ、といよいよ渋い顔をしながら、払戻口からけっこうまとまった金を手にして戻ってくる。いやな爺さんだ、と思っていたものだ。

人に年を感じさせるのも、有馬記念である。


（一九九九年二月号）

一九九九年二月

二月二十七日、土曜日、晴時々曇。

梅は咲いて、沈丁花も匂い出したが、二月二十一日の日曜日、デイリー杯クイーンカップの日には、またしても病院暮らしだった。昨年の三月を始めとして、これで四度目の入院手術になる。右眼で三度、ようやくすっきりしたかと思う間もなく、今度は左眼に故障が発生した。馬の左右両前不安なら、もはや引退となるところだが、私の場合、まだまだ隠居というわけには参らぬ。さいわい、経過は良好で、一週間ばかりで「厩舎」にもどり、まもなく出走の態勢である。

さて今度の病院の眼科の病室には、ベッド毎(ごと)のテレビが備えつけられていなかった。眼病みにテレビは眼の毒とは、たしかに辻褄は合っている。とくに私の場合は手術から退院まで、うつむきをまもらなくてはならないので、競馬の中継のほかは、テレビは無用である。ということは、土日曜の午後には、きわめて有用であるわけだ。しかし病院の決まりとあれば仕方がない。たまには競馬をラジオで楽しむのも、おもしろい。ところが土曜の午後にラジカセを合わせてみると、都心の高台の、十三階の高さなのに、建物の向きが悪いのか、競馬中継が入らない。見ず聞かずの競馬とはなった。

近年、煙草を吸う者はとみに肩身が狭い。その領分も年々狭められて、いまや淘汰され行く怪しげな動物の保護区のような、喫煙室に押しこめられつつある。ましてや病院では、きびしい。このたび私の入った病院には、十六階建てのビルの一階ロビーと七階休憩室の、それぞれ片隅にわずかに、ほかと隔離されるようにして、小さな喫煙室がある。一階のそれは外来者のためのものであり、入院してまで煙草を止められぬ、その意味で二重に病む者たちは、内科やら外科やら放射線科やら、あちこちの病棟から夜昼かわるがわる、七階の喫煙室に集まってくる。

松葉杖も来る。車椅子も来る。点滴の架車を引きずったのも、採尿の袋を腰に提げたのも、髪の薄くなった頭に毛糸の帽子をかぶったのも来る。片眼をガーゼで覆ったのも、無論、来る。まるで傷負い(ておい)の落武者どもの集会のようだが、それでもなかなか元気であり、和(なご)やかでもある。

早朝にもやって来る。未明の寝覚めを、ただ朝になり喫煙室で一服することだけを楽しみにじっと耐えていた人もすくなくない。そこへやがて新聞売りの人が現われる。たちまち室じゅうにスポーツ紙の、花がひらく。土日曜の朝は殊に賑わう。

「今日は何日だい」

「二月の二十日」

「二・二〇と。二のゾロ目か、ダイヤモンドステークスは」

「二枠はタマモイナズマ一頭だけ」

「それじゃあ二・一〇か」

「セザンファイターね、買えねえな。しかし、来れば、でかいよ」

「この前の日曜の、共同通信杯、ヤマニンアクロとエイシンウインダムでどえらい万馬券出したレース、あれは二月十四日だな、二・一・四の三角買いで取れたんだよ。枠連のほうだけど、それでもかなりついたはずだ」

「二・一四と行ってしまったら、どうするんだよ」

その晩にはこんな声が聞かれた。

「今日のダイヤモンドステークスはやっぱり二・二・〇が正解だった。単勝二番を、予定の二倍買えということだ。〇とは、あとは買うなということだ」

「単勝五四〇円か。二千円買えば、ばかにならないぞ。三千円でも、まとめられるところだった。あの馬強いよ。近頃、オヤジのタマモクロスに似てきた」

土日曜の午前中に病院を抜け出して後楽園まで「お散歩」する豪の者もいるとか聞いた。こうなると、病気と煙草と馬との、三重苦になる。たいていは友達に頼んで一日三レースほど小額ずつ買っている。そういう人たちにとって土日曜は、お天気はどうでも、馬券の結果はどうでも、安息の日になる。これをたよりに、苦しい日々、苦しい夜々を、しのいでいる人もある。

日曜の朝にも、てんでにスポーツ紙の、デイリー杯クイーンCの出馬表を広げる間から、

「かたいような、あぶなっかしいような、レースだね」とこぼす声が聞こえた。昨日に続き、先週に続き、万馬券だと意気込むのもいれば、いやあ、三百円台だ、と早々にサジを投げるのもいた。結果はウメノファイバー、レッドチリペッパー、二、一番人気で決まった。その晩の声に、

「二十一日だから、ニ・ジュウイチで取れたわけだ。ファイバーとペッパーで五三〇円なら、おいしいですよ。持ってればの話」

「蛯名に乗られたね。スローの上がりが三五秒では、中団からは届かない。あれでクビまで迫ったから、ペッパーも強いよ。どちらが先に来ても同じことだけど」

「馬券が取れなかった時には、負けた馬をほめる」

「横典がこの頃、乗れてないね」

「東京新聞杯のことを忘れちゃいけないよ。それにしても、近頃、かたいね」

この人もつい昨日と先週の万馬券のことを、もう忘れているのだ。東京新聞杯のキングヘイローとケイワンバイキング、きさらぎ賞のナリタトップロードとエイシンキャメロン、京都記念のエモシオンとマチカネフクキタル、のほうへ頭が行っているらしい。

「中京でエリモエクセルが勝ったそうだね」

声が睡たげになる。宵の内から睡たくなるのは困るのだ。ベッドに横になって眠ってしまうと、夜半前にパッチリと目がひらく。あとが長い。

あの土日曜、私も競馬を楽しんでいた。テレビも見ずラジオも聞かず、馬券も買わず、人の

話を通して観戦していたわけだ。

今日は中一週置いてのテレビ観戦となった。ずいぶんにひさしぶりのような気がする。しかし左眼の手術は成功したが視力は回復していないので、馬群が三コーナーから四コーナーへかかる時、好位にいたはずの有力馬がふっと消えてしまうことがある。眼のせいの時もあり、そうかと思えば、実際にずるずると置かれていることもある。

中山六レースの新馬戦でダスゲニーの子があざやかに勝った。ダスゲニーと聞けば、鼻の奥からも早朝の香りがふくらむ。ついでに、ダスゲニーの父親、ネプテューヌスの名をひさしぶりに思い出した。

中山メインの内外タイムス杯の、マルゴウイナーの堅実な勝ち方、あれなら今の私の視力でも楽にたどれる。馬主さんも楽だったろう。

南井克巳は明日も騎乗するのだろうか。

二月二十八日、日曜日、晴。

昨夜は大風が吹いた。北西の風だった。こんな夜に、五十四年昔、東京の江東深川を中心に大空襲があり、大火災が発生し、十万近くの人が亡くなっている。三月十日の未明のことだ。あの夜、犠牲となった幼児たちも、生きていれば還暦を迎えているのに、とそんなことを寝床の中から考えながら風の音を聞いていた。

今朝は一転して晴れあがり、空気は冷たいが、穏やかな日和となった。東の中山では中山牝馬ステークス、西の阪神ではアーリントンカップがおこなわれる。アーリントンCは、それまでの重賞ですこしずつ足りなかった馬たちと、特別を勝ちあがってきた馬たちが、皐月賞かNHKマイルカップへ向けて、抜け出しをねらっている。それにひきかえ中山牝馬Sは、春には古馬の牝馬のGIがないので、どこへもつながらぬ、孤立峰のようなGⅢになっている。メジロドーベルのハンデ五八・五がどうなるか。春先の女心は定めない、という評判のレースである。

南井克巳のリキアイワカタカがスタートしてしばらくして、先頭に立った。南井が逃げる、南井が逃げる。馬もここは俺の責任とばかりに、全力で走る。そのまま三コーナーから四コーナーを回り、直線へ躍り出ると、満場がどっと来た。腹の底から突き上げるような、これこそほんとうの大喚声だ。中京メインの白川郷ステークス千二戦、南井克巳のラストランである。これが、これっきりである。

南井が鞭を振う。グイグイと追っては鞭を飛ばす。馬の脚はあがりかけている。トップハンデ五八キロだ。後方から追込馬たちが迫る。スタンドからは悲鳴があがる。しかしゴールでぎりぎり、粘り込んだのが見えた。泣いた人も多かっただろう。嬉しくて、やがて淋しい。

「南井は、良かったねえ」と、ただそれだけ。

中山牝馬Sでは、ハンデ五八・五のメジロドーベルが二コーナー過ぎで先頭に出た。軽快に走る。調子はよいのだ。四コーナーでも手応えは見えた。直線では斤量に苦しみながらも他馬の追撃をどうにか押さえ込んだようだった。そこへ外から、秋華賞二着馬ナリタルナパークが一気に抜けた。五・五キロ差、仕方がないか。休養明けの調子がよすぎたか。

西のアーリントンCも、おかしな結果になった。バイオマスターが向正面で先頭に立った。直線しかもマルイチトリトンと競って、二人で引き離して逃げる。しかし脚いろは悪くない。いま一度迫るキャメロンでも追いすがるエイシンキャメロンをも押さえたと見えた時、ゴール前、いま一度迫るキャメロンの進路へ、油断大敵、よれてしまった。先頭ゴールインの、二着へ降着。キャメロンは三連続惜敗を免れた。

「連勝は同じか。しかし俺にとっては、もともと、同じことだ」と病院のアナ党はぼやいたことだろう。

（一九九九年四月号）

一九九九年十二月

十二月二十五日、土曜日。

年の瀬も明日がもう有馬記念である。除夜の鐘が鳴れば、コンピューター騒ぎがあろうとなかろうと二〇〇〇年、私などは縁もない境へ踏み込むような気持がする。長生きはするものだ。という感慨を抱かせてもらいたいものだ。

今年の競馬界には快挙がふたつあった。ひとつはエルコンドルパサーが海外でＧⅠとＧⅡを取った上に、凱旋門賞に準優勝したことだ。二着と言ってもゴール前で叩き合っての少差、斤量差、超道悪、先導馬の役をひきうけなくてはならなかったことを考えれば、勝ったも同然である。古いファンにとっては夢のまた夢のことだった。私のような貧乏性の男には優勝の正夢はキツすぎて、準優勝だったことに、どこかホッとしている。

もうひとつは、国内に留まったスペシャルウィークが春に続いて秋の天皇賞も後方一気でもぎ取り、さらにジャパンカップを外国の強豪相手に楽しそうに走って完勝したことだ。これもスーパーホースと言われたほどの馬たちにとっても、できそうでできなかったことだ。馬の力もさることながら、この馬が秋に陥った危機のことを思えば、その克服はエルコンドルパサーの場合と同様に日本の競馬の、馬を養う技術の、水準の上がったことを示すものではないか。夢は着実に成就していく。長生きはやはり、するものか。

しかし競馬の一九九九年はまだ終わっていない。エルコンドルパサーを凱旋門賞のゴール前で差したそのモンジューを、ジャパンカップで楽に切り捨てたそのスペシャルウィークを、有馬記念ではグラスワンダーが宝塚記念に続いて、あらためて叩きにかかる。スペシャルウィークのほうも、春秋天皇賞とジャパンカップの制覇なら種牡馬への花道として十分なようなものの、ここでまたグラスワンダーに後れを取るようでは、エルコンドルパサーに二重にも三重にも負けることになる。すでにターフを去ったライバルをめぐって、どちらも後にひけない。

グラスワンダーにとってはさらに、安田記念でハナ差の苦杯を嘗めさせられたエアジハードが春秋のマイル王のまま、ターフを去った。その敵討ちも有馬記念でやるよりほかない。

ジャパンカップと有馬記念の間にもGⅠが続いた。十二月五日の阪神三歳牝馬ステークスの四コーナーでは逃げる市場取引馬のヤマカツスズランに外国産馬のウォーターポラリスが続き、どちらが抜けるか、それとも二頭のマッチレースになるか、そうなったらマル市とマル外の叩き合い、新時代の兆しかと見ていたら、ポラリスの弾道が勢いをなくして、スズランがそのままゴールに咲いた。これに追いすがるゲイリーファンキーを、大外強襲、マヤノメイビーが捉えたかに見えたが、ハナ差届かず三着に泣いた。

十二月十二日の中山の朝日杯三歳ステークスではダンツキャストが先頭に立って三コーナー

までハイペースで来た上に、そこからも脚を溜めず引き離しにかかった。千の通過が五七秒と少々、三歳馬としては暴走ではないか。笠松のレジェンドハンターが三番手から二番手にあがり、一番人気の立場上、これを早目に追い上げることになり、四コーナーでもうぱったりのダンツキャストをかわし、直線では単走大勝のけはいを見せたが、ゴール前で脚があがり、四コーナーを中団後方から内目を回って追い込んできたエイシンプレストンに半馬身かわされた。ペースを読んだ福永祐一の手柄だったが、レジェンドハンターと安藤勝己には気の毒な、三コーナー過ぎの運びだった。地方馬、マル地ならぬカク地が泣かされた。

十二月十九日のスプリンターズステークスでは、トキオパーフェクトが逃げる、欧州GI馬のアグネスワールドがそれにつける。四コーナーを回ってアグネスワールドが先頭に立つ。そこへ昨年の覇者、欧州GI馬のタイキシャトルとシーキングザパールを破ったマイネルラヴがからむ。かなり復調したようで、しぶとくからむ。これをもうゴール近くでアグネスワールドが突き放す。ところがまたそこへ、四コーナーを四番手で回ってじわじわと接近していたブラックホークが、このところ千六ではゴール前でいつも失速していたのに、今日はぐいと伸びて、アグネスワールドをクビ差かわした。そしてもう一弾、後方からキングヘイローが、マイルCSの時と同様に凄い脚で突っ込んできたが、三着止まりだった。

とうとうGIを制したこのブラックホーク、前走のマイルCSではエアジハードに遊ばれ、八月の関屋記念でも九月の京成杯でもゴール前で差された。マイルの負け馬、と口の悪いのは言っていたが、スワンS千四の一分二〇秒二、上がり三三秒六、二馬身差勝ちは光っていた。

過去にもスプリント王サクラバクシンオーの例がある。スワンSでは安田記念馬ノースフライトに楽勝し、マイルCSではそのノースフライトに直線でかるくひねられ、しかしスプリンターズSでは、ノースフライトは引退していたが、千二で水の開く、レコードの圧勝だった。来年からこのGIは初秋の中山の最終へ移されるそうで、速い時計は出るだろうが、マイル戦との違いの、機微は楽しめるかどうか。

師走に入って、寒いけれど穏やかな日が続いている。十二月の二十一日には大川慶次郎氏が亡くなった。十二日の朝日杯三歳ステークスの中継の画面で元気な姿が見受けられたばかりだった。享年七十歳という。私が競馬場で初めて大川氏の姿を、この人と遠くから眺めたのは、もう三十年も昔になるだろうか。当時すでに予想の神様と称せられていたので、三十過ぎの私の目には五十代なかばの人に映ったが、今から数えてみれば、四十代初めの気鋭の年だった。あの頃から、あのようなお顔の、あのように老成した話し方の、お人ではあった。競馬と親しくしていると、たしかに、年を取らぬところはある。

展開という観念を予想に導入された人とも聞く。日本の競馬への、スタンドからの貢献は大きい。御冥福をお祈りしたい。

十二月二十六日、日曜日、晴。

師走と聞けば心せわしない。実際に何かと忙しいことだが、そのまた一方では、せめて年末の一日ぐらいは心のどこかに、短い日だけれどたっぷりとすごしたいものだ、という気持もある。しかしたいていはそんな一日も持てぬままに、年も暮れてしまうようだ。

日溜まりにまるくなって眠っている猫を眺めてうらやましくなるのもこの季節だ。冬至の前後にあたるので、人の内にも冬眠の欲求がきざすのだろうか。

有馬記念の日も、のどかな年末の一日にあたるのだろうか。朝のうちから出かけて、長いこと電車に乗り、競馬場に来れば人込みの中で一喜一憂。メインレースでは興奮させられ、後の祭りは悲喜こもごも、いや、大半は悲哀を嚙みしめて、まっすぐ家に帰ればまだよし、電車の混雑を避けて酒場の暖簾をくぐろうものならつい腰が据わって、帰りはいよいよ寒くわびしく、家に着けばもう夜更け、ああ、心せわしない一日であった、と自分で呆れるが、馬で遊んでいたのだから、やはり、のどかな一日と言うべきなのだろう。

今日も晴れた。風はやや冷たいが、陽差しは暖かい。電車の窓から眺める荒川の河口は春の海のように輝いていた。近年、有馬記念はこんな日和が多いようだ。有馬日和とでも呼びたくなる。心の内の日和は、行きと帰りとで大違いだが、しかし今年もとにかく無事に暮れの中山まで来れたことを喜ぶ人は、苦労を嘗めた人である。

少差ながら、前日にひきつづいてグラスワンダーが一番人気で、スペシャルウィークが二番人気とは、意外だった。ジャパンカップの快勝はあまり高く評価されなかったのだろうか。それとも、例年ジャパンカップで勝ち負けした馬は有馬記念で苦戦するということが、人の心に染みついているのだろうか。その点では私も有馬記念のたびに何か割り切れぬ、いくらかわびしい思いをさせられている。

やはり予想通りの、いや、予想以上の、スローペースになった。まるでステイヤーズステークスだ、と誰かがつぶやいた。その超スローペースの最後からスペシャルウィークがとことこと行く。脚は軽快だが、あれでいいのだろうか、と心配になる。グラスワンダーも後方につけたが、ポジションを定めかねているような、ぎごちなさがやや見える。鞍上としても、こんなに遅い流れの上に、ライバルの姿が見えない、尻にそのけはいすら感じられないというのはずいぶん心細いことだろう。

人は息をひそめて成行きを見守っている。これもずいぶんな緊張である。三コーナー過ぎからスペシャルウィークが上がっていくのが見えて、グラスワンダーも好位へ押し上げ、観客の息苦しさもほぐれた。四コーナーをゴーイングスズカが先頭で回り、菊花賞馬のナリタトップロードがそれに続き、一瞬期待を持たせたが伸びず、かわりにツルマルツヨシ、そして皐月賞馬のテイエムオペラオーが抜け出したが、人の目はおのずとそれより外、二強の争いのほうへ惹き寄せられた。直線に入ってもまだひと息溜めた感じのスペシャルウィークの脚いろがまさる。ゴール前でグラスワンダーと叩き合い、わずかにかわし、ウイニングラン、一周した武豊がスタンドのコールに応えている。

ところが写真が出ると、グラスワンダーがハナ差もハナノサキ差ぐらいで残っている。的場均も負けた顔つきだった。厩務員も呼び止められてキョトンとした顔をしていた。判定では定評のある民間放送のカメラもスペシャルウィークを追っていたという。めずらしいことだ。

（二〇〇〇年二月号）

二〇〇一年五月

五月二十七日、日曜日、雨。

雨が降っている。今日のダービーには行けないことになった。連日の仕事で疲れが溜まって、からだがどうにも言うことを聞かない。昨日は一日寝てすごしたが、出場の態勢が整うまでには至らなかった。私にとってダービー欠場は、タケホープの年以来、じつに三十年近くになるか。

ダービーの日に家にいるのは妙な心地のするものだ。しかし祭りの賑わいの中にいるはずの身が、窓の外の雨の音をひとりで聞いているというのも、これはこれでなかなか、悪くない。

アグネスのタキオンもゴールドも姿の見えないダービーとなった。ミスキャストまで舞台から降りた。かわりに、黒船が来航した。

人気はジャングルポケットが一番、クロフネが二番、ダンツフレームが三番だという。順当なところだ。ジャングルポケットは東京の二千四百なら、タキオンとも勝ち負けになるほどの馬だ。前走は皐月賞の鬼門、一枠一番をひいてしまった。タタリはやはりあって、スタートしてあやうく落馬するところだった。ダービーではまた大きく外へ飛んで大外枠をひいたものだが、これはむしろ有利だろう。四コーナーから直線へかけて鞍上がどう馬群をさばくか。

問題はクロフネだ。NHKマイルカップでこの馬が後方待機に出た時には、人は驚いた。四コーナーでもまだ後方にいるので、どうなることかと思ったら、そこから直線長駆。一時はグラスエイコウオーの脚が衰えないので届かないかと見えたが、ゴールで半馬身、楽に差した。上がり三四秒三の脚だったが、あれを見て、マイルはこの馬にとってかならずしも本領ではないな、と私は思った。それでは、二千四百はどうか。やってみなくてはわからない、とは人の言うところで、騎手にとってはそれでは済まされない。脚質のほんとうのところは騎手にもわからない。しかし武豊ほどの者なら、向正面では脚質の微妙なところを感じ分けて決断することだろう。ぎりぎりまで後方に控えて直線の追込みに賭けるにせよ、早目に上がって突き放しにかかるにせよ、いずれ半端なことはするまい。興味深いところだ。距離の難と中二週の難はもとより鞍上も陣営も承知のこと、しかしそれに道悪の難が重なった。

この春、幸不運交々(こもごも)とは、河内洋のことだ。その河内洋がゴールドとタキオンのそれぞれ二着に詰め寄ったダンツフレームにダービーで乗るとは、妙なめぐりあわせだ。この馬は地力がある。ゴール前でかならず伸びてくる。しかも、前走の皐月賞二着も万全の仕上がりではなかったようだ。今回はきっちりしぼったと聞く。ジャングルポケットは二月の東京の共同通信杯の直線で悪い癖を見せている。クロフネには距離のことがある。軸としては、私はこのダンツフレームを取りたい。

それに、道悪の時計のかかる決着となれば、ひょっとしてボーンキング、鞍上はデザーモ

――。

それほどまでに先週のオークスでのデザーモの騎乗ぶりは印象が強かった。じつは、テイエムオーシャンはオークスも駆け抜ける、と私は見ていた。千六ではかかるとそれをおさめる間はすくないが、二千四百ならばむしろ余裕をもって対処できる、とこの馬に限ってはそう考えたのだ。ところがケヤキにかかっても、折合いの良くないままに我慢させられている。そこで私の目は、このオーシャンの相手としたローズバドとレディパステルのほうへ移った。

四コーナーではローズバドの横山典のほうがむしろうまく乗ったのだ。向正面ではどちらも後方待機、バドの後にパステルがついていたが、三コーナーからバドがパステルを先に行かせ、四コーナーをパステルの尻について回り、わずかな時差によって開いたコースを衝いて見事に外へ持ち出した。内目に入ったパステルは前がふさがった。

まっすぐの路のついたバドはオーシャンを「刺」しにかかった。並びかけ、たちまち抜き去り、そのいきおいでオーシャンをすくませた。どう見ても、ローズバドの快勝だった。

ところが坂を駆けあがり、そのさらに外から追い込んでくるレディパステルがいた。四コーナーを回ったところで、内目を割りかけてあきらめ、外へ持ち出したので、遅れを取ったはずだ。そこからさらに間を置いてから追い出したらしい。

ことわっておくが、横山典の騎乗は満点だった。ゴール前の追い方も激しく、馬の脚も最後まで衰えなかった。しかしデザーモの、ゴール前の腕はおそろしい。手綱をぎりぎり短く持って、まさに、押す——前へ前へと押しつけるようにする。相撲の押っつけの、連続みたいなものだ。相撲の押っつけは相手の前に出る力を押さえこむが、これは馬を前へ押し出す。わずか首差の勝利だった。

　ダービーの前の前は駒草賞になるが、これが終るとパドックへ行く。人垣を分けて入り、前坐のレースのパドック周回の間、その余地があれば段に腰をおろして待つ。これが私にとって長年続いた、ダービーの日の「行事」だった。およそ半時間待つことになる。たいてい、初夏の陽ざしはきびしい。出馬表の検討も済んだ。もう為ることもなく、辛抱の二文字、ただひたすらに待つ。ようやく前坐のレースのファンファーレが場内放送から鳴り響く頃、パドックの客たちがざわめく。立ち上がると地下の馬道から、ダービーの馬たちが現われる。俊馬、地中より騰（あ）がる、というような古代の言葉を、この時ばかりは思う。

　今日はすべて居間からのテレビ観戦である。楽は楽だが、さびしい。パドックの現場にいると初めの周回のうちはどの馬も絶好調に見えて、選びようがないと絶望させられるものだが、すこしずつ、自分なりに見えてくる。それにひきかえテレビ観戦では、見えるものは一度に見えてしまって、それ以上には見えない。馬体の様子などはテレビのほうがよく見えるところもあるが、周回を重ねるにつれて変わっていく馬の雰囲気、勢いというものはやはりわからない。それに、見るにつれて変わっていく自分の眼の意外性、それがない。馬券の当たりはずれは別として、はりあいがないものだ。

正直に言って、有力馬がひとしく良く見えてしまった。さてスタートして、外から思い切ってテイエムサウスポーが行く。キタサンチャンネルが続く。ルゼルが続く。三強はどうか。三強の内、どうしても大胆な戦略が必要なのはクロフネなので、この馬が観戦のポイントとなる。後方、大外どうし、ジャングルポケットの尻につけた。なるほど、直線の長駆追込みの構えだ。しかしまだわからない。ダービー二千四百、しかも道悪。馬の距離適性と脚質は、ほんとうのところ、向正面に深く入るまでは騎手にもわからないのではないか。しかしそこから騎手の判断が出る。とくに不利を悟った騎手は決断する。

三コーナーからクロフネが動いた。直線後方一気ではなくて早めに先頭に立って突き放しの粘りこみの戦法と見た。四コーナーをテイエムサウスポー、ルゼル、キタサンチャンネルの順に回り、クロフネはすでに大外から先頭をうかがう。ダンツフレームがそれをマークする。ジャングルポケットは中団後方の内側に置かれた。

直線の坂でクロフネの「船足」は停まった。先頭に赤は三枠の、ダンシングカラーが立った。かなり粘りそうだ。さて、外側から何か来るか、息をこらした時にはもうジャングルポケットが来ていた。ダンツフレームがその外から追いすがっている。しかし差は詰まりそうにもない。ゴールだいぶ手前で勝負は見えた。

それにしてもジャングルポケット、四コーナー中団後方の内から、よくも外へ、絶好の路が開いたものだ。幸運だったか、それともひと息遅らせせば外へ路が開く、と鞍上が読んだか。四コーナーから直線への馬群の殺到は、道悪だけに、例年ほど烈しくはなかった。なめらかに外へ持ち出せれば、二千四百の、しかもスタミナの求められる馬場、ジャングルポケットの力はここでは一枚上だった。馬のイレコミを、角田晃一はよく宥めた。

ダンツフレームは、私はこの馬を中心と考えたが、ゴール前、二千四百での力の差はどうにもならなかった。四コーナーでクロフネに、からんだか、からまれたか、あれが痛かったが、さしあたり競り落とすべき相手はクロフネだったので、しかたがない。

クロフネは向正面で武豊が今日は直線長駆追込みが利かないと読んだので三角から行かせたのではないか。結局は道悪のせいだったように思われる。埃の立つほどの馬場でないとこの馬の追込みはやはり苦しい。

ダンシングカラーは、道中内目の好位から直線で抜け出して、かなり長く先頭を守っての三着、好騎乗もさることながら、力をつけているようだ。四着のボーンキングはデザーモ、さすがだ。五着にはクロフネ、馬群に沈んだと見えたのが、坂上からまた伸びているのだ。

道悪で思い切りの逃げを打ったテイエムサウスポーに、ジャングルポケットは感謝しなくてはならないだろう。ダンツフレームもクロフネも、これは有難いと思ったはずなのだが。

この日の六レース青嵐賞、十一番人気のジョウノパリジャンで見事逃げきった横山典は、一番人気のホッカイローツェのデザーモに二馬身半、オークスのお返しをちょっぴりした。

（二〇〇一年七月号）

二〇〇一年十二月

十二月二十三日、日曜日、晴。

冬至が過ぎるともう春が見える、と言った人がある。風はいよいよ冷たく、これから厳冬を迎える時節ではあっても、晴れた午前に空を見れば、陽の光が日々に春めいてくるのがわかると言う。よほど楽天的な人なのだろうな、と私などは冬至を超える頃になると毎年、この言葉を思い出して、寒風に震えながら空を見あげるものだが、昨日今日の晴天を眺めると、なるほど、そんなものかもしれないな、と考える。世の中の不況のほうはいよいよ暗いけれど。

昨日が冬至で風は冷たかったがよく晴れた。今日はまたさらに晴れあがって風もない。家を出かける時に、上着の下にチョッキを着て、コートは置いて行った。車窓から眺める荒川の河口では漁船が一隻、一面の輝きの中に、長い水尾（みお）を引いていた。その水尾がまた、消える間際まで艶やかに光った。今年もとにかく、私は息災で、年の瀬の中山、有馬記念にやって来た。

テイエムオペラオーの絶好調が伝えられた。これが抜けた一番人気で、差はあったが、ライバルのメイショウドトウがこれに続いた。両馬とも最終戦になるので、ここ一年あまりの思い出と、期待も人気に集まったのだろう。ナリタトップロードも四番人気に推された。三番人気がマンハッタンカフェ、私の軸はこれだった。

天皇賞とジャパンカップの前日にはどちらもクロフネがダートで怪走して、翌日の大一番にたいして強烈なデモンストレーションを見せた。さて有馬記念では、先週の日曜日に香港で、ステイゴールドとエイシンプレストンとアグネスデジタルが三頭揃って、国際GIの、大魚を揚げた。ステイゴールドは四コーナーを回って二番手にあがった時には、前を行く馬はもう大差逃げ切りの形だった。あれをゴールで鼻差捉えるとは、幾度リプレイを見ても、我が目を疑いたくなる。これが二千四百で、二千のアグネスデジタルも、マイルのエイシンプレストンも、まず完勝だった。ステイゴールドは日本のGIの競馬場の、雰囲気が好きではない、のではないか、と冗談半分の声が聞こえた。あるいは、そうなのかもしれない。

昨日の土曜の阪神のメインはラジオたんぱ杯、このレースは近頃めっきり二歳最強馬決定戦[*]のGIめいて来て、去年はアグネスタキオンとジャングルポケットとクロフネ、今年もアドマイヤマックスを始めとして、モビーディックやビワワールドがどんな力を見せるかと思ったら、スローペースになり、四角では先頭に立って、並びかけられながらゴールで鼻差押さえたのが、六番人気のメガスターダム。展開のアヤではあるが、しかし三五秒一の上がりの競馬を叩き合って押し切ったのだから、と人は勝った馬の評価に頭を痛めている。

冬場の日和(ひより)のよい競馬場にいると高年者はどうしても、陽向(ひなた)ボッコでもしているように睡(ねむ)たくなる。有馬記念ともなれば、寄る年波、中山に来ているだけでも幸いなので、なおさらである。しかし八レースでいささかの、マグレ当たりがあって、目が覚めた。大レースの直前に馬券を取ると、馬が見えてくる、こともあるが、欲心がふくらんで、見えなくなることもある。近頃の私は欲心がふくらまないかわりに、気楽になってしまって、馬を見る目も甘くなる。

パドックでオペラオーの馬体は前評判通りだった。軸をこちらへ変えるべきところでもあった。しかし私の内でしきりに、制止する声があった。ジャパンカップで勝ち負けの激走をしてきた馬が、有馬記念のパドックでさらに良い馬体に見せると、レースに行ってどうも、良いことはない。さらに末脚の切れる馬だと、超スローペースに落とされ、条件戦並みの時計の決着の、上がりの競馬になる。これはオペラオーにとって、急坂の短い直線ではどうか。

マンハッタンカフェは堂々たる馬体をしている。しかも悠揚迫らぬ大物感がある。菊花賞をテレビで観戦していて、この馬はスローペースにも掛からず、馬込みにも乱れず、四コーナーでも逸(はや)らず、きっちりと差す馬だと感心させられたが、なるほど、天性の落着きがあるようだ。この夏から右回りの長い所は三連勝である。軸はやはりこちらに決めた。

逃げるのはトゥザヴィクトリーかホットシークレットかテイエムオーシャンか。しかしヴィクトリーとシークレットには近頃、差しての実績がある。オーシャンも、長丁場で目標にされるのを嫌って姿を消す。後方待機に賭けるかもしれない。

マンハッタンカフェから、ヴィクトリー、オーシャンの両牝馬へ、それにトウカイオーザ、そしてオペラオーの押さえ。ワイドも少々添えておいた。

ゲートが開くと、トゥザヴィクトリーが楽に先頭に立った。スローを見越してほかの馬もしっかり後に付けて最初の正面へ。馬群が早くも落着いたようで、ヴィクトリーを交わしに行く馬もいないだろうから、三コーナー過ぎまでは武豊の手綱加減に支配されると見た。向正面でアメリカンボスが二番手、オペラオーとマンハッタンは中団にいる。さて三コーナーを過ぎて、ヴィクトリーの支配はまだ破れない。ペースがあがった。オペラオーはいくらか前に押し出し、マンハッタンはさがった。そのままヴィクトリーが先頭で直線にかかったが、後続が抜かりなくついて来るので、むずかしい。マンハッタンはまた後方で外を回った。オーシャンもオーザもさらにその後にいる、どのみちに私の馬券にとって形勢は不利である。

ところがトゥザヴィクトリーが抜かせない。脚を溜めこんでいた。ゴールはすぐそこだ。そこへ外からマンハッタンカフェがやって来た。ほかと脚が違う。やった、と叫びかけた時、白い帽子が間に割りこんだ。あれは何だ。一枠は一頭なので、アメリカンボスにほかならない。道中二番手につけて脚いろ軽快なのは見えていたが、四コーナー手前で手綱が忙しく動いていた。どこでどう息を吹き返して差して来たのか。不思議である。

それでもトゥザヴィクトリーはメイショウドトウとテイエムオペラオーを、頭と頭、押さえこんでくれて、私のワイドは生きた。やはり、豊サマとつぶやかねばなるまい。

それにしてもマンハッタンカフェは、三コーナーから四コーナーの山場で、じつに動じない馬である。直線に入って、先頭の馬がかなり離れていても、ひと息置いてからおいでになり、確実に御先着とは憎い。

テイエムオペラオーは、天皇賞とＪＣと、続いて人気の重圧を背負って激走、それがすべてである。三戦目が中山のスローペースというのも苦しかった。しかし惜敗続きで人に心を残させながら退いて行くというのも、佳いではないか。名残りの花は咲かせた。

メイショウドトウは、クラシックを目指せる立場にあったら、もっと勢いに乗れただろうに。

ナリタトップロードは落馬の後遺症からまだ癒えてないはずで、四角最後方から一気の戦法しかないが、こうもスローペースになってはどうにもならない。二分三三秒一、六レースの一千万条件と、またしても時計が一緒だった。

最後は酒の宴となったが、馬連をすんでのところで奪われて口惜しいやら、ワイドに救われて有難いやら、忘年会とはこんなものだ。有馬記念の後で、都心の下を地下鉄で横切って帰るのも不思議な気持のするものだ。居眠りから覚めて、俺は何処で何をして来たのか、と閑散とした電車の中で思う。

十二月二十四日、月曜日、晴。

今日も晴れた。有馬記念の済んだことが惜まれるような日和である。春めいた空を見あげると詮ない気がする。

朝刊のスポーツ紙を見ると、昨日の有馬記念は好天に恵まれて、中山には十一万六千余りの人が集まり、ウインズ、他競馬場、電話投票までふくめると、三百十五万人が馬券を買ったが、総売上げはまた、前年比八七・七%に沈んだとある。世の不況を眺めれば、これは当然である。競馬の売上げばかりが盛んだとしたら、これは世にとってむしろ悪い兆候だ。

同じ新聞に、有馬記念の売上げの推移がグラフで示されている。それによると有馬記念の売上げが急上昇に乗ったのは平成三年、一九九一年、ダイユウサクの大穴の年、そしてこれが過剰流通景気の行き詰まった、バブルのはじけた年にあたるのだ。それ以後、ナリタブライアンの年のほかは上昇を続け、阪神大震災と地下鉄サリン事件の年にも跳ねあがり、その翌年の平成八年、サクラローレルの年に頂点へ昇り詰めた。翌九年はシルクジャスティスの年になるが、これが銀行や証券会社の倒産が相継いだ年の、株価もすっかり下落した年の瀬になる。有馬記念も十億に近い売上げ減だった。それ以後、下降の一途をたどり、今年は最盛の年の四〇%あまりの減だという。

世の中がバブルの後遺症に呻いていたはずの頃に、中央競馬は隆盛に入った、という奇妙な時差がある。ちなみに、バブルの最中の昭和六十三年は最初のオグリキャップの有馬記念になるが、その売上げは今年のおよそ六〇%である。四年前になり、いよいよ不況に入った世の中との時差が、ようやく詰まって来た。

この時差を、我が身のことにも照らして見れば、それぞれ苦い感慨もあることだろう。バブル以後の、この十年は何だったのか、と有馬記念につけても考えさせられる。

（二〇〇二年二月号）

＊二〇〇一年より競走馬の年齢表記が数え年から満年齢に変更された。

二〇〇三年一月

一月二十七日、日曜日、雨のち晴。

私の机の上に馬がいる。掌におさまるほどの小さな素焼(すやき)の、埴輪(はにわ)の馬である。去年の有馬記念の中山で、秩父に住まう人が土地の土産(みやげ)にさまざまな馬の形のペンダント風の焼物を、新年の縁起に、それぞれ小袋に入れて仲間に配ってくれた。その中で私の抽(ひ)き当てたのがこの埴輪の馬である。

あの日、マンハッタンカフェとトゥザヴィクトリー、その馬連の大魚をもうすこしのところで逃がして、しかしワイドで救われ、口惜しいやら有難いやら、ついでに競馬場の近くの蕎麦屋で忘年会も済まして夜更けに家に戻り、懐から出てきたその馬を机の上にポンと置いてすぐに眠ってしまったところが、翌朝寝床から起き出すと、机の上に馬が行儀よく立って、私を乗せて出かけるのを待っているように見えた。

気に入った。私も年だから、いつなんどき長い旅に出ることになるか知れないが、その時、こんなすなおな馬が伴をしてくれたら、どんなにか心は安らかなことだろう。そこまで考えなくとも、頭(かしら)の露をふるうような馬の姿を眺めていると、何かしら、良き旅立ちの約束を感じさせられる。つれて、机の上が草原のようにひろがる。

　机の端の空罐の上に、馬を祭ることにした。灰皿にたまった灰を移す罐がある。クッキーのようなものの入っていた小さな円い罐で、青地に黄金色の筋模様が、かすかに波打つようにしている。小麦の穂を象(かたど)ったものらしいが、その中に馬を置くと、はるばると風になびく大草原の光景が浮かぶ。机の上の草原よりさらにひろい。

　年が明けて、テイエムオペラオーもメイショウドトウも、ステイゴールドも去った。そればかりか、世界のダート一人者に推されたクロフネまでが故障であがることになった。いつまでも若かったダイワテキサスも引退した。

　ジャングルポケットとマンハッタンカフェに続く馬は何か。若駒の星は生まれるか。

　まず正月は五日の東西の金杯。東のほうの、今年は東京で行なわれた二千の金杯は、ビッグゴールドが直線、内から割って出て一番人気に答えたが、それに大外から鼻差まで迫ったのが十四頭中十三番人気のタフグレイス、馬連で一七〇八〇円。その鞍上がまたしても、江田照男だった。有馬記念で江田照男がアメリカンボスを二着に押しこんだ後で或る人が、中堅の騎手がもうひとつ開眼しかけた時、その兆候として、大きな馬券を出すもので、それがしばらくは続くので用心したほうがいい、と言ったものだが、なるほど、である。そう感心しながら、江田照男がさらに続けて万馬券を出すのを、ただ呆れて眺めていたのだから、私のようなウカツ者は度しがたい。

京都のマイルの金杯は、一番人気のダイタクリーヴァが無事、半馬身に押さえた。ここのところ勝てそうで勝てなかったので、無事、とも言いたくなる。内目を割って出て楽勝だったが、ゴールに入るまでは、後方から何か飛んで来るのではないか、と心配させられた。道中のあんばいがよほどよかったのだろう。武豊はこの三日開催、西東西とメインレース三連勝もふくめて、新年から稼ぎまくっている。

一月十三日の東京の京成杯では、暦の季節にはまだ早いが、クラシックへ向けて春一番の風が吹き抜けた。ヤマニンセラフィムとローマンエンパイアの、ゴール前の叩き合いである。三枠から内目の五番手あたりにつけていたセラフィムが直線の坂上あたりで割って出た。七枠から中団の後方に控えてケヤキ過ぎでマクリにかかったローマンが、大外からこれに襲いかかり、一瞬はセラフィムを交したかに見えた。しかしセラフィムは譲らず、頭の上げ下げの競り合いになり、そのまま並んでゴールインしたところで、さてどちらが出たか、誰にもわからない。それもそのはず、長い写真判定の結果、同着となった。二千で二分〇〇秒四、上がり三五秒三、秀逸である。これで両者三連勝、かたや母ヤマニンパラダイス、こなた父サクラローレル、今年も春が楽しみになってきた。

一日遅れて十四日の京都のシンザン記念では、三戦目ながら前走の未勝利戦で七馬身勝ちのタニノギムレットが一番人気になったが、早目に行って三番手で三コーナーにかかったその脚が、何だか困っているように、私には見えた。四コーナーへかけて中団あたりまでさがり、内目に置かれて、これは距離が足りないのではないか、と思われた。ところが直線であらためて割って出て来ると、その脚は目覚ましかった。四コーナー手前で武豊が息を入れさせたのだろう。距離が伸びたほうがこの馬は良いと思われる。これもクラシックの星か。これに半馬身差の二着に喰いこんだチアズシュタルクも、あの末脚は要注意である。

これで春のクラシックの役者は出揃ったかと思ったら、どうして。一月十九日の京都の若駒ステークスでのモノポライザー。この馬に恐れをなしての七頭立て、軽く頂いたレースではあったが、その優雅なレース振り、末脚の確かさ、これも並大抵ではない。クラシック戦線が日を追って充実してきた。今年も迷わせられる。

さて古馬のほうは、ジャングルポケットとマンハッタンカフェの静観中の乱世に、新しい勢力が押し出してきた。まず十三日京都の日経新春杯では、四番人気の五歳馬トップコマンダーが四角中団から差し切った。なかなか鮮やかな追込みだった。単勝で一三九〇円つけたが、この馬、年末の一六〇〇万下の二二〇〇戦に続いて連勝である。この条件戦時に頭差二着のウインシュナイトもいずれ浮上してくる。

続いて二十日東京のＡＪＣＣでは、八番人気と四番人気で決まり、勝ったのは穴男江田照男だったが、今回は馬連で三千円と少々しかつかなかった。坂上の混戦から抜け出したボーンキングを、スパークホークが交したところで、大外後方強襲のフサイチランハートがまとめて捉え、首・首の決着となった。この一、二着したフサイチランハートとスパークホークはどちらも年末の前走で条件戦に勝っている。観客はさとい。万馬券にならないはずだ。三着に粘ったボーンキング、四着に突っ込んだミスキャストはともに去年の五月以来で、最後のところでもうひとつ息が足りなかった。次走は違うだろう。

今日二十七日は、東では東京新聞杯、西では京都牝馬ステークス、いずれもマイル戦になるが、昨日から今日にかけて強い低気圧が列島を走り、各地に雪や大雨、それも吹き降りをもたらした。昨土曜のメインレースの頃には、小倉はすでに雨、京都では降り出した頃だった。東京は終日冷えこんで夜から雨、未明に激しい降りになり午前中まで続いたが、正午を境に急にあがって快晴になった。

東京は芝不良、京都は不良から重、小倉はしかし不良のままだった。

東京新聞杯は前走京都金杯二着のゴッドオブチャンスが一番人気、同じく四着のダービーレグノが二番人気、中山金杯の勝馬のビッグゴールドは三番人気、距離の短縮が嫌われたか。しかし人気にさほど差もなく、馬場に困惑して票はだいぶ割れた。七番人気で一一・六倍、九番人気で二六・六倍、十番人気で四四・八倍。

その十番人気と九番人気で決まってしまった。

向正面、ニッポーアトラスが行き、アドマイヤコジーン、トッププロテクター、タイキブライドルが続く。無論、速くはない。しかし後続の馬たちの脚もあまり軽快ではない。四コーナーにかかっても形勢の見えないレースだった。

直線坂でアドマイヤコジーンが先頭に立ち、これから叩き合いの始まりと思われたが、後続に追込みの脚が一向につかない。何も来ない。そこへ内から一頭するすると伸びて来て、いつかどこかで見た映像のようで、これはディヴァインライトだ。コジーンに半馬身差まで迫まって二着、それに首差でダービーレグノが突っ込んで、それでおしまい。馬連で二七二二〇円になった。本日、東京六本目の万馬券である。

アドマイヤコジーンはこれで何と、平成十年朝日三歳以来、三年一カ月ぶりの勝星だという。ディヴァインライトもその間に勝星はあったかどうか。たしか何年か前の高松宮記念以来の、鮮やかな最内強襲ではないか。その事は別としても、終って何だか懐しいようなレースだった、と感じて掲示板を見れば、なるほど、一分三七秒七の決着である。近頃、速いレースを見慣れて、少々、味気なく思う心もあるか。満足感が後に残った。

京都牝馬ステークスの決着は一分三六秒〇、東京ほどではないが、やはり道悪である。ところがレースを決めたのがビハインドザマスクの末脚、ゴール前でようやく抜けたダイヤモンドビコーを、四コーナー最後方から、半馬身差し切った。このビハインドザマスクが四番人気。目の利く観客にしても、無理もないところだ。厳冬期の道悪のマイル戦はどうも、この馬のイメージにふさわしくない。それが絵に描いたような後方一気である。レースの上がり時計が三五秒三だから、三四秒台の脚を使っている。道悪競馬も微妙である。道中同じスローペースでも、後方の追込馬が揃って末脚をなくすこともあれば、先行した馬たちが上がりの速さにゴール前で息切れして、良馬場のような後方強襲が決まることもある。

（二〇〇二年三月号）

二〇〇二年三月

三月三十一日、日曜日、晴。

花の早い三月だった。二十四日の高松宮記念の日が東京では花の盛りとなった。この分では来週の桜花賞は残(のこ)んの花に間に合うだろうか。

毎春、三月から四月にかかると、南九州から順々に東へ、筍(たけのこ)の旬(しゅん)が移って来て、土地により味が微妙に変わるので、楽しみにしているが、今年は品も薄ければ香りも芳しくない。どうしたことかと思っていたら、春の早いのはいいけれど、今年は雨がすくなくて筍の育ちが思わしくないと聞いた。何事もすべてうまくはいかないものだ。ここのところ雨も降ったので、いずれ味も香りもついてくることだろう。

筍と言えば、だいぶ以前になるが、新幹線で桜花賞に通っていた頃のこと、地元関西の人が年によって、筍のちょうど食べ頃に来たと喜んでくれたり、今年は一週間遅かったと残念がったりしてくれたものだ。

やはり昔、関西にタケノコマヨシという馬がいた。牡馬だった。クラシックを狙える馬だった。姿も良かった。佳い馬名だと私は思っていた。ところが春先の日曜日のこと、クラシックの前哨戦のパドックがテレビに映し出され、この馬の名が呼ばれると、私のうしろで遊んでいた幼い娘たちがいきなり喜んで、「タケノコ・マヨシ、タケノコ・マヨシ」と叫んで踊り出した。子供の耳はおかしな聞え方をするものだ、しかし、では、マヨシとは何か、と首をかしげたものだ。その娘たちも今は人妻となって家にいない。老父が一人で競馬中継を見ている。

昔の人の袖の香もする、というのは花橘(はなたちばな)や、梅ばかりでなくてもよいわけだ。筍でもよい。桜だって、昔の人の匂いはする。殊に桜花賞が近づくにつれ、なぜだか、逝った人のことが思い出される。

昨年の秋の晩くに、テンポイントの父、吉田重雄さんが亡くなった。あれはたしか今から七年前の六月の頃、昼間に吉田牧場を訪れて、鍋にお酒を御馳走になり、お互いにずいぶん呑んで、別れ際に二人で芝生のお庭に立った時、吉田さんが庭の樹の下から、梢(こずえ)のほうを指差して、早朝のまだ薄暗い頃に起きて庭へ降りると、まもなく梢の、枝と枝の間から空が淡く、透んだ青に明けてくる、と言ってまるでその朝の時刻のようにじっと眺めていた。私も一緒に梢を仰いで、なるほど北国の朝は、白んでも霧にこめられているので、天辺から、梢の間から、空が明けていくのだろうなと想像すると、淡く澄んだ青が眠れぬ目を洗うようだった。テンポイントは、こんな人に育てられたわけだ。

ベテランには育成者も調教師も、調教助手も厩務員も騎手もあるが、競馬客にもベテランはいる。しかも競馬評論家にも研究家にもならず、馬券師というような凄みも取らず、ただの競馬客のまま半世紀にも及ぶ。その超ベテランの一人、古山高麗雄さんがこの三月に八十の高齢で亡くなった。馬の古強者（ふるつわもの）と言ったら、いや、古弱者（ふるよわもの）ですよ、と古山さんは笑うだろう。その古山さんには古山さんの、「黄金伝説」がある。昭和の二十年代の後半から三十年代にかけての頃、当時出版社に勤めていた古山さんは馬場や場外へ出かけて、馬券が当たりに当たった。怖いほどのツキだった。安給料ではあったが、ボーナスを上回る額を一度に取ってしまったこともある。それがある時期を境に、ツキがパッタリ落ちて、以来十年、二十年、三十年、今日に至る、とこれが古山さんの、十年、二十年に及ぶオハコだった。自慢話ではない。さりとて、昔を懐かしがって今を歎くふうでもない。よく、遊んでくれました、と苦笑するように見えた。よくもまあ、からかってくれたものだ、とちょっと恨むような声も聞こえた。戦地から復員してそうも年月のたっていない頃にあたるはずだ。凄惨なインパール作戦の生残りである。それから仏印に移って、戦後もサイゴンの監獄に一年あまりも閉じこめられた。馬券のツキの続く確率はごく低いものだが、しかし自分が戦場から戻って今この競馬場にいる。その生存の確率とくらべて、どちらだろう、と払戻しの窓口でふと考えたことはなかったか。

　この春のＧⅠへの前哨戦は有力馬たちが順調に勝ち進むものと思ったら、やはりそうも行かない。三歳のほうではまずモノポライザーが風邪で弥生賞を回避した。その前日三月二日の、桜花賞トライアルのチューリップ賞では五番人気の、デムーロ騎乗のヘルスウォールが逃げる。なかなかしっかり逃げるじゃないかと見るうちに、四角を回って、うしろのほうが怪しくなった。一番人気のオースミコスモが半馬身まで喰いさがって二着。

翌三日の弥生賞は四番人気の田中勝春騎乗のバランスオブゲームが、ほかに行く馬もいないので、先頭へ押し出された。馴れぬことをさせられたなと気の毒がっていたら、じつに軽快に逃げて、上がり三四秒六の末脚を使ってしまった。二番人気のローマンエンパイアが四角最後方の大外から今日も凄脚を見せたが、やはり半馬身、届かなかった。一番人気のヤマノブリザードは五着。三番人気のヤマニンセラフィムは、直線で伸びないので首をかしげていたら、後日、故障と判明した。

三月九日土曜日の中山牝馬ステークスは、ここのところ勝てそうで勝てないダイヤモンドビコーが、今日はペリエが先団の尻あたりにつけて、直線でしっかり伸びた。

十日の阪神はこれも桜花賞TRのフィリーズレビュー千四戦、七番人気の藤田伸二騎乗のサクセスビューティが、またしても、逃げ切った。一馬身半差だが、上がりは三五秒九。しかし勝時計は一分二一秒六。道中、後続をひっぱって、殺したわけだ。

中山のほうはクリスタルC、三歳の千二戦、二番人気の外国産馬サーガノヴェルが四角中団から伸びて、一馬身半差、これでフェアリーSに続いて三戦三勝。マイルCへ。

三月十六日の土曜の阪神は皐月賞TRの若葉ステークス、ここでもまたまた、四番人気のシゲルゴッドハンドが逃げ切った。同じ日中山のフラワーカップでも、三番人気のスマイルトゥモローが三角先頭で押し切った。このレース、そして十日の東西のレースも、一番人気が三着、間に人気薄が喰いこんでいる。

三月十七日の中山はスプリングステークス、二番人気のローエングリンが逃げる。単勝一・

三倍のタニノギムレットは後方につける。三角からさらにさがった。四角ではシンガリあたりの大外、大丈夫かいなと思ったが、直線に入って行き脚がつくと、もう勝負あった。やはり中団のうしろから伸びた八番人気のテレグノシスを首差だがしっかり捉えた。さてこの馬、千六、千六、千八と重賞三連勝、皐月賞では本命になるだろうが、いつでも三角から四角へかけて遅れる癖がある。これをどう考えるか。「投票者」の宿題になる。

同じ日、阪神大賞典、ナリタトップロードの快勝だった。さすがである。スタートから最初のスタンド前あたりまでジャングルポケットのすぐ後につけて、一角からその前へ出て、四角まで好位に落着かせた、渡辺薫彦の好騎乗でもあった。これで実力は見せた。さて、今までこの馬に欠けていたものは何か。ツキである。天皇賞が道悪にならないことをこの馬のために祈る。

ジャングルポケットも道中折り合っていたが、直線でも頭が高いままだった。ダービーとJCの直線の首の使いとくらべてみればよい。休養明けのせいだろう。それでも二着を頭差、もぎ取った。三千二百で、もっと後方からの強襲を要求されることになるか。

三月二十三日土曜の中山の日経賞では、我が目を疑うようなことが起こった。四角を大外から回ったマンハッタンカフェが頭を立て尻を落とすようにし、肢の動きがバタバタというよりも、バラバラではないか。前のほうで、まるで別次元の光景のように、アクティブバイオとタップダンスシチーが叩き合ってゴールへ飛びこんだ。グランプリ馬は六着。有馬記念以来で六キロ増で太目に見えたが、四角の手前で鞍上の蛯名の手が動くまでは、まず順調な運びだった。後で故障という話も聞いていない。ただ、あの日の中山は降ったり日が差したりの天気で、スタートの直前に、ひと声だけ、烈しい雷が鳴った。

西の毎日杯は順当にチアズシュタルクの楽勝、しかしこのレースでも二着に、十三番人気のダイタクフラッグが逃げ粘っている。

三月二十四日はいよいよ高松宮。テレビの中継でもう輪乗りの頃にターフの芝が映し出されて、今年は陽気が早くて芝の伸びがよいので時計がかかりそうだ、と解説があった。なるほど、芝が深くて馬たちの蹄も隠れそうだ。こういうことは、早く教えてくれなくては、困る、とぼやいたところで間に合わない。

はたして、逃げたショウナンカンプを四角手前からアドマイヤコジーンが捕まえにかかり、そのまま行った行ったの競馬になった。それにしてもショウナンカンプが直線でまた突き放したのには驚いた。一分〇八秒四の、上がり三五秒五。鞍上はまた藤田伸二だ。

その藤田伸二が今日三十一日は中山へ転戦してダービー卿ＣＴでグラスワールドを内目の好位で我慢させ、いったんすこし下げてから、直線馬群を内目から抜けて首差、先頭でゴールへ押しこんだ。この馬、長いこと何を遠慮していたのか、芝二戦目の初重賞である。

西の大阪杯では安藤勝己がサンライズペガサスを四角ギリギリまで後方に置いて、内へ回したかと思うと外へ持ち出して、少々ヨレたが、エアシャカールをたちまち切って捨てた。シャカールは休養明け、最後の叩き合いになると、太目がまだ目についた。次だろう。

（二〇〇二年五月号）

二〇〇二年十二月

十二月一日、日曜日、曇。

昨日、日本に戻ると、欅（けやき）の木もほとんど落葉していた。今日はもう師走、年の瀬の直線に入った。成田を発ったのが十一月の四日、アルゼンチン共和国杯とファンタジーSの翌日だから、ひと月の不在になる。その間、パリ、ウィーン、チロルと、仕事かたがた歩きまわり、日本の競馬から遮断されていた。

競馬を始めてから四十年近く、十一月に日本を留守にしたことは、一度もない。十月には幾度か、四週間ほど海外にいたことはあるが、それでも天皇賞の前日には帰って来て、翌日、時差ボケの頭で東京競馬場へ出かけた。たった一度だけ、秋の天皇賞が二千になり十月になった最初の年、ミスターシービーの日に、天山山脈の手前、トルファンの町にいて、はるかにシービーの勝利を思ったことがあり、帰って来てヴィデオを見ると、ほとんど想像したとおりの勝ち方だったことに満足したものだ。

そのシービーの年からでもすでに十八年、いまどき海外にいても、日本の競馬の結果は、その気になればすぐに知れる。馬券だって買えるはずだ。午後の三時三十五分発走は、ヨーロッパなら朝の七時三十五分である。起きて顔を洗ってから、日本の競馬好きの知人のところへ電話を入れれば、それこそ朝飯前に、レースの模様はわかる。しかし、敢えて知らずにおくことにした。

中山のジャパンカップを知らずに過ごすのも、また一興かと思われた。東京のＪＣにたいする義理立ての心もあったかもしれない。とにかく、長年の競馬からの、しばしの休養である。

貴男のお国のボー・ジェストという名の競走馬を御存知か、とパリの美女にたずねられて、はて、たしかにボージェストという名の馬がいてダービーにも出たことはあるが、あれはもう三十年も昔のことになると首をかしげるうちに、さてはファインモーションのことか、とはたと気がつき、彼女はまた勝ったかと聞くと、素晴らしい勝ち方だった、と答えが返って来て、二人して抱き合って喜ぶ――とそんな作り話を色っぽく語れればよいのだが、第一、その程度にも達者なフランス語を私は話せない。

しかし家に帰って来て、溜め置かせたスポーツ新聞を見れば、かりに私にそんなことがあったとしても罰は当らないような、エリザベス女王杯のファインモーションの快勝である。道中三番手から、四角二番手、直線突き放して二馬身半差勝ち、古馬相手に秋華賞の再現である。上がりが三三秒台。三角へかけてペースが落ちているところを見れば、古馬の一線級でも、早目にこの馬を競りつぶしに行く度胸はなかったらしい。二着に入ったダイヤモンドビコーもペリエ騎乗ながら、ファインモーションの尻には一度もさわらなかったものと見える。三着のレディパステルが二馬身半と一馬身半の、四馬身差。一同、女王の前にひざまずいた形だ。末恐ろしい。

土、日、月、休刊日なら火曜の、スポーツ新聞が各週取り置いてある。それを順々に日を追って読んでいく。十一月十七日のマイルチャンピオンシップなら、まず日曜日の出馬表を見て検討する。武豊のモノポライザー、勝浦のテレグノシス、福永のエイシンプレストン、ペリエのゼンノエルシド、後藤のアドマイヤコジーン、松永のブレイクタイム、池添のダンツフレーム、目移りがする。どれが勝っても不思議はない。発走前のときめきを覚えたところで、おもむろに月曜日の新聞をひらく。

勝ったのはなんと、蛯名のトウカイポイントではないか。父子三代GI制覇、と新聞の見出しにある。なるほど、シンボリルドルフ、トウカイテイオー、そしてトウカイポイントである。しかし単勝十一番人気だ。道中、中団から直線馬群を割って抜け出して、エイシンプレストンの追撃をゴールで首差抑えている。たしかにこの春の中山記念の勝ち馬、夏の札幌記念の二着馬ではあるのだが。一分三二秒八、前走の三馬身差に近い五着に終った富士Sと、同じ時計である。道中の流れが速くて上がりのややかかる競馬に強いか。マイル戦の実績は、この一年あまりまるでない。単勝二三八〇円、馬単三六三七〇円、三連勝（複式）は三着に十五番人気のリキアイタイカンが入って、三八万近く。このリキアイタイカンも四角後方から突っ込んでいる。

トウカイポイントは地方競馬出身。これで六勝目、重賞は二つ目、むろん初GⅠ。六歳である。熟年で花開いた例をまたひとつ見た。競馬も気が長くなった。

海外旅行に出かける時には、気楽にしたいので、いつもの外出のように自宅の近くからバスに乗ることにしている。そのために荷物もできるかぎり軽量にする。帰りもまた自宅のそばでふらりとバスを降りる。ところが今回は仕事の旅行でもあり、往き(ゆ)から資料で荷物がいくらかかさんだ上に、旅先で人から本を頂いたり、ちょうど十一月の十九日が私の誕生日だったのでその祝いにワインやお菓子を恵まれたりして、復り(かえ)の荷物がかなり重くなった。それでもやはり気楽なふりで帰りたくて、成田からリムジンで箱崎へ、箱崎でビールをちょっと飲んで地下鉄で世田谷の用賀へ、そこからさすがにタクシーに乗りこむと、土曜の午後のことで、ラジオの競馬中継が私を迎えた。高年の運転手さんが熱心に聞いていた。ついに我慢ができなくなり、ジャパンカップはどうなりましたか、とたずねた。

名前は忘れたけれど、外国の馬が一、二着だったよ、と運転手さんは答えた。これは、私の予感が当たった。中山となれば、四角の馬込みに外国馬は強い。急坂を上がってまもなくゴールの直線も、スピードよりパワーにまさる外国馬に有利だ。シンボリの馬は出遅れたよ、その後はうまく乗って、直線で追い上げたけれど、最後のもうひと伸びがなかったな、むずかしい馬なので、馴れた騎手でなくてはいけないんだねえ、と運転手さんはさらに言う。

——岡部さんではなかったんですか。

——岡部はマグナーテン。逃げて四着に粘ったよ。しかし外国の騎手どうしの競り合いは凄いね。まるで、ぶっつけあうんだよ。

競馬好きはわずかなやりとりで、レースのおおよそを伝えてしまうものだ。

家に着いてスポーツ紙を順々に見ていくうちに、まず驚いたのは、ジャパンカップダートのほうだった。イーグルカフェが勝っているではないか。ＮＨＫマイルＣ以来、記録的な連敗を続けた末に、この夏の七夕賞でようやく勝ったかと思うとまたまた、ダートの大一番で金星である。しかも向正面中団から、三角で好位、四角で三番手、直線は内埒に沿って抜けたらしい。一馬身差の快勝である。鞍上は誰だ。なるほど、デットーリか。

千八という距離にも恵まれたのだろう。しかし地力はあるのだ。三歳春のＮＨＫマイルＣから五歳秋のＪＣダートまで、スタッフもよく辛抱したものだ。馬の力への信頼があってのことに違いない。人間も気長に信頼されたいものだ。

ジャパンカップの勝ち馬はイタリアのファルブラヴ、鞍上はまたしてもデットーリ。直線でこの馬に内から並びかけ、馬体を合わせて叩き合ったのがアメリカのサラファン、鞍上はナカタニ。ゴールで九センチの差だったそうだ。これに首差まで迫ったシンボリクリスエスの鞍上がペリエ。すべてゴール前、五十米の戦いだったそうだ。これは見たかった。いや、何年かすれば、実際に見たような記憶になって残るかもしれない。

今日は新馬の女王決定戦、阪神ジュベナイルフィリーズ、私としても、ようやく出走に間に合った。昨日などはテレビ中継に向かっていても、時差ボケの眼が馬群について行けない。今日になって九レースあたりから馬群を追えるようになった。

中心はピースオブワールド。この馬、前走のファンタジーS、私の旅立つ前日だったが、そのパドックを見ていると、馬体、とくに後肢(とも)の強さがほかの若駒とまるで違う。一緒に走らせるのが不公平のようにさえ思われ、レースの結果もそのとおりになった。今回もその感じはいなめない。

鞍上の福永祐一の顔が緊張している。馬のほうは平然としている。それにひきかえ新潟の新馬の女王ワナは輪乗りの間、馬群から離れてひとりポツンと立って気を静めている。表面はわりあい静かだが、一触即発の、イレコミの危うさがひそんでいる。鞍上、柴田善臣は無念無想の姿である。

スタートして向正面、ピースオブワールドは中団のうしろにいる。三角にかかっても位置はほとんど変わらない。三枠五番なので、あるいは波乱かと思われたが、四角へ向かって楽にあがり、大外をまくった。脚いろが違う。直線たっぷり、長い脚を使った。ゆっくりと交わして、ゴール前で突き放した。このまま桜のゴールまで駆け抜けそうなゆとりだった。三歳にファインモーションあれば、二歳にピースオブワールドあり。

二着のヤマカツリリーは、安藤勝己がじつにうまく乗った。直線で前が開いた時には、あるいはと思ったかもしれない。

福永祐一はいつのまにか立派な大人の騎手となった。ただし父親の洋一氏とは、別の個性である。違ったタイプの騎手に成長した。

阪神の最終ゴールデンブーツトロフィーのゴール前、猛烈に追って馬を先頭でゴールに押し込んだ騎手がいる。外国人と思ったら、河内洋だった。

（二〇〇三年一月号）

競馬徒然草

春を見せる馬　二〇〇五年一月

――つれづれなるままに、日暮らし、硯にむかひて、心にうつりゆくよしなし事を、そこはかとなく書きつくれば、あやしうこそものぐるほしけれ。

今から七百年近く昔、兼好法師の随想「徒然草」の始まりだが、これを読んだ馬好きがハタと膝を打って、

――いそがしいのに、夜半すぎまで、予想紙にむかって、目にうつりゆく三連単を、三十六通りも書きつらなれば、あやしうこそ物狂おしけれ、

と洒落てみたが、粗忽なことである。兼好法師の「あやしうこそものぐるほし」と、超万馬券をあてこんだ欲心とは、おのずと境地が異なる。とは言うものの、深夜に由なき夢を追ってひとり出馬表をにらむ様子は、端から見れば怪しく、自分でも物狂おしい。

競馬とは一体、閑暇の事なのか、それとも多忙の事なのか、と競馬場で馬券を検討する最中にまた閑な疑問を呈した男がいる。たしかに、レースからレースの間、競馬を知らずにたまたま競馬場へ連れて来られた人にとっては、あんなに間伸びのした退屈な中断はほかにないそうだが、競馬をやる身にすれば、ああだと考え、こうだと迷い、たちまち終ってしまう。競馬は

忙しい。しかしまた、最終レースも果てた後で、一日中こんなにいたぶられても、仕事をしているよりはよっぽど楽だ、とつぶやいていた人があるところを見れば、やはり閑な遊びであるらしい。

多忙の極まったあげくの徒然、ということもあるようだ。三連単を三十六通りも選び出した後の心が、それだろう。熱中が尽きて、すべて徒労に思われ、ただものさびしく、手持ちぶさたで、所在なく感じられる。また、競馬場で馬券を買い終えて、窓口の締切りのベルも鳴り、発走を待つ、あのわずかな間が長い。馬券がかならず取れそうな、たいして根拠もない確信がつのるそのまた一方で、どうでもいいような気持になる。熱心に考えた後ほど、さむざむとして来るから、不思議である。ターフのむこうの山ばかりをぼんやり眺めている。中山や阪神のような、空港の近い競馬場だと、発着する飛行機がむやみに目についてくる。

最終レースのパドックに集まる客たちの間には、目ばかりになって、心ここにないような顔が見える。たまたま隣に立った客が、何年やっても馬は、見れば見るほど、見えなくなるものだ、とつぶやいたのがまるで自分の口から洩れたひとり言のように聞こえて振り向いたら、もう十年も会っていない昔の競馬仲間だったという話もある。

金杯になったら、年末の有馬記念のことなど、忘れているようでなくては駄目だ、と先輩に言われたことがある。たしかに昔は年が明けると、馬には年末も年始もないはずなのに、当時言うところの、明け五歳馬が急に強くなる傾向はあった。今年の正月五日、中山金杯では昔なら明け六歳、現行の五歳馬のクラフトワークが、函館記念に勝って以来の休養明けであっさり勝った。一番人気に推されていた。夏の函館と新年の中山では雰囲気が違いすぎる。三歳の春にはゼンノロブロイと好勝負をしていたと言うが、そのロブロイの有馬記念を忘れるようでは、この馬も買えないことになる。京都金杯でもやはり一番人気のハットトリックがめざましい後方一気を決めた。これで三連勝の上がり馬だから、これも旧年からの継続になる。

有馬記念も忘れろとは、つまり、年が改まったら、馬を見る目も改めろということか。人間にとっても有馬記念から金杯までわずか十日あまり、大晦日と元旦はたった一日違い、じつは何も変わりはしないのだ。それでも、目からウロコは落としておいたほうがよい。しかしこれまで何百枚、ウロコを落としてきたことか。

中山金杯ではマイネヌーヴェルが後方から二着に突っ込んだ。この馬などは昨年の春に見せた末脚が人の印象にのこっていてもよさそうなものを、六番人気だった。やはり前走の三着を見るべきだったのだ。京都金杯の二着は七番人気のアルビレオ、これは年内の条件戦をしっかり見ていた人でないと取れない。

競馬はやはり、以前のことを忘れてはいけない。しかし過去の記録があまり頭に詰まっていては、目が鈍る。忘れることも大事だ。そうでなくてもよく忘れる。金杯のゴールを駆け抜けたクラフトワークを見て、どこかで聞いたことのある馬だな、と首をかしげていた人もある。

予感などというものはあてにならない。とは思うものの、競馬の事となるとちょっと深刻のようになる時はある。一月十六日は京都の日経新春杯の、その前日のこと、ある人が言うには、ここはどう見てもナリタセンチュリーとサクラセンチュリーが抜けているので、この二頭から第三の馬を探すよりほかにないが、しかしセンチュリーとセンチュリー、世紀がふたつも重なるとなると、なにか悪い虫の知らせがする、と。どちらかのセンチュリーに凡走か不利があるような気がしきりにするのだけれど、自分は悪い予感がするとかえってそれに対処できなくなる性分なのだ、と言う。さて当日、馬群がすでに四角にかかり、サクラが内を締めるようにして外を鋭く回り、ナリタがその内から迫り、やはり一騎討ちかと見たとたんに、サクラがナリタにかぶさるようになり、ナリタは前をふさがれて停まり、サクラはそのまま抜け出してゴールでマーブルチーフを首差かわした。ナリタは着もない。サクラはおそらく降着。予感というものは、どちらかが危いとはささやくが、両方とも駄目だとは教えてくれないものだ、と呆れるうちにリプレーになり、見ればサクラはまずまっすぐに走っているようなのだ。はたして審議の末に一着が確定した。はて、あの男はもしも切るとしたら、どちらのセンチュリーを切ったのか、と気になっていたところが、数日して電話があり、いやあ、虫の知らせのとおり、ひどい目にあった、と苦りきった声を出した後、それでも三連単を二百円だけ取ったよ、と笑った。二百円なら十万からの儲けではないか。予感よりも、人の心こそ、わからないものだ。

正月十日の京都のシンザン記念はペールギュント、鼻差でマイネルハーティー。どちらも年内の重賞上位組ではないか。馬単六一〇円。

十六日の中山の京成杯はアドマイヤジャパンとシックスセンス。年末のラジオたんぱ杯の三着と四着ではないか。馬単九三〇円。

二十三日の中山のアメリカＪＣＣはまたしてもクラフトワークの快勝。二着が年内からようやく上がってきたエアシェイディが三着に鼻差で粘り、馬単四九〇円。同じ日の京都のダート重賞、平安ステークスがヒシアトラスとブラックコンドル、四・八番人気で、ようやく馬単九二〇〇円。おくれたが五日の金杯の馬単は、東が二七〇〇円、西が一四一〇円。

まずは平穏な正月競馬である。穴党には面白くもないだろうが、古来、馬くらべや相撲は年の吉凶を占ったものであったそうで、順当な方が勝てば人の心は安心したものらしい。四海波静と言いたいところだが、年内に大津波があったばかりだ。津波につけ地震につけ洪水につけ、明日は我が身か、と寒くなる。それでいながら事、競馬に限って、どんなに穏健な楽しみ方をする人でも心の底ではつねに、たとえ自分の馬券がすべて散ることになっても、大波乱を待っているものだ。じつに競馬こそ先が知れない。ある波乱を予感していると、それとは別の波乱が起こる。信じられない事態が実際に、目の前で繰りひろげられるのだ。自身の感知力や判断力への信頼など一度に吹き飛ぶ。これが競馬の御利益なのだろう。運に翻弄されずにいると、人間が傲慢になっていけない。

二十九日土曜日の東京のダート重賞の根岸ステークスではメイショウボーラーが七馬身、楽にちぎった。初ダートの前走に続いて重賞二連勝、どちらもほかを寄せつけず、これで来月のフェブラリーＳ、ダートのＧⅠの最右翼のほうへあげられるわけだが、しかし昨年の皐月賞と

ＮＨＫマイルＣの三着を思うと、ダートへ行かせるのはちょっと惜しい気もする。これが人間で、自分の進路のことになると、ここまで来てもまだ迷うことだろう。ほんとうは、俺は芝のほうがいいんだ、などと。一身上の判断を一身にゆだねられると、人間に判断力があるとは、一体、誰が決めたことだ、と妙な恨み方をしたくもなる。

一月三十日の東京新聞杯は、厳冬期の凄然なマイル戦になることが過去にはあったが、今年は寒風ながら好天に恵まれ、圧倒的な一番人気の追込馬ハットトリックが、スローの展開にもかかわらず、キッパリと差し切った。これで昨秋から四連勝、重賞は京都金杯に続いて二連勝、この分なら安田記念のゴールまで楽に先頭で駆け抜けそうに思われるが、ＧＩにはまだ足りないようなことを鞍上は言うので、なるほど、ＧＩとはむずかしいものだ。おそらく、あらゆる不利に対処できる能力のことを、鞍上は思っているのだろう。馬には人間以上に、完全性が求められるようだ。何かひとつが欠けると、すべてが崩れるということか。それにくらべれば人間は、さいわい、軟体動物に近い。

一月二月ともなれば、風の冷たさの中でも、空の明るさに春を見るという人があるが、馬好きは馬の肌に、ひと足もふた足も先に、春を見る。パドックで馬の肌に春の色が差して、ハッと驚くことがある。

（二〇〇五年三月号）

確信、ヒラメキ　二〇〇五年二月

憮然として去る。これがレースの終った時の、おおかたの客の表情だろう。最終レースならばそのまま競馬場を去る。しかし回の若いレースでも、馬たちがゴールを駆け抜けると、何か言わんや、とばかりにターフに背を向ける。その足で家へ帰ってしまいそうに見えて、三分後には立ち止まって予想紙をにらんでいる。五分後にはパドックにあり、その眼が希望に輝き出す。立ち直りのまことに速いこと、われながら、いじらしくなる時もある。

なかにはいつまでもスタンドに立ち尽し、ターフビジョンのリプレイを見つめてはさらに息をこらし、写真判定でもないのに、掲示板の点滅の止まるのを待ってようやく溜息をつく。惜しいところでしたか、とたずねたら、掲示板にものっていない、とぼやいた。

二月二十日の東京の、今年初のGⅠフェブラリーステークスの向正面で、メイショウボーラーが楽に馬群を引き離した時、これはちぎりますよ、とつぶやいた人がいた。直線に入り坂を駆けあがり、ボーラーの完勝はもう目に見えたが、それでも後続が詰めてくると、その人は息を呑んだ。ひょっとして、ボーラーを頭にしていないのではないか、と私はひそかに疑ったが、ボーラーに一馬身と少々まで迫って、シーキングザダイヤとヒシアトラスが轡を並べてゴールインすると、それはボーラーがひっぱれば、あの二頭は来ますよ、その人は晴れやかな声で言う。快心のような声でレースを語りながら顔色の冴えないことはある。聞いてみれば、メイショウボーラーが頭の、三着はシーキングザダイヤとヒシアトラスとタイムパラドックスの三点で、今日は三連単を取れると確信したという。ただし、二着もアドマイヤドンで固いと踏んでいた。

タイムパラドックスも来てら、とその人も見るにおよばぬ掲示板を確定まで眺めていた。アドマイヤドンも五着に来てるね、と私はさすがに言えなかった。

確信というものは、競馬にかぎらず、魔物である。悪魔のささやきなどと言われるが、そんな怪しげな、あやふやなものではない。腑の底にずしりと落ちて居すわるのが、確信である。痛い目に遭った後で振り返ると、なぜあんなことを思えたのか、自分で不可解でならない。揺るぎもない根拠で裏づけしたつもりだったが、今から見れば、もしも他人の口から聞いたなら一笑に付したはずの、屁理屈である。どういう気迷いに取っ憑かれたのか、と首をひねるうちに、じつは先週の日曜の晩に、誰かがふっと洩らした半端な感想を、こちらも何気なく耳にしたのが、いつか凝固の核となり、そのまわりに確信がふくれあがったのだ、と気がついて自分のたわいなさに頭を抱えこみたくなる。それにしても、確信の続いている間、自分は街を歩いていても、腹の据わった危なげもない男、つまり「大丈夫(だいじょうぶ)」であった。

ヒラメキのほうは、どうか。ヒラメキというものは、哀しいことに、あるのだ。ただし、ヒラメイテくれる、そのタイミングが問題なのだ。

金曜の夜の酒の席で、ある男、ふいにまわりの会話からこぼれた顔つきになり、トイレに行く、と言って腰をあげた。立つ時に鞄の中から夕刊紙を取り出してポケットにねじこんだので、ヒラメイタな、と私は睨んだ。この男、ときどき、ヒラメクのだ。そしてまれに、大きなところを当てる。ヒラメイタ時には、人前をはずすのがよい。そしてなまじ枠順などの確定してない出馬表のほうが、よけいなことに乱されなくてよい。枠順にひっかかるようでは、ヒラメキとも言えない。

やがて酒の席にもどり、くつろいで話に加わったが、坐が競馬の話題になりかけると、慎重に逸らす。これもヒラメイタ時の心得ではあろう。馬券をしかと買うまでは、いっさいの雑音にたいして、耳も眼も、頭も心も、マッサラに保たなくてはならない。これはよほど鮮烈なヒラメキであったにちがいない。しかし私は心配した。なにせ今は金曜の夜、日曜の午後まで、長すぎる。街ですれ違った女性からちらりと流し目を受けただけでも、了見の変わってしまうことがある。ヒラメキはとかく乱反射するものだ。まして馬券を絞りこむ段になれば、三連単が導入されてからは絞りこむつもりが拡大になりがちで、あれこれ組合わせに腐心するうちに、ヒラメイタ馬が、いつか馬券から「除外」されていたというようなことにもなりかねない。念のため当日のパドックまで待つことになったら、もう駄目である。

その日曜日。二月十三日、東京でダイヤモンドステークスのおこなわれた日、私は何人かと小旅行をしていて、テレビの実況を見なかった。結果は後の楽しみにして、携帯を持った人にもたずねなかった。さて、家にもどってダイジェストを見ていると、直線の混戦の中、中団よりはうしろから、聞き覚えのない名前の馬が伸びて来て、馬群をまとめてかわしてしまった。ウイングランツ、十番人気、ハンデ五一、鞍上は松岡正海。さてはあの男にヒラメイタのはこの馬、この騎手だったか、と思うと他人の馬券ながら、心臓がきゅっと締まった。さっそく出馬表を見れば三枠四番ウイングランツ、二千以上の距離で堅実に上位に喰いこんで来て、前走の東京、箱根特別二四〇〇で二着、たしかに気配はあった。しかし隣の枠へ何となく目を移して、また他人のことながら、ナムサンと思った。四枠五番はワンダードリーム、これが前走同じレースを、ウイングランツに二馬身半も差をつけて勝っている。しかも今回ハンデ同じく五一。これではいかに天啓があっても、枠順の確定した出馬表を見たら心は移る。この馬は掲示板にものらず、二着は八番人気、三着がようやく四番人気。馬単が四万に近く、三連単は五十万を超えた。せめて単勝で行っといてくれればよいが、そんな男ではない、と惜しみながら、しかし他人の馬券のことで心を痛めるのもなかなか気持の良いものだ。と残酷なことを思って眠ってしまった。

数日して電話する機会があり、日曜のウイングランツ、どうだった、とたずねると、あんな馬、買えるわけがないでしょうと屈託もなげに笑った。嘘を言え、と受話器を置いてから思った。近頃、松岡松岡としきりに言っていたくせに。

レースの信じられぬ結果にしばし呆然自失した末に、いや、俺の読みは間違っていなかった、レースのほうが間違っていたのだ、と呻いた人もある。負け惜しみにはちがいないが、聞いているほうもつい、そのとおりだ、とうなずきたくなるところがある。実際に目の前で起こった事でも、現実を認めたくない時はある。

人気のストーミーカフェが逃げた。すぐに折り合った。抑えているのでもない。直線に入っても脚はおとろえない。二馬身半の差をつけてゴールを通過した。到着というより通過である。二月六日の東京、共同通信杯のことだ。まるで初めにリプレイを見て、つぎに本番を見たら、リプレイどおりになったみたいだ、とまたまわりくどい感歎のしかたをした人がいた。あまりにも順当に決まっても、人は呆然とするものらしい。

まったく予想外の結果に終ったら、人はかえって、呆然ともしないのではないか、と言う人もある。心のどこかでそんな結果を予感していたからこそ、その予感が現実になったことに、驚愕しているのだ、と。おおいにそうかもしれない。波乱が起こった時、自分はこの結果にすでに覚えがあるような気のすることもある。人は自分が何を思っているか、自分で知ることがすくない。

二月十九日の東京のデイリー杯クイーンカップのレース後に、こんな歎きの声を聞いた。一番人気のライラプスを、雨の道悪に二枠四番を引いて馬格も足りないので、切ったという。ところが向正面で何となく目がその馬へ行く。別におそれたわけでもなく、間で辛抱しているな、とただ眺めるだけだ。むろん、自分の買った馬たちの動きを一心に追っているわけだが、ときおりふっと気を逸らされて、二枠の馬をまた見る。ケヤキを過ぎても内にいる。四角で最内を衝いた。前がふさがった。なかなかあかない。しかし坂をあがったら、前の馬たちがいくらかばらけるので、道は開くだろうと思っていたら、ほんとうにそのとおりになり、ライラプスは一気に抜け出してゴールへ飛びこんだ。

来られては困る馬のことを、まるでイメージトレーニングしていたら、目の前で現実になってしまった、と目を剝いた。

二月二十七日の中山記念に三カ月の休養明けで出て来て一年半ぶりに五つ目の重賞を取った六歳馬バランスオブゲームも、この馬を追いかけて来てその日にも頭に買った人たちは、道中遅いペースの好位にしっかり折り合って三角を過ぎた時には、あまりにも勝ちパターンのイメージにはまりすぎて、これではかえってゴール前で差されることになるのではないか、とせつなくなったことだろう。イメージどおりに的中しても、人はまた呆然とする。

同じ日の阪急杯は、昨秋のスプリント王カルストンライトオが三番人気、内埒好きの馬が大外枠を引いて、しかも冬場の実績なし、しかしここで馬券を取らずして本番高松宮記念で取って何になる、とそういう気質の人がある。キーンランドスワンは七番人気、ここのところサッパリだが、それだけに、来るならここしかない、とそういう気質の人がある。双方、レースがイメージにぴったりはまって、ゴールで頭の差だった。

（二〇〇五年四月号）

花は咲いたか　二〇〇五年三月

年を取るにつれて、昔のことばかりが思い出され、近頃のことはあやしくなる、とはよく言われるところで、たしかにそうではあるのだけれど、昔の記憶のほうもなかなか、たよりにはならない。

岡部幸雄が十五勝もあげている、障害のほうで、ということを知っている人はどれだけいるだろうか。デビューの昭和四十二年からわずか三年の間のことだが、六十二鞍乗って十五勝だから、たいした戦績である。かく言う私も、障害を初めから敬遠していたので、若き岡部幸雄の飛越の姿はまるで記憶にない。

東京の世田谷の馬事公苑のすぐ近くに私はもう三十五年近く住む者で、その馬事公苑で長期騎手課程の少年たちがお稽古をするのを、こちらも作家稼業に入ったばかりの心細い身の上にあり、毎日のように午前の散歩中に、なにか身につまされて眺めたものだ。後年になり、あの少年たちの中に岡部幸雄も柴田政人も福永洋一もいたのだと思えば、生涯に自分が人に誇って、人もうなずいていてくれることはこれしかないような気もしていたが、しかしこの三人のデビューの年から数えればわかりそうなもの、私が馬事公苑の近くに越して来たのは昭和四十三年の秋だから、完全にすれ違いである。

昭和の五十七年に白井(しろい)の競馬学校が開設されて、騎手志願の少年たちはそちらに移り、それから五年して、武豊がターフに登場する。

岡部幸雄の戦績表を眺めるとデビューの年から十五勝、五十四勝、七十二勝、と飛躍的に押し上げて来て、四年目の昭和四十五年に二十八勝と、いきなり落ちこんでいる。落馬の年ではなかったか。ずっと後年になり岡部幸雄が、落馬で頸椎を傷めた直後には握力が通常の人の半分もなかった、と振り返る談話を私はどこかで読んで、それでよくカムバックできたものだと驚いたものだが、その自分が後に同じ頸椎を傷めることになるとは、夢にも思わなかった。手術の直前には、たとえば紙コップの、三分の二ほどまで水の入ったのを手に取り、ちょっと気をそらした隙に、カップが掌から抜けて下に落ちている、とそんな握力だった。平成の三年のことで、その年、岡部幸雄は百二十八勝を挙げ、騎手の三冠王、騎手大賞に輝いている。

昭和四十五年の二十八勝以後、四十六年にカネヒムロでオークス、五十三年にグリーングラスで春の天皇賞、五十五年にケイキロクでオークスを取っているが、ダイナカールで三度目のオークスを取る昭和五十八年まで、岡部幸雄の勝ち鞍は昭和四十四年、デビュー三年目の七十二勝を超えていない。その間、十三年という歳月がはさまれる。

ゴール前でタイアオバと叩き合い、ダイナカールにもうひと脚使わせて鼻差でゴールへ押しこんだあのオークスを境に、岡部幸雄は遠くへ飛び越したように思われる。翌年がシンボリルドルフの三冠の年になり、三年後年間百勝を超えた。しかし私のほうの、岡部幸雄の騎乗を見る眼の違ってきたのはやはり平成三年、自身の病後からである。あの平成三年秋の菊花賞の、レオダーバンの手綱を取った岡部幸雄の、四コーナーのコーナーリングは目に染みた。馬術のほうで、馬が弧を描く時には馬体も弧の形にならなくてはならないと言われるそうだが、まさにそんな趣きだった。しかも疾駆する馬群に外から寄せて、切り詰まった弧だった。それにつけても病中の、軽い物でもろくに保持できない握力の衰えを思った。

あの頸椎症の後遺も、どうしてしぶといところがある。こちらがもう交わした、振り切ったと安心する頃、じわじわと差し返してくるけはいがある。私は当時五十代なかばになっていたが、馬で言えば五歳の秋ほどで、まだまだ老けこむわけにいかず、物を書く仕事もからだが意気地なくなってはいけないので、リハビリにつとめ、長い距離を走れるまでになっていたが、それでもときどき陰険な感じが、首ではなくて、手先や膝のあたりにかすかに兆す。夜の夢の中ではしばしば、やはり再発してしまったか、と溜め息をつく。その間も、岡部幸雄は百勝騎手を続ける。その騎乗を、文句のつけようもないのに、どこか異常なところが出ていはしないか、とひっそり眺めることがあった。

ところが三年前の秋、岡部幸雄がシンボリクリスエスに天皇賞を取らせた時、私は岡部幸雄について、すっかり楽天的になってしまった。ついで有馬記念でコイントスを三着に運んで来た時には、まだ何年でもやれると思いこんだ。

昨年の晩秋から年末にかけての岡部幸雄の、ゴール前の気迫には、目を瞠らせるものがあった。

年々、競馬とともに年を取って行くと言われるが、騎手とともに年を取って行くとも言える。それが面白いことに、はるか年下のはずの騎手を、自分よりも年上のように、仰ぎ見るということもある。

花はさかりに、月はくまなきをのみ見るものかは、と兼好法師は言っている。花は満開の時に、月は雲ひとつない夜に、見るばかりがよいのではない、というほどの意味になるのだろう。また、事情があって花見にも行けずにいるうちに花も散ってしまいました、などと手紙に書いてよこすのも、花見に行ってきました、行ってきました、とはしゃぐのより、よほどおくゆかしい、というようなことも言っている。

ところで、桜花賞は何が勝ちましたか、と十日もしてから人にたずねたら、さぞや格好がよいことだろう、とそんな思いに共感してくれるのは、長年、春のクラシックに心をなやまされている人たちだけだろう。この競馬好きが桜花賞を見ていないとは、ひょっとしたら、恋でもしていたのではなかろうか、と相手がちらりとも疑ってくれれば、なおさらよい。

病院の中でも大レースの前日の土曜ともなればあちこちに、予想紙をひろげる患者の姿が見うけられる。談話室の窓から空をつくづく見あげているので、病身、来し方行く末をしのんでいるのかと思えば、明日の馬場はどうなるのでしょうか、と相談してくる。

外国にいても、よほどの奥地でもないかぎり、この通信の発達の時代、レースの結果は知りたければ知れてしまう。そのレースの当時日本を留守にしていたはずの人が、展開やら勝負の分かれ目などを、まるで現場にいたように、微に入り回顧論評することもある。

しかしかりに、恋にせよ、色気もない揉め事のせいにせよ、三月いっぱい競馬を知らずにいて、花の咲きそめる頃に、ところで弥生賞はどうなった、と人にたずねたとしたら、相手はしばし呆れた顔をしてから、いやあ、強いの強くないの、あのディープインパクトさ、ゴール前で追いすがるアドマイヤジャパンとマイネルレコルトを、頭をナゼナゼ、やさしく押さえこんだものね、と話が少々、知らぬ人間にたいしてだと景気よくなる。皐月賞もダービーも、今年はディープの単勝を買って見物することだな、などと言う。そう言う人に限ってしかしとかく腹の内では、いや、アドマイヤジャパンだって、皐月賞なら直線でぎりぎり追出しの、タイミング次第で、ひと泡吹かせられると考えて、その追出しの呼吸を頭の中でくりかえし、イメージトレーニングのようなことをしている。自分が走るわけでなく、自分が乗るわけでなし、枠順も当日の馬場の状態も知れないのだから、甲斐もないトレーニングではあるが、本人にとってもとうに説得力を失って本番になり、まさに絵に描いたように、当たることもある。

で、牝馬のほうは、とたずねると、それは俺が話さなくても、桜花賞本番を見れば、すっかりわかる、シーザリオで決まった、と答える。なるほど、シーザリオねえ、とうなずいたものの、この三カ月ばかりほかの事に頭を奪われていて、シーザリオとはどんな馬だったか、じつは覚えがない。しかしまたそんな時に限って、やっぱり物が違ったかねえ、などと相槌を打つ。聞いて相手もじつは初めて、その気になる。

中京記念はメガスターダムとサンライズペガサスと聞いて、そいつは順当だと得心してから、どちらも屈腱炎だったではないか、と驚く。

阪神大賞典はマイソールサウンドと聞いて、あの馬は重賞の声を聞かないと、走る気にならない馬ではないのか、と怪しむ。

日経賞は、押さえられたコスモバルクが掛かって仕舞いまでギクシャク、掲示板にも載らず、ユキノサンロイヤルの差し切り、と聞いて、ユキノサンロイヤルとは、三年前にどこかの重賞で三着に走りこんだ馬ではないか、と首をかしげる。

高松宮記念は、と聞くと、それはもうユタカよ、アドマイヤマックスさ、と相手は初めからわかっていたように答える。大外枠を引いたと言う。それで、と心配してたずねると、馬場の内側が荒れていて、カルストンライトオが得意の内埒をたよれなかった、とほかの馬の事を話す。だから、とさらにたずねると、マックスが外へ回して馬群の中央から差し切って突き放した、と要領を得ない。まるで武豊が展望台の上からレース全体を見渡していたような競馬だった、とつぶやいたのが正直な感想らしい。

それで、花はもう咲いたか、とついでにたずねたら、どうかしているのではないか、と相手はまた呆れて、頭の上へ差し掛けた、五分咲きの枝を指さす。これなら、その間恋でもしていたような、気分になれるかもしれない。


（二〇〇五年五月号）

異質なる名馬　二〇〇五年五月

オークスからダービーまでが一年の内で心楽しい時期である。季節もよろしく、何となく、良い事のありそうな気がする。かならずしも馬券が取れると思っているわけではないのだが。ダービーが終ると、これでこの春も済んだと思う人もあれば、さて安田記念に宝塚記念、これからが本番だ、と意気ごむ人もある。競馬は古馬だよ、古馬の大レースで馬券を取れないようでは駄目だよなどと胸を張る。春の天皇賞で痛い目にあったのをもう忘れているかに見える。競馬は何と言ってもオークス、ダービーですよ、とあの時にはつぶやいていたはずだ。

大本命馬の存在する大レースは人が集まり、売り上げも増える、という傾向が近年にはあると聞く。以前はどうであったか。入場者数はともかく、売り上げのほうはそれにしては控え目だったような気もするが、よくも覚えていない。三連勝馬券が導入されたせいもあるのだろう。こうも強い馬がいては、と人はこぼしながら、頭は固いので三連勝がよほどしぼりやすく、とくに三連単で行けば、あんがい高い配当が取れそうで、心ときめいて、ついよけいに馬券を買ってしまう。

しかし強い馬が強い勝ち方をすれば、その馬をはずして大穴をねらっていた人ですら、我を忘れて高揚するようだ。いやあ、強いねえ、桁はずれだ、バケモンだ、と呆れるのも気持のよいものだ。

今年のオークスの場合はどうだったか。二枠四番から出た大本命のシーザリオがスタートしてまもなく前を塞がれて後方にさがり、向正面でも内に閉じこめられて上がって行けない。レースはスローに流れる。あの時、シーザリオから行っていた人は目の前が真っ暗になったことだろう。シーザリオをはずすか、二番手にさげていた人はシメタと思って、自分の買った馬券をもう一度胸の内で数えあげ、網はひろく張りひろげたものの、思いも寄らぬ馬が来るのではないか、とよけいに緊張する。三コーナーを回ってもシーザリオは後方から動かない。あれは動けないのではなくて、あえて動かないのだ、とシーザリオから行った人はもうそこに希望をつなぐよりほかにない。シーザリオをはずした人は、大本命馬の徹底した沈黙が気味悪くなってくる。しかしどちらも、馬群が四コーナーを回って直線の坂を駆けあがる時には、シーザリオの一着はないと見たに違いない。

シーザリオはまだよほど後にあり、道中スローだったので、ほかの馬たちの脚はおとろえていない。それでも、同じ勝負服のディアデラノビアを追ってシーザリオは上がって来る。並んで交わしにかかる。そこへ馬群の中央を割ってエアメサイアが抜けた。シーザリオは鋭く追いつめたが、鼻差、届かぬか。敗れてなお強し、という台詞が人々の口にすでに用意されていたはずだ。

それでは、シーザリオを頭に馬券を買っていた人が、快哉の叫びをあげたのは、何処でか。

ゴールを過ぎてからだろう。またしても惜敗の場面がゴールの直前で、時間に不連続が生じたように、完勝の場面に変わった。鼻差でも頭差でもなく首差、目にもはっきりと交わしているのに、人はその交わした瞬間を見落としたような気持になった。シーザリオをはずしていた人は、夢の中で鬼に追われ、あと一歩で逃げ切れるところで脚がすくんで捕まったような気持がしたことだろう。

飛び抜けてるよ、あの馬は、とこれが大方の、つぶやきであった。

ディープインパクトがダービーのゴールを、五馬身の差をつけて駆け抜けた。二分二三秒三、昨年のキングカメハメハとタイのレコードである。いやあ、強いね、物が違うね、これこそ天馬だね、というような驚嘆の声はしかし、私の周囲の、競馬歴の長い人たちの間からはあまり起こらなかった。馬の力を安く踏んだわけでは無論ない。単勝一・一倍人気の馬にああもあっさり勝たれて、ほかの馬の弱さに、鼻白んだわけでもない。五馬身置かれて二着のインティライミが二分二四秒一。ダービー馬として恥ずかしくない時計である。どう言ったらよいのか、強さを感じる間もあたえない強さだった。レースが済んだ後も、驚嘆の念が現実に追いつかない。

昨年のダービーは千米通過が五七秒六のハイペースだった。その上、三コーナーからコスモバルクが引き離しにかかった。四コーナーにかかるところでそのバルクの鞍上が振り返ると、なんと、まだ中団の後方あたりにいるはずのキングカメハメハがハイアーゲームをひきつれ、すぐに尻に触れそうなところまで迫っている。直線は耐久戦となった。カメハメハがたちまち先頭に立ち、追いすがるハイアーゲームを振り払い、最後方から追い込んだハーツクライをしっかり抑えた。上がり時計が三五秒九、あれなら観客の感嘆驚嘆も追いつく。

今年のダービーは、道中内側の好位を守ってきたインティライミが四コーナーを最内から回って、思い切って抜けた。あとでリプレイを見ると、いまさらハッとさせる瞬間はあった。じつは私は隠し馬券の形で、ライミ↓インパクトの馬単をひそませていた。しかし現場では私の隠し馬券は一瞬といえども、ときめかなかった。すでに四コーナーを、まだ中団より後から、ソラをつかいそうになるのを鞍上にいましめられながら、それでも楽にまくって来るディープインパクトの姿が目についた。

あと二百のところでインティライミを捉えて、ゴールで五馬身差。上がり時計が三三秒四。最後の一ハロンが一一秒六、これはインパクトの脚だが、その前の一ハロンは一一秒〇で、これはライミの脚になり、インパクトは一〇秒台で走ったはずだ。並ぶ間もなく交わすという決まり文句があり、事実そのとおりだったには違いないが、この表現もこの場合、どこかしっくりしない。並んで交わすという境目すら、見えなかったような気がする。ディープインパクトがただ一頭、異なった時空を走っていた。

観客の感驚嘆の念こそ、五馬身も十馬身も、馬に置かれた。

そうも凄いとは感じさせなかったのに、という奇妙な絶讃の言葉となった。

向正面に入ってしばらく行ったところで、武豊が抑えにかかり、ディープインパクトが頭をあげて口を割りかけた。ヤッタカ、と色めき立った穴党もいたことだろう。しかしすぐに人馬折り合い、難もなかった。ディープインパクトにとって、あそこがレースの山場だったように思われる。

あのパドックでの尻っ跳ねは、何だったのだろう。客たちが困惑の眼で眺めていた。いつまでもくりかえすので、客は気にかかって、ほかの馬たちを検討するゆとりがあまりなかったのではないか。周回ごとにおおよそ同じところで後肢を蹴あげる。どうやら、パドックの最前列から一斉に降りるカメラのシャッターの音に、腹を立てたらしい。パドックが済んで馬券を買ってから、パドックのあの状態で単勝が一・一倍とは、と首をかしげたものだが、そういう私自身こそ、ディープインパクトから買っていた。尻っ跳ねこそすれ、発汗はない。ときどき腹を立てるようだが、眼はいかってもいない。血走ってもいない。イレコミとは違うと見た。

それでもゲートから鞍上は馬をふわりと出して、馬群の密集からややはずれた後方につけた。末脚を誇る馬は先っ速い資質もひそんでいると聞く。掛かったら最後、先頭あたりまで一気に行ってしまうおそれがあるのだろう。それで、馬が口を割りかけた時に、穴党は内心ニンマリしたのだろうが、鞍上はあくまでも慎重に馬を制し、馬もそれに順った。それを境に私もダービーにしては妙にのどかな見物の心になった。頭はもうひとつ確かになったとしても、二、三着争いが馬券には重大で、いよいよ緊張してもよさそうなものを、心がいったんほぐれてしまったのは、やはりパドックでよほど気を揉んでいたものと見える。

勝った馬について周囲の口数のすくない中で、インティライミは強かったねえ、と唸る声があった。終始積極的に三、四番手につけて、四コーナーを回ってすぐ先頭に抜けて、それであの長い直線も粘りこむんだから、佐藤哲も見事な騎乗だった、と言う。たしかにそうには違いないが、そう言う口調がどこか上(うわ)の空(そら)で、その上の空を幻の馬が翔けているようで、どうやら勝った馬のことをまだ啞然として思っているようだった。

シックスセンスが七番人気とは、あの馬は皐月賞でディープインパクトとそこそこの末脚を使った馬ですよ、と自身の頭を軽く叩くように呻いていた人があったが、これもディープインパクトの強さを形容しかねるもどかしさからかもしれない。

史上最強馬かもしれないと言われれば、認めるのにヤブサカでない。しかし過去に自分が見た名馬たちとどこかが違う。どこか異質のところがある。どこがどう違うか、それが言い当てられないのでもどかしい。いずれ明晰な人たちがシンボリルドルフのダービーやナリタブライアンのダービーなどと比較して、綿密に分析してくれることだろう。

それにしてもキングカメハメハ、ディープインパクトと続いて、この先どうなるか。秀抜な馬が年々現われて、人の驚嘆をさらにあらたにするのか。それともこの辺がひとまずピークで、人は十年ほども、「過去」の名馬の思い出にふけって暮らすことになるのか。

（二〇〇五年七月号）

好不運の極少差　二〇〇六年二月

二月二十六日は曇り芝不良の阪神競馬場で、メインレースの阪急杯のゴールを十一番人気のブルーショットガンが先頭で駆け抜け、松永幹夫引退の花道を飾る、という讃嘆の声があがった時、何かの聞き間違いではないか、と私はわが耳を疑ったものだ。松永幹夫は私にとって、いまだに新進気鋭の騎手であったのだ。しかしデビューが昭和六十一年の春、もう二十年も昔のことになる。歳月のたつのは速い。武豊のわずか一年先輩だと思えば、また驚かされる。

尻から五番目の人気の七歳馬を中団のインで折り合わせ、直線で外へ持ち出し、ゴール前で内目に寄った馬たちをまとめて交わし、外から迫った馬をしっかりと抑えた。これで有終の美かと思ったら、続いて最終レースでも一番人気の馬をきちんと持って来て、通算一四〇〇勝かっきりと、見事な上がりだった。

イソノルーブルでオークス、ファビラスラフインで秋華賞、キョウエイマーチで桜花賞、チアズグレイスで桜花賞、ファレノプシスでエリザベス女王杯、そして昨年の天覧天皇賞のヘヴンリーロマンスもまた牝馬。女性に強い、いや、優しいということと、これまでに年間フェアプレー賞を十回受けているということは、おそらく関係があるのだろう。

二十年の騎手の務めを円満に果たしたことを喜びたい。しかしこの日、同じ阪急杯で、二番人気に推されたコスモサンビームがレース中に心不全を発して、そのままあの世へ逝った。前走、昨年十月のスワンステークスに快勝して復調をはっきり見せていたのに。朝日杯馬、NHKマイルカップではキングカメハメハの二着馬。

春を迎える頃に、現職から去って行く人たちも多い。

昭和十一年の二月二十六日の叛乱事件は私の生まれる前年にあたり、私は母親の腹の内にもいなかったのに、子供の頃から、二・二・六、二・二・六と、恐ろしい日として聞かされてきた。戦後には、雪の降る日、として通った。たしかに、この日に雪の降った年がすくなくはなかった。冬の終り、早春の前触れ、春の雪とも呼ばれる。今年もなるほど、東西ともに天気が崩れたが、気温がさほどにさがらなかったので、雪にはならなかった。

古い世代には何となく異変を思わせる日だが、芝重の中山記念のバランスオブゲームの五馬身差の逃切りは、六番人気なので、異変のうちにも入らない。この馬が勝つと、さほどの人気のない時でも、あ、そうか、と思わせてしまうところがある。やはり変な馬である。重賞レースの常連なのに、七歳で今度もふくめてわずか七勝、しかしそのうち六勝が重賞なのだ。道悪得意とレース後には言われたが、記録の限りでは、重馬場の勝ち鞍は今回が初めてである。

日本と香港のマイル王であるハットトリックが出遅れた。向正面に深く入っても、鞍上はしきりに押しているのに馬は動かない。追込みの鬼脚に道悪という不利もあり、今日はない、と大方は——この馬を買った人は暗然として、はずした人は安心して——見切りをつけ、中団より前のほうへ目を移す。

ハットトリックほどの追込馬なら、人が先行の流れを測りながら、後方へ目がちらりちらりと行くのは、あたり前である。そういう場合ではなくて、人気薄の馬たちが向正面で、ついて行けないのか、控えているのか、後方馬群をつくる。あの馬たちの中で、置かれっ放しになるのはどれか、押し上げてくるのはどれか、と占うのもなかなか、面白い競馬の見方である。

馬券を持っていない時に限る。下級条件戦のほうがよろしい。そうでないと目がどうしても、レースの争点に釘づけになる。さて、後方を眺めるうちに、あの馬、どうせ勝ち負けにもなるまいが、走りっぷりがちょっと、スッキリしているではないか、と一頭に目をつけて追う。三角にかかっても脚はあまり冴えない。三角を回ってやっと中団の尻につけて、すこしずつ上がって行くが、四角に来てもまだはるか圏外である。直線で内目を衝こうとして馬群に巻きこまれた。お話しにならん、と目を離しかけると、よろよろと外へ持ち出した。行き脚がすこしはついたが、どうも、ジリッポイ。それが坂をのぼりきるあたりまで来ると、ジリはジリでも、ジリジリッと伸びて、ゴールでは勝ち馬から離されているが掲示板、五着に鼻づらを押しこんだ。馬主になったような快感を覚える。ただし、人には吹聴（ふいちょう）できない。

馬券を離れ、勝ち負けを離れれば、競馬にもさまざまな楽しみがある。醍醐味と言えるほどの興を見つけることもある。しかし、かく申す私自身、この年になっても、ごくまれにしか、そんな境地に入れない。

そうかと思えば、逃げた馬はどうして、パッタリ脚が停まるのか、あの機微にはじつに興味深い、奥深いものがある、と何だか残酷なような楽しみ方をしている人もある。理由はさまざまあり、すでに言いふるされている。やれ、ペースが速すぎたとか、遅すぎたとか。三角過ぎから、突き放しの機を逸したとか、仕掛けが逸り(はや)すぎたとか。尻をつつかれたとか、壁になってくれる馬がいなかったとか、後方にじっくり見られたとか。しょせん、力関係だとか。理由、まことにもっともだが、そんな不利はひとつもなくて、四角にかかっても脚いろ快調で、これは逃げ切ったかと思った瞬間、パッタリ停まることも、あるではないか、とその人は言う。なるほど、そんなこともよくある。なぜだ、嫌気ではないかと俺は見る。いきなり嫌気に取り憑かれるのではないかと、その人はさらに言う。どこから来る嫌気なんだ、とたずねると、人生のどこかにある、何かなのだろうな、と答える。馬のことなのに、人生という言葉を使った。一瞬、妙な説得力があった。

その嫌気の発作は、じつは馬の脚の停まるすこし前から、見える目には見える、とその人はまた言った。そこまでは、私はついて行けない。

ゲートが開いて、メイショウボーラーが今日は先頭に立つ構えを見せた。昨年の時計で走ったらそれまで、逃げ切りの連覇である。そこへ、一頭が前へ飛び出した。これもまたボーラーにとって結構。二番手で折り合って、前の馬の熱気が尽きるまで、脚を溜められる。ところがそこへもう一頭、頭に来たのが競りかけて来て、くっついて離れない。どうぞお先へ——いやいや、貴殿のハナを叩くなど、そのような大それたことは考えておりません、というような譲りあいの成り立つ場合でない。メイショウボーラーとトウショウギア、二頭掛かり合って、嫌だァ、嫌だァ、と呻くようにしながら馬群を引き離し、過剰なペースとなった。二月十九日の東京競馬場、本年初のＧⅠ、フェブラリーステークスである。

二頭を先へやったその切れ目あたりに、シーキングザダイヤがしっかりつけている。中団のうしろあたりにカネヒキリが控えて、先行の馬群を遠くから捕捉している手応えに見える。アジュディミツオーはすでに出遅れた。

ヒキリかダイヤか、単純でしかも難題な数式をつきつけられた心である。この両頭、昨秋のＪＣダートでハナ差もハナ差、ゴールを抜けた鞍上たちにも判断がつかぬほどの、激闘を演じた。ヒキリはその後休養、ダイヤは東京大賞典、川崎記念と転戦してどちらもまた二着。このステップの違いがどう出るか。マイルの距離はどちらに有利か。

直線でシーキングザダイヤがユートピアと並んで先頭に立つ。脚はまだ確かである。外からカネヒキリが迫る。さて、ここから、勝負だ、と人は身を乗り出す。ところが解答はあっさり、じつにあっさり、出てしまった。カネヒキリが並ぶ間もなく交わして、引き離してゴールを駆け抜けた。三馬身置かれてシーキングザダイヤは、先頭争いを避けて三番手で我慢したユートピアにからまれ、からまれ、それでも頭差、四回連続のＧⅠの「銀」を守った。

ＪＣダート二一〇〇の極少差が、どちらかと言えばシーキングザダイヤに有利の距離かと思われていたフェブラリーＳ一六〇〇で三馬身差。好不運のわずかな差が、のちに大きな差となって出ることはあるものだ、と馬券のことを別にしてしばし物を思わせられる気分になったのは、馬歴の長い人か、高年の人だろう。もしもJCダートの何センチかの差の好運がシーキングザダイヤのほうへ傾いていたなら、なにぶん激戦だったので、年末の東京大賞典は回避していたかもしれない。その大賞典ではアジュディミツオーに逃げ切られた。川崎記念ではそのアジュディミツオーにコンマ一秒まで迫ったところがゴール。先行脚質ながら長い直線を好む馬である。NHKマイルCで人気になったほどの馬なので、二〇〇〇以上の距離は長い。脚のさばきの軽快な馬なので、深い砂は本来、苦手なのだろう。

そこへ東京の、しかもマイル戦になったはよいが、超のつきそうなハイペースになり、そこは先行馬として見事に対応し、直線でもけっして凡走ではなかったが、あのペースはやはり、追込みのカネヒキリのほうに有利だった。

これでカネヒキリはドバイへ向かい、シーキングザダイヤはおそらく休養に入ることと思われるが、この後のことはまた、どういう逆転があるか、わからない。

人生ではたった一度の不運の取り返しのつかぬことがあるけれど、馬券のほうは取ってもはずれても、そのつど御破算(ごはさん)になるので楽だ、と言っていた人もある。

(二〇〇六年四月号)

生涯のリレー　二〇〇六年三月

長くて厳しかった冬の尽きた後も、春の訪れが思わしくなくて、三月の中頃は東京の市街地でも風に吹き流されたまばらな雪、いわゆる風花の舞う日もあったが、彼岸が過ぎると風もぬるんで、間もなく桜がちらほら咲き出し、月末には満開になった。梅も桜も、白木蓮も雪柳も、一緒に咲く春となった。

あれは彼岸に入ったばかりの三月十九日、関東では東よりの強風が吹きまくり、巻きあげた埃のために空は黄色く濁り、暮れ方には幾度も、窓にドスンとあたるような、突風が渡った。瞬間最大風速が三三メートルを超えたそうだ。

その日はちょうど日曜にあたり、中山ではスプリングステークスが行われた。直線が向かい風になるそうで、さすがに影響があるのではないかとスタート前にテレビの解説者が心配していたが、上がり三六秒四の時計は、道中速かったせいか、直線でやはり向かい風がいくらか障(さわ)ったか。ゴール前で四番人気のメイショウサムソンが一番人気のフサイチリシャールに首差競り勝った。

それよりも人の注目を集めたのは当然、阪神大賞典、ディープインパクトの、今年初登場だった。こちらは芝稍重、九レースの一〇〇〇万下の特別戦が二〇〇〇メートルで、その勝ち時計が二分〇三秒九と、そんな馬場である。レース前に人がディープインパクトに寄せた関心は、一、三〇〇〇の距離はどうか、二、スローペースに落とされたときに掛からないか、三、年末の有馬記念から体重はわずか二キロ増だが馬体はよりオトナになっているはずで、それにつれて走法、ひいては戦法つまり位置取りが変わるか、それに加わって四に、道悪はどうか、とそんなところだろう。いずれにしても、勝ち方を吟味する構えである。

結果は、楽勝である。圧勝である。初めの四コーナーあたりでちょっと掛かったが、あとは問題もなかった。あれでは先々の参考にもならない。しかし参考にもならなくても、春の天皇賞はあの馬で決まりだ、と人はつぶやいた。ところが勝利騎手インタビューに現れた武豊の、顔があまり晴れやかとは言えなかった。だいぶ疲れていた。道悪の馬場から顔に飛んだ泥も、落としきれていないようだ。

勝って当り前、負ければ大騒ぎ、苦戦も許してもらえない馬に乗った、重圧はある。無事に勝たせて、楽勝圧勝ながら、疲れが一度に出る。しかし私には思い出すことがあった。何年か前の二月末の中山記念で、ひさしく不調に沈んでいたサクラプレジデントが武豊の騎乗で、直線ぶっちぎりで勝ち、あの馬は適距離ならやはり凄物だ、と人を唸らせた。道中行きたがる馬をぴたりと抑えた鞍上の腕も見事だった。そして勝利騎手インタビューに出て来た武豊の、あの顔である。はかばかしく口もきけないほどに疲れ果てていた。息も上がっていた。あの悍馬を道中、中団よりうしろに抑えるには、どれだけの力が要求されるか、その顔を見た人は思い知らされた。

ディープインパクトはあれほどの悍馬ではない。掛かってもやがて鞍上の指示に従って落ち着く。最初のスタンド前から向正面の深くまで、楽に折り合っていた、かに見える。しかしあれだけの先行のスピードを秘めた馬を二〇〇〇メートルほどもしっかり抑えるのは、苦労を外へ見せない優雅な騎乗ではあるが、いかに心身の力を消耗させることか、あの顔が物語っている。

今度もやはり後方に下げることになった。そして三コーナーのだいぶ手前から行かせることになった。そのことがレース後に武豊の顔に翳りとなって出たように思われる。天皇賞のためには、ほとんどすべてをクリアーした。武豊の頭に去来したのは天皇賞よりも先のこと、本領の二四〇〇に戻って、海外で闘う時のことなのではないか。

三月七日の未明に、西野ひろよしさんが亡くなった。優駿エッセイ賞の選考委員をしておられた。中国文学者であり、優駿誌の古くからの寄稿家でもあった。淡々と競馬を楽しむ人だった。競馬を深く知る人であった。

ラッキールーラという馬がゴール板を楽々先頭で駆け抜けた時、あの馬はけっしてデカ馬ではない、馬体のバランスが取れている、としきりに強調していた西野さんの姿が私の記憶にある。じつは新馬のときから五〇〇キロを超す大型馬だったのだ。東京競馬場のスタンドでのことだ。秋の天皇賞の当日の、三歳の特別戦ではなかったかと思われる。翌昭和五十二年、一九七七年の春、ラッキールーラは弥生賞を五四〇キロの体重で勝った。ダービーよりは皐月賞と言われた。しかしその皐月賞では、ここよりもダービーと言われた、福永洋一騎乗のハードバージに、二着に敗れた。ところがダービーでは、一番人気になった武邦彦騎乗のハードバージの猛追撃を、九番人気に落ちたラッキールーラが鞍上伊藤正徳の気迫に応えて、ゴールで頭差抑えた。さぞかし西野さんは喜んだと思われるが、なぜだか、その姿は私の記憶にない。

つぎに西野さんの姿が私の記憶に浮ぶのは、歳月がそこから十五年ほども飛んで、馬番連勝式の馬券の導入された直後になる。馬番は嫌だ、と主張する西野さんがいる。やはり東京競馬場でのことだ。まわりがいくら馬番式の面白さを話して説得しようとしても、西野さんは聞かない。わたしはあくまでも枠で行く、と表明していた。

言われてみれば枠連の、自分の軸馬は馬群に沈んだが、同枠のもう一頭が来てくれて馬券が取れた時の、あのほろ苦い喜び。軸にした枠の、二頭が坂上から差して来て、どちらでもいいから、間に合ってくれ、と叫ぶうちに、二頭して馬群を交わして一緒にゴールに飛びこんだはいいけれど、ゾロ目は買っていなかったことに気がついた時の、自分にたいする、いっそ痛快なほどの、罵倒。今になっても懐かしい。

つぎに西野さんの姿の見えるのは、スペシャルウィークの秋の天皇賞、平成十一年のことになる。京都大賞典に惨敗して、当日のパドックでも馬体はすっかりガレて、一番人気から落ちたスペシャルウィークが、まるで向正面を行くうちに馬体が戻ったように、四コーナーを先団よりだいぶ後方から回ると、大外を長駆、馬群をまとめて交わした。しかし驚きはもうひとつ、別なところにあった。先団の馬群を坂上あたりで割って、ステイゴールドが抜け出した。馬群を引き離しかけた。ゴール前ではスペシャルウィークに交わされたが、二着を確保した。

スペシャルウィークにステイゴールドとはたやすい馬券だ、と後からは思われるだろう。しかしあの日に限っては、私のすぐまわりに、その馬券を取った人は見かけなかった。来る馬が、やっぱり来るんだ、それにしてもなあ、と呆れあうハズレ連のうしろのほうにしかし、一人円満な顔で笑う西野さんがいる。いまではもう馬券を買わずにレースを楽しむ境地に入ったような顔である。どうでしたかとたずねると、取りましたと答えて、いよいよ円満に笑う。馬券の買い方からして、円満なんだ、と私は思った。あの日、西野さんは早々に競馬場を辞去し、途中から電話で御家族を呼び出して、お鮨を御馳走したそうだ。

秋の彼岸頃、エッセイ賞の選考会の帰りに五、六人して蕎麦屋に寄り、酒を呑む。一昨年、西野さんは会を欠席した。胃を摘出したという。昨年は蕎麦屋までつきあって、酒は嘗めるだけだったが、楽しそうにしていた。

昨年暮れの有馬記念の中山に、西野さんは来ていた。私が昼の弁当を食べているのを、ひろげた予想紙のむこうから眺めて、食べられていいなあ、と笑った。レースの果てた後、七、八人連れ立って競馬場の近くの蕎麦屋へ忘年会と残念会を兼ねて出かけるのを見て、また酒が呑めたらいいなあ、と笑っていた。それが私にとって、西野さんの見納めとなった。

チューリップ賞がアドマイヤキッス、弥生賞がアドマイヤムーン、フィリーズレビューがダイワパッション、フラワーカップがキストゥヘヴン、若葉ステークスがフサイチジャンク、スプリングステークスがメイショウサムソン、毎日杯がアドマイヤメイン。春のクラシックへの前哨戦はすべて済んだ。桜花賞はどうなるか、皐月賞はどうなるか、いまこれを書いている私は知らない。知らないこと、弥生賞の二日後に亡くなった西野さんと同様である。今年は冬が厳しくて長かったので、若駒が本格化するのはこれからで、本番までにまだまだ変わると思っているが、西野さんだって、それぐらいのことは考えていたに違いない。

ふっと思うことがあった。五年先、十年先のことを話そうとして、ふいに口をつぐんでしまうのが老年というものだが、何年先のことになるやら、たとえばダービーの日のスタンドかテレビの前で、そう言えばあの男、このダービーをもう知らないんだ、と生前の私のことをちらりと思い出す人がいるかもしれない、と今からそんなことを考えると、心細いようで、あんがい、慰められる気持になる。自分一個の生涯を超えて続く楽しみを持つことは、そしてその楽しみを共にする人たちがこれからも大勢いると考えられることは、自分の生涯が先へ先へ、はるか遠くまで送られて行く、リレーされて行くようで、ありがたいことだ。

それと同時に、大レースのたびに、これが自分の見納めになるかもしれない、と眺めるのも、なかなか心に染みることだ。生きながらに、まるで自分で自分の生前を偲ぶような、懐かしさを覚えることもないではない。

（二〇〇六年五月号）

オクテの開花　二〇〇七年一月

一年のうちでＧＩレースのないのは一月と八月、年によっては七月と九月、それしかない。この時に馬券の休眠に入る人がある。春には弥生賞まで馬券を買わない人もあり、気を改めるためだという。人間もまた季節のめぐりにしたがって、できるかぎりの話ではあるけれど、芽吹き花咲くのが好ましいのかもしれない。

そうかと思うと、多くの人たちが馬券の休閑期に入る頃に、いざ勝負とばかりに、むっくりと起き出す人もいる。ＧＩの祭りのない時期のほうが、冷徹にレースを検討できるからだという。そうかもしれない。ＧＩへ向かう賑わいの中では、馬券は馬券と割り切ったつもりでも、心は騒ぐ。勝たせたい馬が出てきたりして心情に目がくらむ。しかしそういう冷徹な馬券のエキスパートの集まる冬場夏場には、競馬客の眼の水準が高くて、おいしいと思っていた馬券もあまりおいしくなくなることがしばしばなのではないか、と疑問を呈すると、いや、そこがツケ目なのだ、と答える。レースを深読みする客たちの、読み過ぎというものがあり、そこから生ずるオッズの偏り（かたよ）を衝くと、たやすい馬券に意外な配当がつくという。すれっからしの、エゲツないまでの読みをしておいて、すなおな眼に返るのだ、とまたむずかしいことを言う。汝（なんじ）

ら、幼な子のごとくにならざれば、至福の馬券は取れないぞ、と。

そう言われても、困るのだ。私などはもう何十年も競馬をやって来て、それなりの苦楽も積み、馬券の検討にゆとりも幅も出てきたつもりだが、いざ馬券を買った後で、もっともらしい思案を重ねておきながら、ずいぶん子供っぽいところに落ちた気がしてならない。実際に、幼な子のごとく、であるのだ。それなのに至福の門はひらかない。

ふたとおりの行き方があると思われる。ひとつは、自分の相馬眼や推理力にほどほどのところで見切りをつけ、馬券を買う時にはその場の勘や気分や、心情や心境にまかすのもよしとして、レースが終って自分の馬券が散った時には、人生のさまざまな難事と違って、競馬はレースごとに泣いても笑っても片がついてしまうので、まだしも楽だと思うことだ。悲歎にも競馬は陽気なところがある。馬単の逆目、一、三着、三連勝の一、二、四着、ボックスの抜け目に終った時には、はずれはしたが、自分はこんなにまで馬が見えていたのだ、と自足できればなおさらよい。考えてみれば、当たり馬券をわずかに掠めるというのも、馬が見えていなくては、できないことだ。これが続くとさすがにうんざりさせられるが——。

しかし、ツキにからかわれるのも、人生長い目で見れば悪いことではない。

もうひとつは、自分の推理検討の筋をあくまでも通す、という行き方になるだろう。はずれても後悔せず、今後の検討の材料に反省として繰り越す。当たったとしても、押さえのまた押さえというような馬券なら、経済的に助かったとありがたく思うだけで、これを喜びとはしない。自分の推理のどうしても通らぬレースは馬券を買わずに、これも今後の材料に、つぶさに見る。私のように、上位の馬たちがゴールになだれこんだとたんに、四着以下の馬たちのことを忘れてしまうようでは、駄目である。こうして観察と節制を持続させて、それで何が楽しい、とはたからは思われないでもないが、しかしそのあげくに馬券をまっすぐに的中させた喜びは何ものにもまさるのだろう。均（なら）してプラスかマイナスかなどということは、もうどうでもよい。

大欲は無欲に似ると言われるが、大欲が禁欲をもとめるということもある。ただし、そうして推理の筋を研ぎ澄ましていると、偶然という怪物の気紛れな「暴力」を前にしては、馬券だけでなく人のいとなみがすべて徒労に、つれて世の中も暗く、見えてくる時はあるにちがいない。

もうひとつの道として、馬券の買い方をできるだけ単純なものに定めてしまって、馬やレースについてよけいなことは考えず、ひとつの方法を迷わず通すというやり方があるらしい。たとえば、単勝や複勝に限定させる。連勝がおいしく見えて、自分の直感もしきりに誘っても、手を出さない。ひとつひとつのレースにはなるべく無感動にあたる。こういう人たちが一年の通算で、聞いた人が目を剝くような、好成績を残すようだ。

考えてみれば、単勝で二五〇円と言えば、二・五倍である。もしもどこかの企業の株が一日で〇・五倍でもあがったら、人は仰天することだろう。たしかに、配当は安いが、リスクはそれよりも低い、という単勝馬券は月に一度や二度はあるだろう。私などは見向きもしない。単勝が安いほどに、それをはずした馬券が来るような、確信めいたものが起こってくるから不思議である。

そんな方法で好成績を続ける人が、じつはわたし、競馬そのものには、始めて一年足らずの初心者程度の知識しかないですよ、と言った。なんで、ほかの人たちは、見えないんでしょうね、と言われた気がしたものだ。

一月二月が関東では東京開催だった頃のことである。競馬場に一緒に来ていた人が特別戦の発走の直前に、ふっと気をそらされたように、スタンドの立見席から天を仰いで、信じられないな、とつぶやいた。何が、とたずねると、こんな冬の晴れあがった日に、競馬場に来てるなんて、と言う。風は冷たくてまさに真冬だったが、空は春めいて、遠くで馬たちの輪乗りをしているあたりでは陽炎(かげろう)でも立ちそうに見えた。何を思っているのか、私にはやがてわかった。この人はつい昨年の夏、北陸から東京に越して来たばかりだった。昔、三年ばかり北陸で暮らしたことのある私にも身に覚えがある。あのあたりは冬場になれば来る日も来る日も、雨に霙(みぞれ)に霰(あられ)に雪、晴れっきりの日がなくなったものだ。この時期に晴天の競馬場に来ていることなど、いくら風は冷たくても、夢のまた夢である。

関東の名物に冬場の空(から)っ風がある。東京などはまだなまやさしいほうだが、それでも昔はきつかった。とげとげしい寒さである。肌がかさかさに乾いたような気がする。とくに競馬場の帰りが身に染みる。日はずいぶん長くなり、西の空の夕映も春めいてきているのに、風ばかりがどうしてこうも冷たいのだろう、と腹も立てたくなる。馬券を取った人はさぞや暖いことだろうが、しかし自分も、酒が呑めるだけ、まだしもしあわせだ、と酒場にたどりつくのを心あてに、とぼとぼと歩いている。

府中と中山とをくらべると、同じような寒さでも、中山の風のほうがよほどやわらかいように思われる。春の兆しがどこかに感じられる。京都、淀の冬場に私は行ったことがない。競馬中継を見るかぎり、関東よりも春の足がはやいのではないか。馬の毛艶も関東よりひと足早く春めくように見える。阪神、宝塚の冬には行ったことがある。おりからどんよりとした曇り日で、しんしんと冷えこんだが、とげとげしい風は吹かなかった。小倉の冬にも一度行ったことがあり、吹き降りに震えあがった。雨の中からときおり浮かぶ、向正面の彼方の山並みが、それだけ眺めていると、峨々たる深山の光景に見えた。最終レースを了えて競馬場を出てくると、雨はあがって青い空がのぞいていた。

冬場の競馬は、厩舎関係者がとくに気をつかうところではないかと思われる。寒さに強い馬だって、冬には筋肉や関節はこわばりがちになり、ほぐすまでに手間がかかるのだろう。地面は空気中よりも冷えこむ。馬の足もとが心配である。それに冬の地面は、粗末な履物で土の上を歩きまわっていた子供の頃の体験からすると、天候により気温により、固くなったり、粘ったりする。一日の間でも時刻につれて変わる。一日のメインレースは三時半過ぎになるが、あれは晴れた日に、日盛りにゆるんだ地面が、暮れ方へ向けてまた固くなっていく、その境目にあたる。日によって微妙である。

そんな厳冬期に急成長を見せる馬があり、復活をとげる馬がある。一月二十八日の東京の根岸ステークスではビッググラスが快勝した。単勝で五五九〇円もつけたが、坂上で馬群を割って出てゴール前で突き放したところなどは、とても穴馬の抜け駆けには見えない。展開に格別の有利があったわけでもない。同じ日、京都の牝馬ステークスでは、オークスでシーザリオと叩き合ったディアデラノビアが直線で狭い所を突き抜けると、一気に後続を置き去りにした。これがオークストライアルのフローラステークス以来、一年九カ月ぶりの勝ち鞍になるというう。一月二十一日の中山のアメリカＪＣＣでは、早くから大物と期待されながら力を出せなかったマツリダゴッホが四コーナー手前から仕掛けて、インティライミを楽にかわすと、後はもう他馬を寄せつけなかった。

春のクラシックで期待され、また賑わせもしたが、じつはオクテ、晩成の体質であった、という馬も多いにちがいない。そういうオクテを枯らさず開花まで持っていくまでには、厩舎関係者の相当の苦労があるのだろう。人間にとっても、オクテの育つのを待たない社会になりつつある。大半はオクテのはずなのに、オクテの生きにくい世の中は、これは大きな間違いである。

それにしても、厩舎の苦労の甲斐があって復活や急成長をなしとげた馬を、そのタイミングでずばり的中させた人は、「しあわせびと」である。

（二〇〇七年三月号）

疲労の先にある高揚感　二〇〇七年四月

花の散る頃から寒気が押し出して、これがなかなかおさまらず、皐月賞の後から、すっかり冬に戻ってしまった日もあった。街に春の装いをして出て来てふるえている女性たちの姿も見うけられた。風邪をひきこんだ人も多いようだった。冬が暖くて春が冷えると、とかく病がはやるとは、昔から言い伝えられるところだ。冬の暖かさにゆるんだ身体に、春の冷気が染みとおるということらしい。この寒さがこれからいつまで残ることやら。五月に入っても居すわるようだと、オークスやダービーへ向けて、馬たちの体調に影響が出てくるかもしれない。

桜花賞の日に、阪神競馬場の花は七分咲きと聞いて、テレビ中継を見ていた東京あたりの人は驚いたことだろう。東京では花の盛りはその一週間前で、桜花賞の頃にはもう七分方散っていた。今年の季節の移りは土地によってずいぶん違うようだ。

その桜花賞は、トライアルのチューリップ賞そのまま、一着はウオッカの、二着はダイワスカーレット、とあらかたの人がそう思っていたはずだ。実際に、直線に入って先頭をうかがいながら脚を溜めて待ったダイワスカーレットの背後に、ウオッカが迫った時には、チューリップ賞の再現に見えた。ところが、ウオッカが並びかけて交わす図になったところから、チューリップ賞と逆になった。ウオッカが内によれて、ダイワスカーレットが突き放した。三着以下に差がついたのはトライアルと同じだった。

同じような流れを踏みながら、この逆転はどうしたことか、と馬券を取った人も取らなかった人も後で首をひねる。三コーナーの手前でアストンマーチャンが掛かるようなペースではあった。つれて上がったダイワスカーレットを見て、ウオッカも早目に追い出した。あの仕掛けが早過ぎたとは私には思えない。しかし末脚の切れる馬の追い出しのタイミングには微妙なところがあるので、と言う人もあった。

並びかけようとしてよれたところでは、目に見えない疲れがウオッカにあったのだ、と見る人が多かったようだ。年末から力走続きだった。それに、花こそ咲いたが、春うららという陽気でもなかった。後方一気の疲れがほぐれずに残ったのかもしれない。

ダイワスカーレットの突き放しの間合いが、トライアルの時よりも、絶妙だったのではないか、と言う人もある。ひきつけておいていきなり追い出したので、その勢いに押されてウオッカがよれたか、あるいは背後から迫るウオッカの脚に乱れの出たのを聞き取ったとたんに突き放しにかかったか、というような間合いだった。

目に見えぬ疲れが馬にあったとは、よく言われるところだが、そんな疲れほど、馬を世話する人たちにとって厄介なものはないのだろう。前走にひきつづいて好調で、稽古もよくこなし、追い切りも軽快だった。パドックでは光り輝いていた。ところがレースの勝負所で、意外な遅れを取る。前走と同じ手答えから、同じタイミングで追い出したのに、馬が動かなかった、と鞍上も首をかしげる。

じつは人間の心身の疲れにも同じようなことがある。本人が自分の疲労に気がつかずにいる。疲労が或る境を超えると、本人は過労に苦しまなくなるばかりか、逆に高揚感に入る。これは危険な兆候である。もっとも不幸な場合には、突然死の因ともなる。しかし人生の好機や難儀に際して、人は過労をひとつ超えた境の興奮から、莫迦力をふるって、これに当たるという事情もあるので、その兼ねあいがむずかしい。生涯の重大事はすべて、本人は知らず、おのずと命がけなのかもしれない。事後の手当てが肝腎である。

しかしまた、心労や無理の続いた時期があり、本人はそのことを承知して、むずかしい事情のどうにか過ぎた後で、よくよく休息して、疲れを取ったつもりが、じつは疲れがほぐれきらず、身体の底に痼（しこ）っていることがある。これも本人にはなかなかわからないもののようだ。その間、やることなすことが、ひとつ足りない。ひとつはずれる。不注意の間違いが続く。年のせいだ、と本人は思ったりする。自分はこれまで気を張ってきたけれど、もともと駄目な人間なのだ、と思いこんだりもする。ところが一年ほどもして、ある日、物の見え方が違ってきて、長い間自分は本当の調子になかったのだと気がつく。

人はじつに、自分が馬であり、自分が自分の調教師であり厩務員であり、そして騎手でもある。自分の心身のほんとうの状態ほど、当人にとって知りにくいものはない。「馬体」は絶好調のはずなのに、いざ勝負所で、押しても叩いても動かないことがある。道中折り合って、直線の追い出しも間違いはなかったのに、ゴールでかならず、測ったようにわずかに差されるなくなる。

とか、届かないとか、そんなことが続く。そのうちに掲示板どころか、一ケタの着順にも入ら

自分の調子の良し悪しこそ見分けにくい。周囲を見まわして、視野が明るいか暗いかで、自身の欝状態の度合いがわかる、と言う人があるけれど、長いこと不調が続いていると、視野の明るいということがどんなことか、それも忘れているので、くらべようがなくて困る。

まだ枠連時代のこと、馬群がゴールを駆け抜けると、四・四を買えば二・二と来る、と暗い声でつぶやいてターフに背を向けた人がいた。じつは四枠両頭の、坂上からの抜け出しだった。しかしそのことをいくら言っても、その人は首を横に振るばかりで聞かない。ブルーには憂欝という意味もあるので、青が黒へ通じるということはわからないでもないが、しかし馬群からおどり出て、明るい初夏の陽ざしに爽やかに輝いた二つの青いヘルメットが、その人の目には、真っ黒に見えたらしい。

馬券を破ろうとするので、掲示板のほうへ顔を向けさせると、その人はしばらく呆然自失の態で着順表示を眺めていたが、やがてその目を向正面の彼方へやり、ひさしぶりに遠くを見る気がする、とつぶやいた。

遠景へ目が行くのは、良い兆候である。

これは、どういうつもりだ、と四月十五日は皐月賞の、馬群が三コーナーを過ぎたところで、スタンドからつぶやく声があった。ひきはなし気味に逃げるヴィクトリーとサンツェッペ

リンに導かれてするすると流れてきたレースがいよいよ勝負所にかかり、さて後方にどんな動きが出るか、と身を乗り出したそのとたんに、間合いをはずされたような、気の抜けたつぶやきだった。後方は動かず、流れに変化が見えないのだ。先行の両頭がそのまま四コーナーまで来て突き放しにかかると、後方の馬群に混乱が生じたようだった。後方さらに動かず、坂上にかかるあたりでは、すでに両頭の、行った行ったの、決着が見えた。そこへ遅れて、最内枠からいつのまにか外へ持ち出したフサイチホウオーが、しかも内へよれながら追いこんで来て、ゴール前ではさすがの脚で迫ったが、写真判定の結果、ほんのわずか足らず、ハナとハナの三着になった。四着が中を割ってアドマイヤオーラ。

フサイチホウオーが一枠一番を抽いたことが、言ってみれば、レースの始まりだった。あのような展開になったところでは、各馬の鞍上はホウオーを一番の強敵と見ていたように思われる。道中、馬群の好位につけていた馬たちが三コーナーを過ぎても、逃げる馬を追って動かなかったので、ホウオーの前がふさがったままになり、四コーナーから急ハンドルを切ることになった。あれだけの末脚があるのだから内目をまっすぐ割っても抜けられたのに、と惜しむ声もあった。行き脚がついてから内によれさえしなければ、逃げる馬たちをしっかり捉えていたことだろう。あるいは、坂上あたりまで両側に馬がいたほうが、具合いのよい馬なのかもしれない。アドマイヤオーラはホウオーをマークして来て、四コーナー過ぎで、いきなりホウオーの姿が視野から消えて、目標を失ったのではないか。

さて、皐月賞馬となったヴィクトリー、鞍上はクラシック初星の田中勝春、なんだかバランスオブゲームのGⅡ勝ちを見たような気がすると苦笑していた人もあるが、スローペースにはめたわけでもなく、後方との問答無用の平均ペースで通して、四コーナーもサクラプレジデントの時と違って歯切れよくまわり、ゴール前でも騒がず乱れず、微差ながら押さえこんだ。ヴィクトリーの父はブライアンズタイム、五年前の皐月賞でもブライアンズタイムの子ノーリーズンが、理由無用の、レコード勝ち、タニノギムレットを三着に押さえこんでいる。母の父はトニービン、ダービーに勝っても不思議はない。

サンツェッペリンの鞍上は松岡正海、ヴィクトリーを追って虚心精妙の騎乗、若手にもクラシックの、とにかく銀がめぐって来た。わずかハナ差である。

四月二十二日の東京のフローラステークスの日曜日は、フローラと呼ぶにふさわしくない陽気だったが、ターフには立派な花が咲いた。ベッラレイアである。一枠二番を抽いたので早目に中団に付こうとしたが、すぐに外から馬たちが殺到して、後方の内に押しこめられた。その上、イクスキューズが先頭に立って絶妙なペースに持ちこんだので、馬群が縛られてほぐれない。四コーナーでも包まれたままだった。直線坂でもしばらく前があかない。ところがやっと大外へ出すと、一完歩ごとに、大きくなる。一完歩ごとに、花がひらく。

（二〇〇七年六月号）

蹌踉(よろ)めく馬たち　二〇〇九年五月

この五月は連休の後半から天気が崩れがちだった。折しも新型インフルエンザの世界的大流行の脅威が伝えられ、四月の末には世界保健機関から最高段階に次ぐ大警告が発せられ、五月の中旬には日本でも感染者が発見されて、一時はパニックを呼びかねない雰囲気になったが、下旬にはもう終息と言われ、あれは、一体、何だったのか、といまになり首をかしげる人も多い。考えてみれば年々歳々、このたびの「新型」とはくらべものにならぬほど大量のインフルエンザの感染者と、そしてすくなからぬ死者を出しているわけだ。こちらのほうが、大流行の素地を思わせて、おそろしい。

今年はもしかするとインフルエンザ大流行のためにオークスもダービーも中止されることになりはしないか、と心配した人もいただろう。しかし三歳馬にとって生涯一度の機会が逸せられてはならないので、閉鎖された競馬場の、観客のいないスタンド前で、関係者は騎手を除いてすべてマスクを着用の上、大レースが敢行される、とそんな奇っ怪な光景を思い浮かべた人もあるか。その場合は場外投票所も閉められて、馬券は電話投票だけになるわけだ。

五月十日のＮＨＫマイルカップの日は、日本で初めてインフルエンザの感染者の出たことが伝えられた直後だったが、すでに水際作戦と称して、空港やら医療施設やらの検疫が緊迫の様相を帯びていたので、東京競馬場へ出かけるにあたって、一瞬ばかり迷った人もあるだろうか。いや、そんなこともなかったのだろう。東京のターフがどんな状態だか、オークスやダービーのためにもこの目で見ておかなくてはならぬことだし、それに、今日のNHKマイルカップには思うところがある、と胸を張って出かけたに違いない。しかし勝ったのがジョーカプチーノとは、たいてい思いのほかのことだったろう。

道中、逃げた馬の二番手で来て直線坂で先頭に立ち、さてこれから前後がらりと入れかわるぞと見ていた観客の前で、そのまままっしぐら、二馬身の差をつけてゴールへ駆けこんだ。まことにすっきりとした勝ち方だった。時計も一分三二秒四、文句のつけようもない。鞍上は藤岡康太、デビュー三年目、弱冠二十歳。レース運びものびやかならば、勝利騎手インタビューの時にも、初GI勝利の感激にうちふるえるでもなく、じつにあっさりしたものだった。この藤岡康太と言い、この前の天皇賞の松岡正海と言い、レースぶりを振り返れば、どうも先輩騎手たちを恐れなくなっているようだ。世代交代がいよいよ近づいたか。

五月十七日のヴィクトリアマイルの日は、ときどき走る細い雨とともに、強い風が吹いた。私の家のまわりでは南西から吹くように見えたが、東京競馬場では直線が向かい風になるとテレビは伝えた。ウオッカの出場とあって客が集まったようだ。期待と不安と、あいなかばだったのだろう。やって見れば、何のことはない。圧勝だった。スタート絶好から、さげて折り合い、直線の内に入って脚に余裕が見えて、追い出すとみるみる七馬身ひき離した。抜けて出したついでに七馬身、という感じだった。時計は一分三二秒四、秀逸である。しかし先週のNHKマイルカップも一分三二秒四。レースの上がり時計はウオッカが三三秒八、ジョーカプチーノが三五秒二。この辺の機微もおもしろい。

五月二十四日はオークス、すでにスーパーホースかと言われる、ブエナビスタの登場である。この日は朝のうち雨、午後から雨があがって陽ざしも洩れたが晴れきらず、曇りに落ち着いた。ブエナビスタは八キロ減。腹はあがっている。この時期の三歳馬としても若くて細い。しかし後肢の弾力は抜群に見えた。

ワイドサファイアが放馬して除外となった。この馬と一番人気がらみの馬券が払い戻しとなり、売り上げの減少につながったらしい。ブエナビスタの単勝は一・四倍だった。

四枠七番からスタートして、ブエナビスタはやはり後方に控えた。向正面では後方から二番手、三コーナーにかかっても変わらない。ま、あれでいいだろうな、と人は見ている。

四コーナーにかかって大外をまくってくるブエナビスタの姿が見えた。まだ後方だが、やっぱりな、と人は思う。大外と言っても、馬群が内へ寄ったので、比較的、小さく回れている。ところが直線に向いて、鞍上はコースを内目に取ろうとして、外からよれてきた二頭に前をふさがれ、外へ持ち出しなおした。一、二瞬のロスがあった。

そこから先のブエナビスタの末脚の切れ味は、現場で見ていた者でないと、もうひとつわからないのかもしれない。坂上でも、内から抜けたレッドディザイアとの差はまだだいぶあった。絶望的な距離だった。あわや、と観戦の記なら書くところだが、観客の間から悲鳴らしきもののあがらなかった。どうやら、ブエナビスタの迫る勢いに客は吸いこまれていたようだ。どうでも差すというような末脚だった。二頭並んでゴールに入った瞬間、かわった、という声が観客の間を走った。

すぐに携帯を取った青年があり、凄いものを見た、あとでゆっくり話す、と友だちに報告する、その声がふるえていた。猛烈な迫力に目の前を駆け抜けられたというよりも、銘刀の一閃に身をそぎ抜かれたような印象を、見る者も受けた。

レースの上がり時計が三四秒八、レッドディザイアで三四秒二、これを最後方に近いところから差し切ったわけだ。しかも、この日はどのレースも坂上を内から抜けた馬たちで決まっている。前週のヴィクトリアマイルも五着まで、内をついた馬たちが占めた。ＮＨＫマイルカップのジョーカプチーノも二枠三番だった。ブエナビスタの安藤勝己自身がオークスの日の条件戦で二度まで、内をついて勝っている。それが直線の入口で一瞬の迷いとなって出たか。

オークスの後は夜からまた雨になり、雷まで鳴った。月曜火曜は晴れたが、水曜の暮れ方から天気が崩れて、木曜日は雨、夜には大降りになり、未明にも止まず、金曜の夕刻まで雨は残った。土曜日も雨もよいの曇りで、東京競馬場の芝は不良から始まってやがて重。レースを見ると先週よりはだいぶ外目の馬が来てはいたが、大外強襲はまだ決まらない。中京競馬場は晴れで、馬たちの影がくっきりとターフに落ちて、金鯱賞では一番人気のサクラメガワンダーが快勝した。東京の明日はどうか。

皐月賞の後で、ダービーもこの一、二、三着の三頭で決まるよ、と言っていた人もあれば、皐月賞はどうも、生煮(なまに)えの料理を喰わされたような気がしてな、とぼやいた人もある。一、二番人気の馬がともに二桁着順に終ったので、困惑はダービーまで持ち越された。

一夜明けて、ダービーの日曜日は晴天、というわけにはいかなかった。これからまた雨が来そうな、やがて晴れそうな、曖昧な空模様で、午前中の出かけに折畳の傘とサングラスと、両方を用意した。競馬場に着いた頃には、直線外からの追い込みがぼちぼち決まるという馬場だった。ところが七レースの頃から雨が降り出し、たちまち大雨となった。競馬場全体が雨霧につつまれ、何万もの観客が館内に逃げこみ、ターフ周辺は人影がちらほらとしか見えなくなった。

アサデンコウのダービーを思い出すな、と年寄りたちは言う。四十二年も昔のことだ。しかし雷こそ鳴らないが、雨脚はレースが進んでもゆるまない。二時間近くも降りつづいただろうか。ダービー直前になり雨間が入ったのは観客にとって幸いだったが、未曾有の様相のダービーを見ることになった。

ＮＨＫマイルカップ馬のジョーカプチーノが思い切って逃げる。差がひらいて、リーチザクラウンが二番手につける。すこしまた差があって、ロジユニヴァースが三番手の内につける。ともに良い位置である。そのままケヤキを過ぎて、四コーナーの山場にかかれば、観客は道悪のことを忘れるものだ。

ジョーカプチーノが停まる。リーチザクラウンが先頭に立つ。その内のわずかな隙間を衝いてロジユニヴァースが抜ける。観客の眼は一番人気のアンライバルドの姿を求めて外へ振られる。そこに見えたのは惨憺たる光景だった。アンライバルドばかりでなく、後続の馬たちがすべてよれよれ、蹌踉(そうろう)という言葉を想わせた。

ロジユニヴァースのそのまま四馬身差の勝ち、二着はリーチザクラウンがアントニオバローズの追撃を頭差抑えた。勝った馬も二着の馬も坂の上では後肢(とも)を落として尻尾を振り、先行馬が馬群に呑みこまれる寸前の姿をしていたが、後方の馬たちは走るのが精一杯のくたびれ方だった。二分三三秒七、上がりが三九秒七。アサデンコウの時ですら二分三〇秒九だった。まさに泥んこ、田植えダービーだった。

それにしても横山典弘の初ダービー制覇、思い出せば今から六年前のやはり道悪のダービーでゼンノロブロイにまたがり、果敢に先行させてペースは絶妙、四コーナーを回って脚いろからして勝利は目前と見えたところを、あいた内をデムーロ騎乗のネオユニヴァースに衝かれて一気に交わされ、追い込んだがわずかに届かなかった。今回はそのネオユニヴァースの仔にまたがって、超不良馬場を三番手で内ぴったり、四コーナーを回って内を締められるその寸前に突き抜け、まっすぐにゴールへ駆けこんだ。

（二〇〇九年七月号）

馬も人も女上位　二〇二〇年十二月

年の瀬に風もなく、空は静かに曇り、ときおり雲の薄れたところから冬の日が射すともなく、淡く降りる、そんな日がある。ほとんど目にもつかぬその日差しにこたえて、落ち残った紅葉がやわらかに照る。

今年の落葉樹は長かった夏の猛暑のせいか、彼岸過ぎの異常な冷えこみのせいだか、葉の枯れるのが早くて、すっかり焼ける前に落ちたように思われたが、晩秋に深く入って日和(ひより)が定まるにつれて、落ち残った葉の、紅葉黄葉のあざやかさが冬枯れの中から目に染みるようになった。

冬の日に照らされて散る葉には、風にうながされるのもあれば、風の合間(あいま)の静まりに、どういうものか、一斉にはらはらと落ちるのもある。燃え盛った紅葉に、わずかな風が吹きつけても、葉が騒ぎ立って、紅の嵐のように見えることもある。

今年の冬至は十二月二十二日、東京あたりでは穏やかな一日だった。日没もまた穏やかで、沈みかかる西日を浴びて、枯木の桜の、樹皮が紫を帯びた色に艶かに照り、ほかの枯木に残った黄葉が光を淡く透かせる。日が沈むにつれて、薄赤い光が枝をつたって上がっていく。一陽来復の光景である。

しかし、私もまた北陸の金沢の街に暮らしたことのある者である。あの土地では時雨に紅葉の飛ぶ頃から、冬の間、まる一日の晴天など、めったに恵まれない。低い曇天から氷雨が叩き、ときおりその雨がやんで雲間が切れて日が射したかと思うと、たちまち曇って、パラパラと霰が路上にはじける。一日降った日の暮れ方に、西の空に細長い夕映えがかかり、西方浄土を思わせるが、夜に入ればいっそう雨が降りしきる。やがて雷が鳴り、霰が小路に沿って家並みの軒を騒がせる。雪が降り出す。

そんな冬至のもとで土曜日曜に、競馬の中継を見る人の気持はどんなものだろう。馴れたこととは言いながら、実況のスイッチを入れるたびに、陽の降りそそぐ小春日和のような競馬場に、あれは何だ、と目を剝きはしないか。ことに近年、洋芝を上播きするので、冬場にも青々としたターフが、何かの間違いのように目に映るのではないか。そしてひとしきりレースにひきこまれて、すべてが済んで、テレビを切った時、あたりを見まわして、溜息のひとつも出るのだろう。

十二月五日阪神のジャパンカップダートは、さびしいイヴェントになった。国際レースとは言いながら外国馬が一頭も参戦しない。ダート王のエスポワールシチーも避けた。それに先週のジャパンカップの判定の、気抜けも客にあったのだろう。

一番人気のトランセンドが逃げた。二番手がすぐ後につけた。一番人気で逃げて、後につけられる。苦しいところだ。しかし見ていると、そう苦しそうでもない。尻をつつかれるのと、後続をひっぱるのと、逃げ馬にとって、大いに違う。差をあけずにひっぱっていたと思われる。馬の成長もさることながら、鞍上の腕前のようだ。直線で外から追いこんできたグロリアスノアを抑えこんでゴールインした時、藤田伸二の腕が高くあがった。よほど会心の騎乗だったのだろう。

年の瀬はもう来春のクラシックの始まりか。十二月十二日は阪神ジュベナイルフィリーズ、前走のデイリー杯二歳ステークスで男馬たちに楽勝したレーヴディソールの力を確かめるレースとなった。ここも楽勝かと予想していると、はたして、向正面で中団に折り合ったその脚は揺るぎもないように見えた。三コーナーから楽にあがって、四コーナーもゆとりをもってまわり、直線に入って追い出すと、脚いろがほかの馬たちを圧している。なるほど大物だ。今年もまた女傑の登場である。しばらくは女上位の年が続くか。人間の世界もそのようだが。

それにひきかえ男馬のほう、十二月十九日の中山の朝日杯フューチュリティステークスはどうも、これと中心らしい馬が見あたらない。往年は翌春のダービー馬を輩出したこのレースも近年、クラシックを狙うような有力馬たちから回避されがちのようだ。昔とターフの質が違うせいだか、新馬の調教法が改まったせいだか、競馬そのものが変わったせいだか、知らない。これはもうマイラーの登竜門になったかと思えば、後に長い距離で活躍する馬も出すので、見きわめがつかない。

グランプリボス、往年の名スプリンターのサクラバクシンオーの仔が勝った。前走は京王杯二歳ステークスの勝ち馬だが、向正面で中団の内につけてひたりと折り合っているところを、目にとめた客もすくなかったのではないか。それが三コーナーも内へ入り、馬群の中に呑まれたかと思ったら、直線のなかば急ハンドル、一気に外目に持ち出すとまっしぐら、抜けた脚いろでゴールへ飛び込んだところが、また長い審議となった。リプレイを見る客の目には、たしかに斜行はしているが、勢いも違って、走路妨害のようにも見えなかったが、いつまでも判定が出ない。十五分もして、これは勝ち馬の降着か、としらける頃になり、着順変更なしと出た。

快勝したサクラバクシンオーの仔はこれからどの距離へ向かうのだろう。皐月賞か、ＮＨＫマイルカップか。

年の瀬もあと一週間の十二月二十五日、翌春のクラシックで良い思いをしたいのなら、明日の有馬記念は見なくても、今日のラジオＮＩＫＫＥＩ杯を見ろと言われるが、それほど競馬に関心のある者なら、両方見るに決まっている。直線の混戦から大外強襲、四番人気のダノンバラード、ディープインパクトの仔が勝ち名乗りをあげた。

今年も暖い年の瀬かと思ったら、押しつまるにつれてさすがに冷えてきた。二十五日の未明には都内で二度二分までさがったという。北国には大雪の荒天が予報された。私の近所の馬事公苑の内に雑木林があり、櫟(くぬぎ)や楢(なら)はほかの落葉樹より遅くまで枯葉を枝に残すもので、有馬記念の頃にもまだ黄や茶に照っている年もあるが、今年はすっかり裸になった。枯木も賑わいと言われるが、葉を落とした老木の姿も寒天のもとで美しいものだ。

さて競馬の年の納めの有馬記念、七十の境も越えた年寄が今年もまずまずの息災、西は世田谷のはずれから下総中山まで、まだ杖はついていないが、だいぶ弱くなった脚を運ぶことになった。ありがたいことだ。朝方は冷えこんだが、さいわい快晴、電車で渡る荒川が河口まで光に溢れていた。毎年、この日にここを渡るたびに、何はともあれ、ここまで来られて、よかったと思う。ほんとうは、家で陽向ボッコでもしていたほうが、年相応なのだろうけれど。

西船橋の駅で降りて、法典のほうへは向かわず、競馬場行のバス停の列につき、一台遅らせて坐っていく。長年馴れた道である。競馬場の前に着くと場内を避けて、ターフの直線と平行になるらしいゆるい上り道を北の門まで歩く。込んだ場内を年寄りがゆるゆると行けば人の邪魔になりそうな遠慮もあるが、直線で苦しむ馬の心にちっとはなってみろ、という気持もないではない。長年にわたり、あれこれのレース、あれこれの馬の思い出はあるが、尻のほうで喘いだ馬たちの記憶はめったに残らないから、薄情なものだ。

晴天のもと、空気も時刻を追ってやわらかになり、競馬場にだいぶ人が集まった。年末の街に出て浮かれるよりも、競馬場に来て半日、楽しく「翻弄」されたほうが、よっぽど気がきいている、と思うのは競馬好きの勝手か。

ジャパンカップで圧勝しながら降着の憂き目を見たブエナビスタへの同情も人を集めたようだ。一・七倍の抜けた人気になった。続いてヴィクトワールピサ。

ゲートが開いて、ペルーサがまたしても、いや、今日は出遅れなかったので、観客はしばしざわめいた。しかしたちまち四番手あたりまで上がってしまったので、ペルーサがらみの馬券を握っていた人は、かえって、戸惑ったのではないか。

トーセンジョーダンが先頭に立って、馬群は淡々と行く。ブエナビスタは中団のうしろ目の内につけた。向正面の奥深く入って馬群のペースが落ちたように見えた。その時、好位につけていたヴィクトワールピサが押して二番手にあがった。ブエナビスタは中団を守っていた。ここがすこし慎重に過ぎたか。

四コーナーをひきつづきトーセンジョーダンが先頭でまわり、ヴィクトワールピサがそのすぐ外を、ノーマークで楽にまわり、先頭に立った。ブエナビスタがなにかまた用心深い脚で馬群をまくって直線に入った時には、先頭との差は八馬身ほどもあったのではないか。

その差がじりじりと詰まって、粘るヴィクトワールピサをブエナビスタがどうにか捉えたかに見えたところでゴールになったが、やや長い写真判定の末に、届いていないと出た。その差二センチ、と競馬のこととしてはどうも非現実に思われる数字が後に伝えられた。ヴィクトワールピサの上がりが三四秒六、ブエナビスタが三三秒八。三着がトゥザグローリー、四着がペルーサ、五着が逃げたトーセンジョーダン、とすべて先行組。四頭ともに上がり三四秒台。中山のスローペース前残りの競馬となった。ジャパンカップの後遺症がスミヨンにやはりあったようだ。

小倉の最終も果てて暗くなった戸外の、西の空にくっきりと赤い夕映えが残った。


（二〇一一年二月号）

さまざまな難関　二〇一一年三月

競馬も春に、と先号は題したが、その春はまだ来ていない。それどころか、競馬も春も遠くなってしまった気がする。

三月五日の土曜日の阪神はチューリップ賞、三歳の一番馬と見られているレーヴディソールが爽快に駆けて圧勝、まさに春の訪れだった。続いて六日の中山の弥生賞でも一番人気のサダムパテックが直線で馬群をあざやかに抜け出したが、こちらは時計がかかり、牡馬の若駒のほうは春の到来がいくらか遅れているように思われた。それでも来週はフィリーズレビュー、その次の週にはフラワーカップとスプリングステークスだと思えば、天候はなんだかかえって冷えこんできたが、春のクラシックへ向けて心はせかされた。

それが三月十一日の金曜日を境にして、その心も吹き飛んでしまった。世の人心が一変したと言えるほどのものだ。その日、東京では午前中は晴れたが午後から雲が押し出し、気味の悪いような黒雲の湧くのも見えて、いやな天気だと思っていると、二時の四十分頃に、地震が来た。だいぶの揺れだけれど横揺れなので大事にはなるまい、と様子をうかがううちにも揺れは大きくなり、これはと身がまえる境もあったが、それ以上には烈しくならないかわりに、いつまでもゆさゆさと揺れていた。

揺れのおさまったところでテレビに飛びつくと、東北の三陸沖の大地震と伝えられた。東北の長い海岸線に沿って、大津波の警報が出されている。関東の東海岸もふくまれている。どうなることかと見まもっていたが、テレビに映る海は静かなようで、海岸の道路には車が走り、埠頭には人の歩く姿も見えるので、大波の寄せるのはまだまだ先のことなのだろうと思ってテレビの前を立って、棚から落ちた物を拾ってまわり、仕事にもどって半時間もしてからまたテレビの前に坐った時には、何が起こったのかしばらくわからなかったが、ひとしきり大津波の寄せた後だった。それ以来、各地を襲った津波の惨景を幾度も映像として見せつけられたが、そのたびに身ぶるいしながら、実際に起こった事に、その現実に、じつは目も頭もついて行けない。死者と行方不明者の数が何百人から何千人になり、阪神淡路大震災の犠牲者の数も超えて、何万人もの数をさらに刻みつつある。

青森から岩手、宮城、福島にかけて、あれだけの広域にわたり、あれだけ徹底的な破壊を蒙（こうむ）ったのは、六十六年昔の、敗戦の年の空襲の難以来のことのはずだ。東北の東部にかぎれば、空襲の被害をはるかに超えるだろう。敗戦の年には広島と長崎に原子爆弾を落とされたが、この大震災では福島の原子力発電所がマグニチュード九・〇の力に揺すられた上に、十メートルとか言われる津波をかぶった。その翌日には水素爆発を起こした。以来、原子炉の危機が日々に、それどころか、ほとんど時々刻々に伝えられた。安全であるようなないような、腰の引けた当局の発表がかえって人の危機感をあおる。大多数は考えて受けたようだが、もろに反応して人かまわぬ買い置きに走る者あり、東京から脱出する者もあると聞く。さるほどに、計画停電が始まった。

大地震と大津波もさることながら、電力のことでは以前から、われわれは大停電の危機をふくんだ危ない瀬を渡ってきた。無数の犠牲者を前にして、まずおそれの心を取りもどすべきなのだろう。

中山の開催は中止されて、競馬は阪神と小倉だけになった。関東ではこんな時に大勢の人間を集めることは控えなくてはならない。不時の停電や交通の途絶があり得る。遠慮の心が先立つ。それに関東の競走馬たちの住まいは美浦(みほ)、美浦は茨城県、外海からこそ隔たるが、霞ヶ浦のほとりにある。霞ヶ浦は下(しも)のほうで利根川に通じている。十一日には浦の水位があがったかどうか聞いていないが、とにかく烈しく揺すられたはずだ。厩舎の被害はどんなものなのだろう。かなりの余震も続いているようだ。もともと神経の繊細な馬たちは飼い食いが細くなってはいないか。馬たちを養うのに必要な物の搬入も困難をきわめていることだろう。

三月二十日の阪神大賞典はスケジュールどおりのことなのだが、十一日以降、競馬の暦が途切れてしまった気がして、天皇賞へのつながりも忘れそうになる。十四日には原発が水素爆発を起こす。自衛隊のヘリコプターが上空から水を注ぐ。消防庁の救援隊の放水車が水を噴きつける、その緊急の光景をくりかえし伝えるテレビの画面に、競馬などという長閑(のどか)なものが映るものだろうか、とまで思いながら競馬中継にスイッチを入れるのは、やはり長年の愛着のせいか。

画面がなにか遠く見える。馬群が向正面に深く入っても、展開がろくにつかめず、まさかレース中に大地震が起こるとも思っているわけでないのに、はらはらとして見ている。先頭からやや離れてナムラクレセント、そこからまたやや離れてコスモメドウ、この二頭の脚が目につき、後続は全体として置かれ気味に見える。そのまま四コーナーをまわり、やはりこの二頭がこの順ですんなりとゴールに入った。曲もないレースのようにも思われたが、ほっとした。津波の押し寄せる映像を幾度も見た目は、まだ切迫感にたえられないようだ。今年は小倉でおこなわれた中京記念でも、直線の外からナリタクリスタルがすっきり差してくれた。

彼岸を過ぎる頃から東京でも、花粉はしきりに飛びながら、冬がもどってしまった。未明には零度近くまで冷えこむ。被災地はまして、雪の降るところもあった。見渡すかぎり瓦礫の山の続く浜に雪の降る光景は凄惨なものがある。私の住まうあたりでも、夜更けに走る雲が月をつつんで不気味に蒼く光ることがある。雨もよいの日に地平のほうからまっすぐに、狼煙(のろし)のような雲の立つことがある。十一日の夜に吹いたような突風がしきりに寄せる夜もある。そのつど、また異変のしるしか、とつい思う。原発は果敢な人たちのはたらきによって加熱をどうにかおさめ、電源も入って、回復の手がかりにまでは漕ぎつけたが、危機がおさまるまでにはまださまざまな難関を越えなくてはならないらしい。

二十三日には東京の上水を広くまかなう金町浄水場から放射性物質が検出され、一歳未満の乳児には水道水を控えるようにとの達しがあり、人はおおむね騒がず受け止めたようだが、その日から私の近辺では人通りがめっきり減った。乳児のほかは人体の影響のあるほどの量ではなく、しかもいっとき上流から流れ込んだものだ、と報道でも説明されたが、「大見出し」のほうに反応して、空からも降っているように思いこんだ人もすくなくないようだ。

予断をゆるさない、と原発について当局は言う。予断ゆるさぬとは、かなり差し迫った危機を遠まわしに伝える言い方である。遠まわしだけに、人の不安をいたずらに掻き立てる。

三月二十六日土曜日、二十日の中山でおこなわれるはずのスプリングステークスがこの日の阪神へ移されたということを、直前まで知らずにいた。今年はとりやめになったとばかり思っていたらしい。そうと知って中継のスイッチを入れた時には、もう発走の間際だった。表の天気はようやく春らしく晴れていたが、北の風が吹きつけていた。福島の原発はまた新しい困難に行きあたっているようだった。

馬が走り出した。朝刊の一般紙のごく簡単な出馬表しか手もとになく、しかもいましがた目を通したばかりなので、何が何だかわからない。さすがに皐月賞の、すぐの前哨戦だけに、きびしいレースになるようだ、などと思うだけで、やはりレースに置かれがちになった。四コーナーをまわって、馬群はひとかたまり、どの馬にも勝機はありそうで、競りあいに入った。どの馬が抜けるか、一瞬で感じ取れる、そんな境目はあるものだ。ところがその境へ馬群がかかった時、目がちらついた。切迫感にたじろいだようだ。やはり押し寄せる津波の惨景を映像にしろ見せつけられたその後遺症か。目を瞠（みは）りなおした時には、外から伸びるオルフェーヴルの脚がまさっていた。ひきはなすかと思うと、それより内から来たベルシャザールがゴール前でも伸びて、一馬身足らずまで迫った。

十九日におこなわれるはずのフラワーカップもこの後に組まれているということを、その頃になって知った。発走が四時三十五分なので、だいぶ待たされた。こちらはトレンドハンターが快勝した。芝は初戦だという。

翌日曜日はようやく高松宮記念、今年は中京の改修中で阪神でおこなわれる。これも変則である。今日も晴れた。この辺でそろそろ、私の内の競馬暦の狂いも修復しなくてはならないとは思うのだが。

人気はジョーカプチーノ、ダッシャーゴーゴー、キンシャサノキセキの順になった。見た目にもこの三頭が抜けていた。向正面ではダッシャーゴーゴー、キンシャサノキセキ、ジョーカプチーノの順になり、いずれも絶好の位置だったが、三コーナーの手前でカプチーノに不利があり、これが決定的になった。直線でダッシャーゴーゴーが引き離しかけたが、キンシャサノキセキが迫って、粘るのを競り落とし、間にサンカルロとアーバニティが割りこんだ。

キンシャサノキセキは美浦の住人である。

（二〇一一年五月号）

競馬暦の復旧　二〇一一年四月

それでも春が来れば花は咲く。おなじような感慨で古人たちも、天変地異や飢饉や疫病によって大勢の犠牲者を出した後からめぐってきた春に、いつのまにか咲き盛る桜の花を見あげたにちがいない。美しさが目に染みて、いっそかなしいという心か。

大震災の頃から冷えこんだ天気が、四月に入ってもほぐれない。余震は続く。原発はおさまらない。これでは今年は桜も咲かないのではないかとそんな気分でいるうちに、ちらほらと咲き出し、たちまち三分が五分になり、五分が七分になり、満開になった。気がついて見ればほかの落葉樹の芽吹きも急だった。それでも桜の満開は例年より一週ほど遅れたか。しかし満開の後の、落花から葉桜までが、日を追って速かった。花がすっかり散って四月の下旬に入っても、寒さは続く。余震も絶えない。原発の状態がほんとうのところ、どうなっているのか、はっきりともしない。

競馬のほうは春のクラシックに入っているのに、それまでのトライアルレースを検討しようとすると、どうもよくも思い浮かべられない。やはり、うわのそらで見ていたようだ。テレビの画面の端にいつなんどき、いやなことを伝えるテロップが流れるか知れないので、無理もない。それはともかく、三月十一日以前のレースまで、なんだか遠いような気がしてくる。

さるほどに、四月十日は桜花賞、予定どおりにおこなわれたものだ。レーヴディソールの快走を見て気持を晴らしたい、と待っていた人も多かったのだろう。それが骨折欠場。こういう時には、えてして、そういうものだ、と溜息のもれるところだ。

阪神競馬は桜の花がよほど咲き残っているようだった。向正面、一番人気がホエールキャプチャ、二番人気がマルセリーナ。堅いところを踏んでいる。フォーエバーマークが先頭を行き、マルモセーラ以下がつける。マルセリーナはスタートがよろしくなくて中団のうしろに、かかりぎみなのをおさえた。ホエールキャプチャはそのうしろの外につけている。かならずしもスローペースではないようだが、馬群全体にもうひとつ勢いがとぼしくて、これはなしくずしの前残りで決まってしまうのではないか、と見たのは、震災後のうつうつの気分のせいだったか。四コーナーでマルセリーナが内に入って、馬群の中で脚が尽きたかに見えた。ホエールキャプチャは外へ振った。好位からの抜け出しもあやしくなったが、人気の両頭は来ないのではないか、と思われた。ところが、そこから、レースに活が入った。桜花賞らしくなった。春が来た。

内目の馬群の中で尽きたと見えたマルセリーナが、コースが定まると脚いろがあらたまって、たちまち抜け出す間合いに入り、まっすぐに先頭へ躍り出た。そして外からはホエールキャプチャが劣らぬ脚で迫る。ゴールではマルセリーナが、鞍上も気迫の追いを見せて、ホエールキャプチャをしっかりおさえた。そして三着にはトレンドハンターが外から突っこんだ。三頭ともに前走で強いところを見せた馬である。

ディープインパクトとクロフネとマンハッタンカフェとの、それぞれ子である。名馬の娘たちの花祭りとなった。

皐月賞は四月十七日から二十四日へ延期された。場所も中山から東京へ変わる。それもまだ確定ではないと聞いた。せっかく桜花賞ではずみのついた気持が、また宙ぶらりになる。それに、桜花賞の翌日に東京では午後の四時過ぎに雨が走って雷も鳴ったかと思うと、五時過ぎにかなりの余震があった。三月十一日とはくらべものにならないが、それと似た、長い横揺れだった。東北ではかなり揺れて、三月十一日よりも恐怖を覚えた人もあったそうだ。東京でも夜半にかけて、さらに数度揺れ返した。

その翌日には福島の原発の、放射性物質の放出量が国際安全基準の最高級、チェルノブイリ級だと発表された。それでいて、そんなに危険な状態ではないと言う。震災の直後からわかっていたことだとも言う。莫迦にされた気がしたものだ。そんなこんなで、済んだばかりの桜花賞から、なにやら遠くなってしまった。

四月十七日の阪神はマイラーズカップ。ええと、これはどういうレースだったっけ、ああ、そうか、京王杯から安田記念へつながる路線だ、とつかみなおすありさまである。大震災の「断層」以来、頭の中の競馬暦がまだ復旧していないようだ。

向正面で先頭に立ったシルポートに、目がぴったりひきつけられた。この馬を買っていたわけではない。その逃げる脚をとりわけ軽快と感じたのでもない。ただ何となくである。後続の馬たちが目に入らないのだ。そのまま私の視線をひきつけて三コーナーから四コーナーへ、そして直線もあぶなげなく、シルポートは逃げ切ってしまった。二着にも道中二番手のクレバートウショウが粘りこんだ。一番人気のダノンヨーヨーがゴールでようやく、これに僅差まで詰め寄った。四着にアパパネ、先頭までだいぶ差があった。ほかの有力馬たちはほとんど動かなかった。まるでレースの初めから、リプレイを見ていたような気持だった。

相変らず寒い。午前中は晴れて爽やかでも午後から雲が押し出し、暮れ方には冷たい風が吹いて、夜の更けるにつれて冬のようになる。四月の十八日には、震災から初めて、都心のほうへ出た。駅のエスカレーターはあちこちで停まり、街も暗い。人通りもすくないようだ。仕事の後で酒場にも寄ったが、夜の更けかかる頃にはひきあげた。以前から、夜の酒場にいる時に、もしも異変があって交通が途絶したら、どうしたものか、と考える癖が私にはあった。家までの道を頭の中でたどって、たいてい、歩いて帰れると思った。競馬場なら、中山は困るけれど、府中から家まで何ほどの道でもないと思った。五、六年前までのことである。今では自信もない。

二十一日の夜更けにはまた余震があった。東京では震度三だが、やはり三月十一日に似て、長い横揺れだった。震源は千葉県の銚子あたりの沖のようで、M六・〇という。だいぶ東京に近づいてきたか。その日も何度か揺すっている。

四月二十四日はようやく皐月賞。前夜は雨風が吹きつけてどうかと思われたが、よく晴れた。初夏の日ざしに、風はまたいくらか冷たい。府中本町からの橋の上で、腰は深く曲がり杖を低くついた老女に出会った。前売りを買ってもどるところのようで、人につきそわれているが、片手にしっかりと予想紙を握りしめている。たいしたものだ。

皐月賞の東京競馬場開催は二十三年ぶりだそうで、ヤエノムテキの勝った年だったか。その前はたしかトウショウボーイが圧勝してテンポイントが二着だった年のはずで、今から三十五年も昔のことになる。私もまだ若かった。

東京開催なのでダービーとくらべるせいか、場内はすいているように見えた。人の集まるところに出ることをまだ控えている人たちも多いのだろう。牡馬のクラシックについてはもうひとつ見定めがつかないので、ここは見送った人もいただろう。私なども今年は完全に出遅れた組である。競馬場に着いてもまだ、何から行ったものやら、わからない。

この回の東京開催は二日目になり、ターフは青々としていかにも速い時計が出そうに見えるが、洋芝がこの春の寒さのせいでかえって盛んに繁って、力がいるようだった。前座のレースを見ていればそのことはわかるのだが、さて皐月賞、どの馬がこの馬場に適性か、そんな脚質の微妙なところは見抜けるわけもない。それに、爽やかにも長閑（のどか）な馬場を見渡していると、ここに来られただけでもよい、となにやら病みあがりのような気持になる。午後の早い平場のレースで馬たちをすなおに見て馬単を一点だけ買ったら、そのとおりに来て五倍ほどついたので、今日はこれで満足することにした。

あとは少額ずつはずれたり、見送ったりするうちに皐月賞、人気はサダムパテック、ナカヤマナイト、ベルシャザール、オルフェーヴル、トーセンラーの順。パドックを見ていると人気馬たちはそれなりに良いのだ。これの優劣を見分けるだけの眼は、今年の私にはない。わずかに、サダムパテックは二着をはずすまいと見た。なにしろ、昨年の有馬記念以来、私は競馬場に来ていない。馬券を買っていない。

エイシンオスマンが逃げる。離れてベルシャザールが付け、馬群は前後に長くもならずに続く。スローペースである。しかし前残りのけはいでもなく、四コーナーをうまくさばいた馬の勝負になると見た。直線に入ってもさほどはげしいしのぎあいにもならず、これはゴール前の叩き合いになるかと思ううちに、坂上からあっさり、オルフェーヴルが抜け出した。脚がまるで違った。三馬身差でサダムパテック。この馬なりに力を出している。三着にダノンバラードが来て、三連単を高くした。オルフェーヴルは馬群の中をどう抜けてきたものやら、とリプレイを見れば、直線坂で馬群にだいぶの隙間があった。二分〇〇秒六の、上がり三五秒三、時計はやはりかかっている。

レースが果ててから十人ばかりが集まった酒場では、競馬のことを話すうちに、いつのまにかやはり、大震災と大津波と原発の話になった。想定外とはいまさら口にすべき言葉ではない、と言う人があった。

（二〇一一年六月号）

暮れかけた空　二〇一八年十二月

師走に入った。まずは穏やかな日が続いているが、午後の陽の早く傾くのがわびしい。落日がひときわ赤く照るのもまたさびしい。

十二月二日。日曜日の中京はチャンピオンズカップ、今年のダート王決定戦になる。距離は千八、場内に冬の薄い陽差しが流れている。人気はルヴァンスレーヴ、三歳馬で七戦六勝、二着一回。単勝一・九倍と抜けている。続いてはＪＢＣクラシックを制したケイティブレイブ。

二枠二番のルヴァンスレーヴがスタートよく三番手につけ、やがて二番手にあがり、そのまま向正面を快調に行く。四コーナーでは最内(さいうち)に入り、前の開くのをじっくりと待って、一頭分だけ外に持ち出すと、もう脚いろが他馬と違う。楽に先頭に立ち、二馬身半の差をつけてゴールを駆け抜けた。一分五〇秒一の、レースレコードタイ。向正面からして、一人舞台だった。ダートにも強い三歳馬が出て来たものだ。

十二月九日の日曜は阪神ジュベナイルフィリーズ、今年の二歳女王決定戦になる。ターフには陽脚も伸びず寒そうな冬景色になったが、発表は晴れの良馬場だった。人気はダノンファンタジー、クロノジェネシス、シェーングランツ、いずれも目下二連勝中。続いてビーチサンバ、タニノミッション。

クロノジェネシスがスタートで出負けして後方に置かれた。そしてダノンファンタジーも前をふさがれて後方に控え、一番人気が尻から三番手、二番人気が尻から二番手ということになった。ベルスールを先頭に、メイショウショウブがこれに続き、それほど速いペースに見えない。波乱ぶくみか。

四コーナーへかけて、ダノンファンタジーが外を鋭くまくってくるのが見えた。直線に入っても先団までだいぶの距離があったが、前の二頭の間を割ると、見る見る差を縮める。そこへその外からクロノジェネシスが喰らいついてきた。あと一〇〇ぐらいのところか、一番人気と二番人気、後方に置かれたどうしの、一騎討ちとなった。いっときはクロノジェネシスが並びかけそうになったが、ダノンファンタジーがもうひと脚使って押し返し、半馬身差でゴールを抜けた。三着がビーチサンバ、四着がシェーングランツと、いずれも人気上位の組だった。勝時計は一分三四秒一。

それにしても一、二着の馬、道中あの後方の位置からよくも直線飛んできたものだ。よほど力はあるようだ。しかし勝ったダノンファンタジーに新馬戦で離して勝った馬があり、牝馬ながら来週の朝日杯に出て来るという。一番人気になるだろうという下馬評である。

十二月十六日、日曜の阪神は朝日杯フューチュリティステークス、天気はだいぶ冷えこんできて、当地も寒々と曇り、レース前には小雨もちらついてきたが、芝は良。一番人気が紅一点、牝馬のグランアレグリア、これまで二戦とも圧勝して、単勝一・五倍と抜けている。続いてアドマイヤマーズ、ファンタジスト、いずれも三戦三勝、さらにケイデンスコール、マイネルサーパス、ともに二連勝中。

イッツクールが先頭に立った。そしてグランアレグリアが二枠二番から出てすぐに二番手、前へやや馬間を置いた。そこからまたすこし離れて三番手が四枠六番の二番人気アドマイヤマーズ。人気両頭が好位を占めた。ペースはさほど速くない。そのまま四コーナーをまわった時には、グランアレグリアの突き離しと見た人も多かったことだろう。

しかし直線に入って今日もグランアレグリアの快走かと思われたところへ、コーナーを鋭く小さくまくってきたアドマイヤマーズがすかさず並びかけ、外からかぶせると、グランアレグリアはひるんだようで、脚いろが鈍った。競り勝ったアドマイヤマーズがゴールへ向かう。そこへ一枠一番の、クリノガウディーが追いこんできて、今度はこの二頭の競り合いになりかけたが、そこでアドマイヤマーズがもうひと脚使って突き返し、あぶなげなくゴールを抜けた。これで四連勝。二着がクリノガウディー、九番人気。グランアレグリアは三着に終った。勝時計は一分三三秒九だった。

直線でグランアレグリアの行き脚のつく前に競り落としにかかったアドマイヤマーズの鞍上のミルコ・デムーロの作戦勝ちだったか。気魄のある騎乗だった。それにしてもアドマイヤマーズは競って強い馬である。後方から迫られてもゴール前で押し返す。ダイワメジャーの産駒である。そう言えばダイワメジャーが皐月賞を制した時の鞍上もミルコ・デムーロだった。三コーナーからロングスパートを掛けている。もう十四年も昔のことになるか。

十二月二十二日の土曜日は冬至、太陽の運行からすると一年の折り返し点、ターニング・ポイントである。裸となった落葉樹の枝にも新しい芽の萌(きざ)しが見えるようである。中山大障害、昔はここで一年の総決算の勝負に出る人もあったようだ。なにぶん障害レースのこと、道中、お目当ての馬が落馬しないか、息を凝らしたことだろう。そのうちに、せめて最後の直線まで希望を持たせてくれればよいと思うようになる。近年ではその落馬もすくなくなった。

折からどんよりと曇り、小雨も降り出した。馬場は良。障害の常勝王のオジュウチョウサンが有馬記念のほうへ挑んだので、その好敵手アップトゥデイトが一番人気となった。三番人気がニホンピロバロン、これにはオジュウチョウサン鞍上の石神騎手が乗っている。アップトゥデイトがまもなく先頭に立った。スローに落として、余裕をもって走っているように見えた。長丁場、竹柵も土塁も無事に先頭で飛越した。最後の向正面でも脚を余しているかに見えた。ところがいつのまにか、ミヤジタイガとニホンピロバロンにあっさりと抜かれた。そして最終障害を跳んだところで、力尽きたように前へのめって、落馬となった。まるで前年末の大障害でのオジュウチョウサンとの激戦の疲れがここに至って出たかのようだった。

四コーナーをまわり、ニホンピロバロンが先頭に立った。そこへタイセイドリームが鋭く追い込んで来て接戦となり、両頭鼻面（はなづら）を並べてゴールに入ったが、ニホンピロバロンがわずかに粘り切った。四一〇〇メートルの末の、鼻差だった。石神騎手はオジュウチョウサンの記録を伸ばしたようなものだ。障害を跳んでコースの回りが変わった時の、手綱さばきが絶妙だった。

十二月二十三日の日曜の中山はいよいよ有馬記念、天気はひきつづき悪く、空は暗くて小雨がちだったが、オジュウチョウサン人気もあり、十万もの観客を集めた。芝はさすがに稍重。ジャパンカップ馬のアーモンドアイがここを避けて、ジャパンカップを避けた天皇賞馬レイデオロが一番人気。続いてジャパンカップを逃げて二着に粘ったキセキ、そしてブラストワンピース、モズカッチャン、オジュウチョウサン。

一枠一番のオジュウチョウサンがまず先頭に立ち、七枠十四番のキセキが直線でこれに代わり、向正面、引き離して逃げた。掛かり気味か。レイデオロは中団の、まずまずのところにいる。そのまま馬群は進んだ。

四コーナーでキセキの、そしてオジュウチョウサンの脚が尽きた。そしてブラストワンピースが抜けた。三コーナーの手前から後れを取ったレイデオロがこれを追う。鋭く迫ったが、ブラストワンピースに小差、届かなかった。三コーナー手前の、いよいよ追い出すところで前を塞がれて、だいぶ外をまわらされたようだ。この馬は直線で行き脚がつくまでに間がかかるようで、東京の長い直線のほうがいいのだろう。ジャパンカップに続いて、三歳馬の勝利となっさない。

た。十万の観客の帰る頃には日も暮れていたことだろう。曇り日なので、西の空に夕映えもさ

これで今年の競馬も暮れた、と以前なら感慨もあるところだが、まだ二十八日の金曜にGI、ホープフルステークスがある。これは阪神ジュベナイルフィリーズや朝日杯フューチュリティステークスとまた趣きを異にして、二歳の総決算というよりも、来春のクラシックへ向けての出発という意味合いにこれからなっていくのだろう。心をひかれることだが、私のような年寄りには、有馬記念をもって競馬の仕舞いとする習いが深く身に染みついているので、これに従って観戦の記を、新装改まった来号に譲ることにする。

さて、私の月々の観戦記もこれをもって最終回となる。かれこれ三十年あまりも続いたようだ。年々歳々、馬とともに春夏秋冬をめぐり、いつのまにか八十余歳になってしまった。その間に数々めぐり会った馬たちも、あらかたはあの世の天空へ、逝ってしまった。

年を取ってめっきり記憶が霞んで、とかく往年の名馬の名もとっさに思い出せぬことがあるようになった。そのかわりに、条件戦に終った馬の名がふっと浮かんで、そのパドックを歩む姿がまざまざと見える。

土曜日の競馬場の、パドックと投票窓口とスタンドの間を、レースごとに往復した頃のことが懐かしい。最終レースになってようやく観客席に腰をおろしたこともある。競馬場に来て初めて空を、暮れかけた空をつくづく見渡したものだ。それまでは馬に夢中だった。

長いこと、お世話になりました。

（二〇一九年二月号）

競馬場の人

高橋源一郎

「古井由吉」という名前は、日本語文学を愛する、多くの読者たちにとって、格別の意味を持っている。その名前の下に書かれた、いくつもの散文の虚構は、日本語文学が存在する限り、忘れられることはないだろう。

だが、「古井由吉」という名前が、別の意味を持っている場所がある。あるいは、その名前に、彼の散文の虚構の愛読者とは異なった感情を抱く人たちがいる場所がある。

そこは、競馬場だ。

「競馬場」という「国」について

そこには、一つの独立国家のように、その「国」の共通の法と、その「国」で使われる共通の「言語」で結びつけられた人たちが集まっている。

その「国」の法や共通「言語」は、それ以外の「国」の人たちにとっては、わかりにくい。似たところもあるけれど、同時に、少し、いや、かなり異なったところがある。

「競馬場」という「国」のことをよく知らない人に、その「国」について伝えることは、難しい。わたしに、そんなことができるだろうか。

とりあえず、少しだけ、やってみることにしよう。この本を読むためには、そのことが必要であるように、わたしには思えるからだ。

「競馬場」にはたくさんの人が訪れる。もちろん、そこには、「競馬」というものを営む関係者たちもいる。けれども、大半の人たちは、そうではない。そこで行われる、レースという馬たちの競走を眺め、そのことに金を賭ける。そして、たいていは金を失い、すごすごと家に戻る。けれども、また次の週になると「競馬場」にやって来て、同じことを繰り返す。「競馬場」という「国」の風習を知らない人たちにとっては、理解しがたいことだ。いったい、なんのために、その「国」の人たちは、あんなことに熱中しているのだろう。

彼らは、ときに大声をあげ、ときには無言で興奮し、でも、中には最後まで静かな人もいる。気をつけてみると、彼らには不思議な習慣があることがわかる。いつも何かを読んでいるのである。どうやら、それは「競馬新聞」というものらしい。一つの場所で、みんなが同じものを熱心に読む。滅多にない光景だ。わたしの知る限り、教会で（教会ではなくてもいいが）聖書を、教室で教科書を読む光景に似ている。熱心さでは、教会・聖書に匹敵するだろう。けれども、聖書や教科書と異なり、彼らが読んでいる「競馬新聞」には、「真理」や「定理」が書いてあるわけではない。細かい文字で印刷されているのは数字と、なにかの名前である。もちろん、他にもいろいろ。いったい、あそこには何が書かれているのだろうか。「文学」の世界の住人で、同時に「競馬場」の住人でもあったヘミングウェイという人は知り合いの編集者に「最高の小説を読みたかったら、競馬新聞を読め」といったそうだ。では、「競馬新聞」のどこに、「小説」があるのだろう。もし、それが「小説」なら、わたしたちが「小説」と呼んでいる「あれ」とは、どこがちがうのか。

小さい声でいおう。

「競馬新聞」には、確かに「物語」が書かれているのだ。それは「馬たち」の物語だ。人間たちの物語とちがうのは、それが、数字や記号や、小さな、わかりにくい、特殊なことばで書かれていることだ。そして、「競馬場」の人たちは、その「物語」を、賭けるために読むのである。いや、賭けるために読むにもかかわらず、そこにあるのは「物語」なのだ。その小さな紙面にぎっしり隙間なく詰め込まれた文字と数字の中に、およそ三百年間の全サラブレッドの歴史と物語が、凝縮されている。「競馬場」の「国」の人たちは、それを読むのである。そう、「馬」たちの物語が、そこにはある。ついに「ことば」を持たなかった、ある生きものについて、別の、「ことば」を持つ生きものが、深い敬愛の念をこめて作り上げた物語が。

小説というものは、「人間」についての物語である。もちろん、それは、人間によって書かれる。実のところ、わたしもまた、小説を、つまり、「人間」についての物語を書いている。

そして、ときどき、なんだか、ひどく疲れることがある。

いったい、なぜなのだろうか。いくら考えてもわからないのである。

だが、ほんのときどきだけれど、わかるような気がするときがある。

なぜ、小説などというものを書きたいのか。なぜ、こんなにも強く、小説というものに惹かれるのか。そして、なぜ、それにもかかわらず、ときどき、うんざりするのか。

そう、ほんとうにときどきだけれど、わかるような気がしたのだ。古井由吉が、「競馬」について書いたものを読んだときに。

古井由吉、小説家、「競馬場」の人

古井由吉は、優れた作家だ。いや、ものすごい作家だ。けれども、ここから書くことについては、そのことは、それほど重要ではない。

古井由吉は、それに加えて、「競馬場」の人だ。

いや、それだけではない。「競馬場」において、なおも書く人だったのだ。

わかっていただけるだろうか。

古井由吉は、ものすごい、「人間」についての物語を書いた。

そして、同時に、「人間」ではない、サラブレッドという、別の、言葉を持たない生きものについての「物語」が支配する「競馬場」でも、「物語」を書いたのである。

では、古井由吉が「競馬場」で書いた「物語」は、何だったのだろう。それは、彼が書いた小説とは、どこが違い、そして、どんなふうに読めばいいのだろう。そして、そのことには、どんな意味があるのだろうか。

雑誌「優駿」の一九八六年四月号から、古井由吉の「連載エッセイ☆折々の馬たち　こんな日もある」の連載が始まっている。途中で、タイトルを「競馬徒然草」に変え、二〇一九年の二月号まで連載は続いた。その前に同誌に書かれたエッセイも含めれば、およそ三十五年、総枚数は原稿用紙にして五千枚ほどになると思う。この中で、古井は、ただひたすら「競馬場」という「国」のことを書いた。

一回目の冒頭の文章を引いてみる。

「こんな日もある。

二月十五日、曇ときどき小雨、風はないままに冷えこむ。今年初めて競馬場に出かけた。府中の最終土曜日である。

まず午後一時二十分発走は第七レース、この連勝が五番人気の一〇六〇円で決まり、これを早々に頂いて幸先よろしと思った。ところが以降、見ていただけばおわかりと思う。八レースが一番人気の四四〇円、九レースが二番人気の六二〇円、十レースが一番人気の三一〇円、メインの十一レースが一番人気の六一〇円、いずれも私ごときの取れる馬券ではない。最後十二レースになってようやく五番人気の九八〇円と、私にとってどうにか馬券らしい馬券になったが、見事にこれをはずして終った。

　しかもだ。一番人気の組合わせでかたくおさまったメインレースの着差を見れば、鼻・頭・頭・首・首・鼻・3/4・3/4・1/2・首、この最後の首差の馬が十一着である。一着からそこまで、かりに首を1/4、頭を1/8、鼻を1/16にかぞえて足してみると、十一頭がおよそ三馬身の内に入ってしまう。これでも一番人気で決まる時は決まるものだ。その夜、ハンデキャッパーはさぞや美味い酒を呑んだことだろう。

　優勝馬が五十六キロのハツノアモイ、三馬身の十一着が五十七キロのロバリアアモン、ダートの重賞フェブラリーハンデのマイル戦である」

　意味があるのは数字と固有名詞だけ。単純なことばしか使われていないので、誰にでも、「読む」ことはできる。けれども、「競馬場」という「国」以外の人には、なにひとつ理解できない文章だ。おそらくこの長大な連載の（その抜粋であるこの本の）三分の一は、こんな文章で占められている。そのことを古井はわかって書く。なぜなら、この文章は、「競馬場」の「国」の人々に向かって書かれているからだ。

では、これは、どうだろうか。さっきの文章が書かれた翌月のものだ。こんなにふうに始まっている。

「こんな日もある。

眼ばかりになってしまう。テレビの前ではさすがにそうなりにくい。やはり競馬、パドックか平土間かスタンドにいる時だ。たいてい、負けがこんできている。とくに、思いがけない結果を見たあとだ。まれに、自分でも薄気味の悪いほど好調の時もある。

眼ばかりが異様に強くなり、馬を喰い入るように見ている。それで馬が見えるとはかぎらない。かえってよけいなこと、馬の競走能力にはさしあたり関係もなさそうな特徴、しぐさや表情などがいちいち眼についてきて選択をさまたげる。それに、奇怪なことに、レースが終ってから、けっして結果論ではなくて、ああ、さっきのパドックで自分は馬が見えていたんだなあ、とつくづく感じさせられることがある。あたり馬券はない。見えたのとすこしずつずれた連番を買っているのだ。これなどは、勘がひとサイクルおくれているというべきなのか。いや、そうではない。

眼ばかりが見えていて、しかし勝馬、連馬を抜き出す意志がどこかで薄くなっているしるしだ。だから、喰い入るように見ているにしては、なまぐさいようで、あんがい、なまぐさくない。気がついたら、馬を見るのと同じひたむきな眼つきで、競馬場内の樹木を眺めていたりする。向正面のさらに彼方の丘陵やら煙突やら、高速の上を妙にゆっくり走る車やらを。松林の手前を行く玩具みたいな赤い電車やら、飛び立っていくジェット機やらを。

それでもまだ眼にリキミ、イキミはある。しかしレース結果にもっといたぶられたり、いたぶられた上にちょっと甘いアメをしゃぶらされたりすると、そんなリキミも消えて、眼がなんだか、幼児みたいな、つぶらな感じになってしまう。見るものすべてがめずらしく、なつかしく感じられる。そして眼ばかりになって、身体を忘れるとはいわないが、全身が淡くなり、寒々とした風が吹き抜ける。ただ一心に見ている。わびしいけれど、けっして暗い心地でもない。

そんな時、ある種の顔つきを、どこかに思い浮かべていないか。自分で自分の顔を見ることはできない。鏡に映して見る顔はすでに実物とずれているのだそうだ。しかしなにかの顔つきになっている自分を、内側から感じて、外側へ漠と思い浮かべていることはある。

どんな顔になるのか。競馬場で眼ばかりになるまで追いつめられた時」

確かに、ここでも書かれているのは、「競馬場」のことだ。あるいは「競馬」のことだ。けれども、それだけではないことは、誰にだってわかるだろう。いや、「競馬場」という「国」に所属していない人たちの方がわかるかもしれない。なぜなら、ここには、彼らにもわかる「ことば」があるからだ。

いや、それでも、よくわからない、という人だって、たくさんいるだろう。

「眼ばかりになってしまう」といわれても、よくわからない。それもふつうだ。

なぜなら、ここで、この文章を書いているのは、「文学」の「ことば」の世界の住人だからだ。こういうときは、「ふつう」は、「気がついたら、じっと見つめていた」と書くのかもしれない。あるいは、「自分でも驚くほどの集中力で、馬を見つづけていた」とか。でも、そうではない。「眼ばかりになってしまう」のだ。

こんなことは、そんなに多くはない。これはいけない。「競馬場」の「国」に来たというのに、つい、他の「国」のことばを使ってしまった。でも、仕方がないのだ。「競馬場」の「国」のことばも、「ふつう」ではないのだ。だから、つい、使ってしまうのだ。自分が知っている、「ふつう」ではない、「文学」の「国」のことばを。

そして、もうひとつ、古井由吉が使うことばたちがある。いまの文章から四カ月後、九月号の冒頭部分だ。

「競馬を見ない日もある。

七月十九日、土曜日、快晴。暑い午さがりに中高年が十人ばかり鎌倉駅の改札口前に集まり、車に分乗して逗子の山あいまで、知人の葬式に出かけた。煙を送ったあと、日の暮れ方に鎌倉の街に降りて、故人がよく足を運んだという露地の酒場で、残った数人が夜の更けるまで呑んだ。自宅にもどったのがちょうど十一時で、居間にへたりこむようにして、テレビのスイッチを入れた。こんな日にも、競馬のダイジェストは見ようとするものだ。しかし番組が始まったなと思ううちに、気がついたらもう、最終レースの録画になっていた。ただぼんやりと目をやっていたものらしい。
七月二十日、日曜日。この日は競馬をいっさい見なかった。初めから見ないつもりでいたわけではない。競馬の新聞も手もとにあった。午過ぎにラジオをつけると、夏の高校野球の地区予選が始まっていて、ラジオはそちらのほうを実況していた。一時過ぎに、近頃ありがたいと思っている地方局の競馬番組にスイッチを入れると、これも野球を映していた。しかたなしに仕事場にひっこんで、気乗りのしない身体を机の前に据えつけて、三時の競馬実況を待つことにしたが、その三時が来ても、三時十分になっても、四十五分になっても、とうとう腰があがらなかった。競馬は見たし、しかしそのほかの空騒ぎがどうしても厭だった。こんな日もある」

これは、わたしたちみんなが知っている「ふつう」のことばだ。なぜなら、わたしたちみんな、こんなふうに生きているからだ。

誤解を避けるためにいうが、確かに、ほとんどの人たちは、ここで使われている競馬用語は使わない。その代わりに、他の「国」のことばを使うだけだ。それは、たぶん、「釣り」だったり「クラシック音楽」だったり、その他いろいろな、たくさんの「国」のことばだろう。あるいは、その人が勤めている「会社」や、その他もろもろの小さな「社会」だけに流通していることばかもしれない。

その人たちだけがわかって、他の人たちにわからないことば。そんなことばを、誰もが使う。それが「ふつう」のことばだ。

だから、ここでは、競馬のことばは使われているけれど、「競馬場」の「国」のことばは使われていない。そして、また、「文学」のことばも。

この、古井由吉の本は、いまあげた、三つのことばでできている。「競馬場」の「国」のことば、「文学」（の「国」）のことば、「ふつう」のことば、である。「ふつう」のことばしか使わない人がいる。あるいは、それしか使えない人がいる。「ふつう」のことばと、もう一つ、別の「国」のことばを使う人がいる。

それから、「ふつう」のことばと、もう一つ、別の「国」のことばと、さらにもう一つの「国」のことばを使う人もいる。

わたしの知る限り、それ以上のことばを使う人は、いないような気がする。そのことについては、また考えてみたい。

どうして、「ふつう」のことばだけでは我慢できないのか。それ以外のことばとは何なのか。それもまた、ここで考えることではない。

わたしは、みなさんに、この三つのことばを使って、三十五年もの間、書きつづけた古井由吉の文章を読んでもらいたいだけだ。

三十五年は長い。とても、長い。けれども、終わってみれば、短い。時間は、みんな、そういうものなのかもしれない。

こんなふうにこの人は歩いて、そして去っていった

この「物語」が始まって十年余りたった……いま、わたしは、「物語」ということばを使った。そこに、わたしたちの前に、人がいて、それもずっといて、いろいろなことをしゃべり、それから、いろいろなことをする、のだとしたら、そして、その人がいろいろなことをしゃべったり、いろいろなことをしたりするのを、わたしたちがずっと見ているのだとしたら、あるいは、ずっと、そのことばに耳をかたむけているのだとしたら、そのことによって、いつの間にか時間がたっていることに気づくのだとしたら、それは、わたしたちが「物語」の前にいる、ということなのだ。

「二月十六日、日曜日、小倉、曇。
小倉競馬場にやっと来た。これが私にとって初めてである。小倉の街も初めてである」

一九九七年四月号、古井由吉は五十九歳になっている。

「もうむかしむかしの忠告だが、今このレースの後では身に染みる。しかし今後、同じレー

スにあてはまるかどうか、何とも言えない。いや、その頃にはまた、そんな忠告は忘れているだろう。

さて、小倉大賞典も済んだ。最終日の最終レースも済んだ。これまでの小倉競馬場もこれでおしまいである。新しく建て変わる。小倉競馬場ができたのは昭和六年というから、私より年長である。今の東京競馬場よりも二年早い。改築は昭和五十八年というから、それからでも十四年も経つ。さればこそ、この寒空の下、大勢の客が集まった。客たちはいつもの競馬の終りと同じように帰って行く。振り返りもしない。競馬の客は振り返らぬものだ。私にとって古い小倉競馬場は、これが最初で最後になる。今日来なかったら、『昔の小倉』を生涯知らずに終ったわけだ。人はいろいろなことを知り、いろいろなことを知らずに終る」

「終わり」の話だ。「競馬場」には必ず「最終レース」がある。そこで終わり、もう、その後はレースはないのである。そして、終わった後、「競馬場」の住人たちは、みんな、振り返ることなく立ち去るのである。

それから九年がたった。古井由吉は、同じように競馬場に通い、同じような文章を書きつづけた。同じ血をひいた馬たちが走るのだ、ときに、一瞬、十五年前と同じ馬が、同じ場所を走っているような錯覚をすることもある。もちろん、錯覚だ。なぜなら、それを見る、わたしたちは、少しずつ老いてゆくからである。

さあ、次に行こう。古井由吉は六十八歳になっている。二〇〇六年四月号。

「二月二十六日は曇り芝不良の阪神競馬場で、メインレースの阪急杯のゴールを十一番人気のブルーショットガンが先頭で駆け抜け、松永幹夫引退の花道を飾る、という讃嘆の声があがった時、何かの聞き間違いではないか、と私はわが耳を疑ったものだ。松永幹夫は私にとって、いまだに新進気鋭の騎手であったのだ。しかしデビューが昭和六十一年の春、もう二十年も昔のことになる。歳月のたつのは速い。武豊のわずか一年先輩だと思えば、また驚かされる。

……中略……

昭和十一年の二月二十六日の叛乱事件は私の生まれる前年にあたり、私は母親の腹の内にもいなかったのに、子供の頃から、二・二・六、二・二・六と、恐ろしい日として聞かされてきた。戦後には、雪の降る日、として通った。たしかに、この日に雪の降った年がすくなくはなかった。冬の終り、早春の前触れ、春の雪とも呼ばれる。今年もなるほど、東西ともに天気が崩れたが、気温がさほどにさがらなかったので、雪にはならなかった」

目の前に、確かに馬たちはいて、「競馬場」の「国」で、物語はつづいているのに、同時に、古井由吉は、別の、もう一つの「国」に思いを馳せることが多くなってくる。なぜだろう。もしかしたら、世界は一つではなく、一つの空間の中に、折り重なるように存在していて、それが見えるからなのだろうか。

その翌月に、古井由吉はこう書くのである。

「ふっと思うことがあった。五年先、十年先のことを話そうとして、ふいに口をつぐんでしまうのが老年というものだが、何年先のことになるやら、たとえばダービーの日のスタンドかテレビの前で、そう言えばあの男、このダービーをもう知らないんだ、と生前の私のことをちらりと思い出す人がいるかもしれない、と今からそんなことを考えると、心細いようで、あんがい、慰められる気持になる。自分一個の生涯を超えて続く楽しみを持つことは、そしてその楽しみを共にする人たちがこれからも大勢いると考えられることは、自分の生涯が先へ先へ、はるか遠くまで送られて行く、リレーされて行くようで、ありがたいことだ。

それと同時に、大レースのたびに、これが自分の見納めになるかもしれない、と眺めるのも、なかなか心に染みることだ。生きながらに、まるで自分で自分の生前を偲ぶような、懐かしさを覚えることもないではない」

少しずつ、古井由吉の視線は遠くへとさまよい出してゆく。不思議なことだ。「残り」が短いと、自覚すればするほど、その「残り」の「向こう」のことを考えるようになるのだ。

二〇一一年三月、この国を巨大な震災が襲った。古井由吉は七十三歳になっている。

「揺れのおさまったところでテレビに飛びつくと、東北の三陸沖の大地震と伝えられた。東北の長い海岸線に沿って、大津波の警報が出されている。関東の東海岸もふくまれている。

……中略……

青森から岩手、宮城、福島にかけて、あれだけの広域にわたり、あれだけ徹底的な破壊を蒙(こうむ)ったのは、六十六年昔の、敗戦の年の空襲の難以来のことのはずだ。東北の東部にかぎれば、空襲の被害をはるかに超えるだろう。敗戦の年には広島と長崎に原子爆弾を落とされたが、この大震災では福島の原子力発電所がマグニチュード九・〇の力に揺すられた上に、十メートルとか言われる津波をかぶった。その翌日には水素爆発を起こした。

……中略……」

そう、それでも、「競馬場」で競馬が行われる。そこは、この「国」とは違う国でもあるからだ。

「画面がなにか遠く見える。馬群が向正面に深く入っても、展開がろくにつかめず、まさかレース中に大地震が起こるとも思っているわけでないのに、はらはらとして見ている。先頭からやや離れてナムラクレセント、そこからまたやや離れてコスモメドウ、この二頭の脚が目につき、後続は全体として置かれ気味に見える。そのまま四コーナーをまわり、やはりこの二頭がこの順ですんなりとゴールに入った。曲もないレースのようにも思われたが、ほっとした。津波の押し寄せる映像を幾度も見た目は、まだ切迫感にたえられないようだ。今年は小倉でおこなわれた中京記念でも、直線の外からナリタクリスタルがすっきり差してくれた」

そして、時は流れる。「競馬場」にも、わたしたちの、この「国」にも。別の世界に見えて、実は、どんな「国」も、同じ時間を共有しているのかもしれない。それでも、日々は続き、古井由吉は、「競馬場」に通いつづけたのである。

さて、少し、わたしのことを書いておきたい。

わたしは一九五一年に生まれた。古井由吉の十四歳、後輩になる。わたしが、「競馬場」という「国」を初めて訪ねたのは、ハイセイコーという地方馬が、中央のエリート馬たちを蹴散らして、最初の競馬ブームが起こった一九七三年のことだった。それから四十八年、わたしは、「競馬場」という「国」を訪れつづけている。

わたしが、古井由吉という作家を知ったのも、その頃だった。「杳子」という小説を読んだのは、わたしが大学生の頃だった。ほんとうに、古井由吉という作家に惹かれたのは、『櫛の火』という小説を読んでからだった。一九七四年のことである。わたしは、大学を辞め、肉体労働に従事していた。そして、毎週のように「競馬場」に行き、時々、小説を読んだ。もう遠い昔のことだが。

わたしが作家になったのは一九八一年で、競馬のコラムを書くようになったのは一九八八年である。その前から、古井由吉の競馬に関する文章を読んでいた。あんな小説を書く人が、こんな競馬のコラムを書くのか、と思った。そして、なんだか嬉しくなった。

わたしが古井由吉と、よく話をするようになったのは、競馬のコラムを書くようになってからだ。たいていは、競馬場で会った。負けては、帰りに酒を呑んだ。競馬の仕事で、対談をしたりもした。時には、函館まで、競馬対談をしに行ったこともある。

競馬、競馬、競馬。

どうして、文学の話をしなかったのだろうか。いろいろ、話したいことがあったのだ。ほんとうに、たくさん。

でも、もうその機会は失われてしまった。

その代わりに、競馬の話はした。たくさんした。だから、もういいのかもしれない。どちらにせよ、古井由吉が書いたものは、残っていて、わたしたちは、それを読むことができるのだから。

二〇一九年二月号で、古井由吉の競馬エッセイの連載は終了した。その、長い、「物語」は終わったのである。これを、終わったと呼ぶのだとしたら、だが。

最後のエッセイの最後の文章を引用する。

「さて、私の月々の観戦記もこれをもって最終回となる。かれこれ三十年あまりも続いたようだ。年々歳々、馬とともに春夏秋冬をめぐり、いつのまにか八十余歳になってしまった。その間に数々めぐり会った馬たちも、あらかたはあの世の天空へ、逝ってしまった。

年を取ってめっきり記憶が霞んで、とかく往年の名馬の名もとっさに思い出せぬことがあるようになった。そのかわりに、条件戦に終った馬の名がふっと浮かんで、そのパドックを歩む姿がまざまざと見える。

土曜日の競馬場の、パドックと投票窓口とスタンドの間を、レースごとに往復した頃のことが懐かしい。最終レースになってようやく観客席に腰をおろしたこともある。競馬場に来て初めて空を、暮れかけた空をつくづく見渡したものだ。それまでは馬に夢中だった。

長いこと、お世話になりました」

この文章を書いて、およそ一年の後に、古井由吉は亡くなった。いや、「競馬場」の門をくぐり、振り返ることなく、そのまま出てゆき、戻っては来なかったのである。

さようなら、古井由吉。

わたしは、今日も、あなたのいない、「競馬場」を、ゆっくり歩いています。

古井由吉　年譜

古井由吉 年譜

年	古井由吉 年譜
1937	11月19日、現・東京都品川区に生まれる。
1945	5月、空襲を受け、8月、疎開先の岐阜県で終戦を迎える。
1962	3月、東大大学院修士課程修了（独文専攻）。4月、金沢大に助手として赴任。
1964	11月、結婚。
1967	夏、競馬に手を染める。
1968	1月、同人誌「白描」に処女作「木曜日に」発表。
1970	3月、立教大を退職、作家専業となる。6月、第1作品集『円陣を組む女たち』（中央公論社）刊。
1971	1月「杳子」（「文芸」'70・8）で芥川賞受賞。

中央競馬 主なできごと

1954　東京・京都競馬場で第1回中央競馬開催

1956　第1回中山グランプリ（後の有馬記念）中山競馬場で実施

1964　シンザン、戦後初の三冠馬

1973　地方出身馬ハイセイコー、一大ブームを呼ぶ

年	事項	競馬
1974	12月『櫛の火』（河出書房新社）刊。	
1976	5月『聖（ひじり）』（新潮社）刊。	
1977	9月、後藤明生らと同人雑誌「文体」創刊。	
1980	5月『栖（すみか）』（平凡社）で日本文学大賞受賞。	
		1981　国際招待競走第1回ジャパンカップ、東京競馬場で実施
1982	4月『山躁賦』（集英社）刊。9月より『古井由吉作品』全7巻（河出書房新社）刊行開始（’83年3月完結）。	
1983	9月『槿（あさがお）』（福武書店）で谷崎潤一郎賞受賞。	
		1984　シンボリルドルフ、史上初無敗の三冠馬となる
1985	4月「優駿」にエッセイ連載開始（〜2019年2月）。	
1986	1月、芥川賞選考委員となる（〜2005年1月）。	
1987	4月「中山坂」（「海燕」’86・1）で川端康成文学賞受賞。	
1990	2月『仮往生伝試文』（河出書房新社）で読売文学賞（小説部門）受賞。	1990　ダービー当日、19万6517名の中央競馬史上最高入場者数を記録

- 1991　2月、頸椎間板ヘルニアで入院手術。
- 1992　3月『楽天記』（新潮社）刊。
- 1993　8月『魂の日』（福武書店）刊。
- 1997　1月『白髪の唄』（新潮社）で毎日芸術賞受賞。
- 1998　4月『夜明けの家』（講談社）刊。翌年にかけ両眼の網膜黄斑円孔手術。
- 2004　5月『野川』（講談社）刊。
- 2006　1月『辻』（新潮社）刊。
- 2007　8月、頸椎手術。12月『白暗淵』（講談社）刊。
- 2011　10月『蜩の声』（講談社）刊。
- 2012　『古井由吉自撰作品』全8巻（河出書房新社）刊。
- 2015　6月『雨の裾』（講談社）刊。
- 2019　1月『この道』（講談社）刊。

- 1991　馬連発売開始
- 1995　岡部幸雄騎手が中央競馬最多勝記録を更新
- 1997　年間馬券発売額、ピークの4兆円
- 2004　三連単発売開始
- 2005　ディープインパクト、21年ぶり無敗の三冠達成
- 2007　武豊騎手が中央競馬最多勝記録を更新
- 2019　リーディングサイアー継続中のディープインパクト死す

2020	2月18日、肝細胞がん骨転移のため死去。享年82。 9月、遺作『われもまた天に』（新潮社）刊。	2020　新型コロナウイルス感染拡大に伴い「無観客競馬」実施

参考：講談社文芸文庫・古井由吉年譜、日本中央競馬会ホームページほか

初出　「優駿」（日本中央競馬会発行）
一九八六年四月号～二〇一九年二月号

こんな日もある　競馬徒然草

二〇二一年二月一八日　第一刷発行

著　者——古井由吉

発行者——渡瀬昌彦

発行所——株式会社講談社
東京都文京区音羽二—一二—二一
郵便番号　一一二—八〇〇一
電話——出版　〇三—五三九五—三五〇四
販売　〇三—五三九五—五八一七
業務　〇三—五三九五—三六一五

本文データ制作——講談社デジタル製作

印刷所——豊国印刷株式会社

製本所——株式会社国宝社

ISBN978-4-06-522270-6

古井由吉の本

この道

現代文学の巨星
最後の連作長篇小説

個の記憶を超え、言葉の淵源から見晴るかす、前人未踏の境。祖先、肉親、自らの死の翳を見つめながら、綴られる日々の思索と想念。死を生の内に、いにしえを現在に呼び戻す、幻視と想像力の結晶。文学の可能性を極限まで拡げつづけた、古井文学の極点。

講談社

古井由吉の本

雪の下の蟹・男たちの円居

「杳子」「妻隠」から「栖」「槿」まで、七〇年代以降の現代文学の旗手の鮮かな出現を大きく予告する秀作群。「雪の下の蟹」「子供たちの道」「男たちの円居」収録。

古井由吉自選短篇集　木犀の日

〈都会とは恐ろしいところだ〉。五年間地方で暮らした私は都会の毎朝のラッシュに呆然とする。「先導獣の話」ほか十篇。内向の世代の旗頭・古井由吉の傑作短篇集。

槿（あさがお）

一人の中年男と二人の女の偶然の関係は、女達の紡ぐ妄想を磁場に絡み合い、恋ともつかず性愛ともつかず揺蕩（たゆた）っていく。濃密な文体で構築された、谷崎潤一郎賞受賞の長篇。

山躁賦

現在過去、生死の境すら模糊と溶け合う異域への幻想行を研ぎ澄まされた感覚で描写。物語や自我からの脱出とともに、古典への傾斜が際立つ古井文学の転換点を刻する連作短篇集。

聖耳

五度にわたる眼の手術の後、聴覚にまで異常を来し始めた男。目前に広がるのは夢か、現か。文学と日本語の可能性を極限まで追究する著者の真骨頂を示す連作短篇。

古井由吉の本

仮往生伝試文

いったいいつ、どんな瞬間に人は「往生した」と言えるのか。生の円環は平安の往生話から中山競馬場へと続く。著者の代表作にして日本文学史上の傑作、初文庫化。

白暗淵（しろわだ）

幼少時の空襲の記憶が見知らぬ人々を招き寄せ、戦後日本の記憶となって立ち上がる。現代文学の先端を突き進む著者が、作家的危機を乗り越えて到達した連作集。

蜩の声

無防禦な耳から入り込む音が過去の記憶を呼びさまし、夜半の蜩の声で空襲の恐怖が噴出する表題作他、革新と深化を続ける古井文学の新たな地平を示す連作短篇集。

詩への小路 ドゥイノの悲歌

リルケ「ドゥイノの悲歌」全訳をはじめドイツ、フランスの詩人からギリシャ悲劇まで、詩をめぐる自在な随想と翻訳。徹底した思索とエッセイズムが結晶した名篇。

野川

東京大空襲から戦後の涯へ、時空を貫く一本の道。老年の身の内で響きあう、生涯の記憶と死者たちの声。現代の生の実相を重層的な文体で描いた傑作長篇小説。

講談社文芸文庫